Nadja Steinwachs

# That's life!

... eigentlich, natürlich und na toll!

Mit Illustrationen von Arvin A. Pestaño
und Fotografien von Nadja Steinwachs

Bibliografische Information der Deutschen Nationalbibliothek
Die Deutsche Bibliothek verzeichnet diese Publikation in der Deutschen Nationalbibliografie; detaillierte bibliografische Daten sind im Internet über http://dnb.ddb.de abrufbar.

www.medu-verlag.de

Nadja Steinwachs
That's life!
... eigentlich, natürlich und na toll!

Dreieich bei Frankfurt/ M.
Lektorat: Susanne Lampas
Titelbild: Nadja Steinwachs
Umschlaggestaltung: Daniela Tannebaum (Verlag)

Printed in Germany

ISBN 978-3-941955-10-3

NA TOLL!

DANKE an …
meine Eltern,
„meinen Spartaner“,
meine Schwester Bianca,
meine Cousine und Sekretärin ☺ Anna,
Arvin Pestano,
den treuen Stützpunkt,
meinen Verleger Stefan Fassel-Wenz und
Daniela Tannebaum, die dieses Buch begleitet und mir stets mit Rat und Tat zur Seite gestanden haben,
und

… für die Farbe im Spiel.

## Die große Suche

Emely Morgenstern, freut mich …

By the way, ich höre den *kleinen Vampir* zum Einschlafen und sammle Regenwürmer.

Mein Name ist, wie gesagt, Emely, Emely Morgenstern. Das „von" kauf ich mir irgendwann dazu. ☺

Ich mag meinen Nachnamen: „Morgenstern". Jüdische Abstammung konnte ich nicht feststellen, auch wenn der Name aus dem Jüdischen stammt. Abgesehen davon, dass ich Christian Morgensterns Werke sehr schätze, empfinde ich einen Morgenstern nicht als Kampfwaffe, sondern viel mehr als Ruhe nach dem Sturm, als Licht, welches eine dunkle Nacht erhellt. Er ist romantisch und voller Zuversicht.

Was natürlich nicht für den Morgen nach einer Party gilt … ätzend, heimzukommen wenn es glockenhell ist, die Leute ihre Sonntagsbrötchen holen und ich mir total beäugt vorkomme. Ich passe wohl mit meinen Netzstrumpfhosen und roten Stiefeln nicht ins helle, heile, heilige und spießige Bild eines Sonntagmorgens. Und bilde mir ein, dass die Leute annehmen, ich komme von der Arbeit als Bordsteinschwalbe … bis ich mich frei mache von Hemmungen und zermürbender Selbstkritik und mir nur noch der wunderschöne Anblick meines Bettes vor Augen schwebt.

Zurück zum kleinen Vampir: Ja, ich höre nachts Kinderhörspiele …

… und ich bin stolz darauf! Na ja, was heißt stolz, auf jeden Fall bewältige ich so meinen Stress und kontrolliere Gedanken, wenn der Verdrängungsakt fehlschlägt.

Als sich meine Gedanken, wie meine Mutter meint, zu Beginn meiner Pubertät, ballten und ballten, ich Schlafstörungen bekam und diese dem Arzt mitteilte, ebenso den kleinen Vampir, untersuchte er, der Arzt, mich natürlich ganz gründlich. ☺

Ich analysierte meine Symptome selbst schon nach der ICD-10. Das ist das Register psychischer Erkrankungen. Bin wohl ein all-inclusive Typ, laut meiner Analyse zumindest.

Zu den Würmern:

Würmchen, die sich hilflos auf der Straße krümmen, da sie nach starken Regenfällen an die Erdoberfläche müssen, weil sie ansonsten in der mit Wasser durchzogenen Erde ertrinken, muss ich einfach im nächsten Vorgarten in Sicherheit bringen. Schleimige Hände und Leben oder saubere und Tod. Ich entschied mich für lebenslang schleimige Hände, das heißt für das Leben. Da gibt es doch diese schöne Fielmann-Werbung, in der ein bebrillter kleiner Junge inmitten ignoranter, kalter Hektiker einen verzweifelten Regenwurm von der turbulenten Straße rettet und in Sicherheit bringt. Primär sollte es wohl um die Brille gehen, aber mir ging es in dieser Werbung um den Wurm. Ich war zu Tränen gerührt. Natürlich gönne ich Fielmann auch den Werbeerfolg für Brillen, weil ich denke, dass er ein guter Mensch ist, der sich im Tierschutz sehr engagiert und natürlich auch ein tolles, unnachahmbares Geschäftskonzept entwickelt hat.

Schon im Kindergartenalter, als mir bewusst wurde, dass Pflanzen leben, kombinierte ich in meinem Superbrain, dass leben auch Schmerz fühlen heißt. Von da an unterließ ich es, auf Bäume zu klettern, denn ich wollte ihnen keinen Schmerz zufügen. Dumm nur, dass ich die Sache mit mir ausmachte. Hätte ich mich meinen Eltern mitgeteilt, hätte ich erfahren, dass Bäume trotz Schmerzempfinden kletternde Kinder verkraften.

Ich machte es mir zur Aufgabe, ertrinkende Insekten aus unserem Gartenteich zu retten. Ich hätte 24h-Dienst leisten müssen. Diese Berufung war ein Fass ohne Boden. Mir wuchs die Sache bald über den Kopf, die Verantwortung über Leben und Tod. Ich konnte den Gedanken kaum ertragen, dass in der Zeit, in der ich nicht vor Ort war, Tiere ertranken. Diese Rettungsaktionen waren ein Full-Time-Job.

Ich baute meine Spielzeugautogarage in ein Wasseropfer-Insektenkrankenhaus um. Das war kein Spiel, das war purer Ernst.

Heute existiert der Teich nicht mehr. Ich vermisse die Kröten, Kaulquappen, Enten, Wasserspinnen und Ringelnattern. Aber irgendwie ist es auch erleichternd. Dieses Lebenselixier für all diese Tiere existiert zwar leider nicht mehr, aber das Massengrab der im Sommer durstenden Insekten hat ein Ende.

Fühlen wir uns nicht alle mehr oder weniger als Frodo beziehungsweise Ringträger? Die Last der Welt auf unseren kleinen Schultern?

Erst kommt der Rest der Welt, dann versinkt man normalerweise im Erdboden. Bei mir kommen davor noch zehn Meter Schlamm und dann komm erst ich … na ja, dafür fühle ich mich momentan noch relativ sauber …

Ich mag ja Tagebücher nicht, schnulzige Frauengeschichten, meist kleinlich aber negativ, wie die Tagesschau, nur ausführlich und dramatisierter.

Die Menschen beten nur, wenn sie was wollen. Wie undankbar. Wenn Gott nicht spurt, es nach außen hin wagt, auf den ersten Wink nicht zu reagieren, (weil wir vertrauensvoll ausharren sollen, bis Rettung naht – und genau das eben unsere Probe ist), wird an seiner Existenz gezweifelt und er verdammt. Aber für das Gute, was uns hin und wieder widerfährt, was aber heutzutage leider nur kurzfristig bemerkt und wahrgenommen wird, wird sich nicht bedankt. Dafür ist jemand anderes zuständig, oder was?!

Immer diese Einseitigkeit. Offenbarung 21,4: „Und er wird jede Träne von ihren Augen abwischen, und der Tod wird nicht mehr sein, noch wird Trauer noch Geschrei noch Schmerz mehr sein. Die früheren Dinge sind vergangen."

Glaube, Beweglichkeit (geistige wie körperliche) und Vielseitigkeit sind die Essenz des Lebens. Ehrlichkeit und Nächstenliebe … genug moralische Melancholie.

In Tagebüchern schreibt man sich viele Probleme von der Seele. Manchmal brennt man durch das Schreiben auch Horrorszenarien unauslöschbar in den Geist ein, das ist wie auswendig lernen.

So oder so, ich mag Tagebücher nicht. Alle Welt will sie lesen und dann soll man sich noch rechtfertigen, wie man dies und das gemeint hat. Vertraulich oder streng geheim war mal … Ich mag Tagebücher nicht, sie ziehen dunkle Schatten. Ich schreibe Gedankenbücher – klingt schöner.

Es ist wieder einmal einer dieser Tage …, ich suche. Ich bin ständig auf der Suche. Aber diesmal geht es nicht um den banalen Autoschlüssel oder mein Asthmaspray, was sich prinzipiell immer in der Handtasche befindet, für die ich mich am Abend ausnahmsweise nicht entschieden hatte. Nein, diesmal geht es auch nicht um die liebe gute Zeit, von der ich sehr viel brauche, denn ich werde unzufrieden, wenn mir Freiheit, also Freizeit, fehlt. Meine Suche ist unspezifisch, oder doch nicht? Nein, eigentlich ganz und gar nicht! Was suche ich denn eigentlich? Was Neues, die Herausforderung? Ich hasse Routine.

Bin ich etwa einer dieser Menschen, die nie zufrieden sind?

Nein, so würde ich mich jetzt auch nicht gerade beschreiben. Es ist viel mehr, aber auch nicht der Sinn des Lebens, den so viele suchen. Den kenne ich schon lange: Liebe, Familie, Freunde, die Berufung, tägliche Horizonterweiterung, Spaß, Partyexzesse.

Ich suche meine persönliche Erfüllung! Mal überlegen, Definition von Erfüllung … Hmm … gute Frage, ich glaub, darum geht es. Eigentlich weiß ich immer, was ich will …, eigentlich … Momentan geht es eigentlich nur um die Suche nach einem Job. Das ist wahrscheinlich nur 'ne vorgeschobene Ausrede und nicht die Lösung des Problems. Aber es hat vorrangige Priorität, denn ohne Geld keine Freiheit. Außerdem will ich Leistung bringen! Nur welche Form der Leistung erfüllt mich, das ist hier die Frage. Dürfte doch nicht so schwierig sein. Ich bin umgänglich, teamfähig, gelehrig – ok, das spare ich mir dann lieber für die Bewerbung.

Also, um auf den Punkt zu kommen, ich habe „damals", das heißt nach meiner Berufsfachschule für Sozialpädagogik, eine Ausbildung zur Einzelhandelskauffrau gemacht. Kam da eher durch Zufall rein, was mir allerdings nicht geschadet hat. Ich verkaufte coole Klamotten, hörte laute Hintergrundmusik meiner Wahl ☺, hatte nette Kollegen, Freunde, die mal auf ein Schwätzchen vorbeikamen – wenn nicht viel im Laden los war – und durfte echt viel Verantwortung tragen. Das Highlight war, dass ich noch im dritten Lehrjahr quasi eine neue Filiale leiten durfte. Mein Chef überließ mir die Deko, im Einkauf durfte ich mitreden; die Bread-

&-Butter-Messe erst in Köln und dann in Berlin waren immer die Reißer. Ich knipste mit der Kamera in den Underground-Hallen wie ein Weltmeister, schließlich muss man diese Underground-Atmosphäre doch festhalten.

Kam kurz danach allerdings darauf, warum vor mir auf rabiateste Art und Weise die Schuhe, die News fürs nächste Jahr, mit einem Wisch vom Regal gefegt wurden, und die Blicke des Täters hatten die Aussage von „kill sie" bis „kill sie". Einen Moment überlegte ich: Kokain oder LSD, was könnte einen Vertreterblick sonst so schauderhaft wirken lassen? Ich entfernte mich, würde mal sagen, hastig. Wenig später stellte ich meine Fantasie ein und raffte dann doch, dass es dem LSD-Koks-Typ, was auch immer, nur um die Geheimhaltung seiner neuen Kollektion ging.

Buffalo in seiner Glanzzeit hatte einen von Mauern umgebenen Messestand – Top Secret … natürlich. Am Eingang stand ein Mitarbeiter, als Türsteher quasi, ließ sich das Visitenkärtchen zeigen. Schaute nach, ob der Standort schon Buffalo führte, wenn ja, wurde man abgesägt, das heißt, mal über die Kollektion schauen war nicht drin.

G-Star ließ einen zwar in den Stand, wollte aber zwei bis drei DIN A4-Seiten, schriftlich, über den Laden, inklusive Personal, (quasi einen persönlichen Lebenslauf), der sie in ihr Sortiment aufnehmen wollte. Eine persönliche Begutachtung des Ladens, der ihre Kollektion führen möchte, müsste man auch über sich ergehen lassen. Der Style und Schicki-Micki muss gegeben sein. Das erschien mir dann doch ein klitze kleines bisschen zu heavy. Observierung meines quasi Privatlebens.

Phh!

Verhandeln muss man im Business, aber rumkriechen – No Way!

Puma lehnte sich so weit und überheblich aus dem Fenster, dass wir ihnen nicht weiter nachliefen. Die Hochphase Pumas wird auch wieder ein Ende haben und dann werden sie mich anflehen, ihr Kunde zu sein.

Übrigens gab es an diesem Stand nur Cola light. Sportlabel eben.

Zur Verköstigung muss ich sagen, haben sich die Firmen früher richtig ins Zeug gelegt. Miss Sixty hatte, als ihre Klamotten von der entsprechenden Zielgruppe noch einigermaßen bezahlbar waren, einen Showroom wie bei *Alice im Wunderland*. Nobel, stylisch, teuer. Beim Ordern war es normal, dass die Kunden sich Pizza oder sonst was auf deren Kosten bestellten. Das war kundenorientiert!

Mittlerweile ist der Buffalostand zwar offen, weil kein Schwein mehr nach Buffalo pfeift, aber an Futter haben sämtliche Firmen stark gespart. Statt Calamares, Sushi, Kaviar, Mango-Auberginen-Odöfre, Australisches Bier und Sekt, gibt's Salzstangen und Bonbons ... von Aldi. Nichts gegen Aldi, aber Schicki-Micki wie gewohnt sieht anders aus.

Ich lebte geradezu auf in dieser Szene, im Nachhinein betrachtet natürlich noch mehr.

Nach der Messe 'ne dicke Dickies-Party im *Wild at Heart* in Kreuzberg mitzunehmen war Kult. Unser Vertreter headbangte bereits in der ersten Reihe zur Liveband.

Für diese Phase brauchte ich allerdings noch ein paar Minuten. und diverse alkoholische Getränke mehr ... ☺

Am Schluss eines netten Gesprächs mit einem Berliner, der neben mir saß, erfuhr ich nebenbei, dass er der Bassist von Skew Siskin war – echt empfehlenswert, unterstützt von Alice Cooper, der wohl etwas bekannter sein dürfte.

Mein Chef war super! Von sich selbst sagte er immer, er sei eher für den Bau geeignet, nicht dafür, skeptischen Müttern den Baggy Style (das heißt Schnitt-Popo in der Kniekehle) ihrer Halbwüchsigen zu erklären beziehungsweise für Kundenberatung. Man konnte punkten beziehungsweise überzeugen mit dem Argument: „Da ist er nicht so schnell rausgewachsen", und: „Die Jungs ziehen ihre Hose gerne an", was ja auch der Wahrheit entsprach. Was man von Konfirmationshosen nicht gerade behaupten kann. Der Wunsch vieler Mütter an ihre halbwüchsigen Söhne, solch eine teure Hose doch aufzutragen, bleibt meist unerfüllt. Kunden hält man sich mit Wahrheit, Kulanz und Qualität. Allerdings gab es auch Fälle von etwas – nennen wir es von überdimensionaleren Ausmaßen – welche sich in etwas zu hautenge Hosen zwängten und ich auch keinen anderen stylischen Schnitt in besserer Passform als Alternative anbieten konnte. Wenn solchen Grazien nicht von selbst auffällt, dass das eigentlich mit der Passform gar nicht geht, kann ich dann nur sagen: „Na ja, du musst dich halt wohl fühlen …". Damit drücke ich dezent meine Meinung aus. Wenn die Grazien ehrlich zu sich selbst wären, müssten sie sich eingestehen, dass sie sich in der Hose keinen Meter bewegen können. Natürlich ist die Hose schuld, die Größe fällt halt komisch aus, eigentlich passt 38 sonst immer!

Trotz der Abneigung meines damaligen Chefs gegen „anstrengende, zweifelnde Mütter" ließen sich seine des Öfteren wechselnden Autos prima fahren. Wir, mein Kollege und ich, durften sogar im nagelneuen Mazda MX5 allein nach Berlin zur Messe fahren. Mit Anfang zwanzig fühlt man sich nicht schlecht in so einem Spaßauto beziehungsweise netten Flitzer, für die, die sich keinen SLK leisten können. ☺ Aber nichts gegen die Cars meines ehemaligen Chefs. ☺

Auf der Messe angekommen, kaum zu glauben, wurde man mit so einem Autochen doch gleich viel zuvorkommender behandelt – ebenso mit dem gemieteten Benz, was auch immer, der leider kein SLK war, da wir noch keine 30 Jahre waren.

Immer diese Mitte Zwanzig-Aufschepper. Wer will schon mit einem SLK rasen …? ☺ Auf jeden Fall fahr ich genauso gut wie Schumi, und alle die mich kennen, wissen, dass ich das so meine. Ob das so ist, muss ich zwar dann immer noch mal ausdrücklich ausdiskutieren, aber das kann die Autovermietung ja nicht wissen. Ich diskutiere zwar nicht über Tatsachen, aber Fakt ist, ich wollte einen Mietwagen, und den bekommt man tendenziell eher dann, wenn man nicht als geistesgestört gilt … Ich sollte mir einen anderen Vergleich als Schumi suchen, mag den eh nicht besonders. Vielleicht Häkkinen? Die News der Rennfahrer sind mir momentan nicht geläufig, keine Zeit mehr für Formel 1. Aber der Vergleich mit Häkkinen ist vielleicht echt besser, ein ruhiger, aufs

Ziel gerichtete Finne eben. Im Vergleich: Reden ist Silber, Schweigen ist Gold. Vielleicht ist das der Grund, warum Häkkinen mir sympathischer ist als Schumi. Gegebene Dialekte spielen da keine Rolle, zumindest nicht der von Häkkinen. ☺ Sollte mir ein Beispiel nehmen, nicht am Fahren natürlich, das kann ich ja! Am Gold, ja, wär nicht schlecht, aber nee, am Schweigen natürlich. Manchmal zumindest … Furchtbar diese Leute, die immer, aber auch immer das letzte Wort haben müssen. Mal nichts zu sagen, wenn der Partner schon die alt eingesessene Masche erwartet, gibt Stärke und Zuversicht.

Der Nissan-Patrol meines Vaters eignete sich damals übrigens ganz prima für meine erste 100-km-Spritztour nach Frankfurt, die Party im *Dorian Gray* im Flughafen war geil! Nennen wir es klasse – ich mag das Wort „geil" nicht, da die tatsächliche Definition ja eigentlich unpassend ist. Heute ist alles „geil": geiles Eis, geiler Hund, geil weiches Klo-Papier … Na toll!

Ich hatte einen Top-Parkplatz am Flughafen. Schön zentral versteht sich – die High Society fährt eben vor. ☺ Außerdem hatte ich meine neuste High-Heel-Errungenschaft an den Füßen, in denen ich noch die ganze Partynacht grazil herumtänzeln wollte. Da ist es einem doch unmöglich, auch nur drei Meter weiter weg zu parken und einen Fußmarsch von solch gewaltiger Entfernung in Kauf zu nehmen.

Pole Position!

Glücklicherweise wurde ich, beziehungsweise das Auto, nicht abgeschleppt, trotz meines zentralen Parkplatzes. Meine geschundenen Füße bedankten sich, und auch mein Vater wusste nichts von seinem wortwörtlichen Glück. Er nahm an, ich kurve in den Gässchen unseres Örtchens rum. Bin ihm sehr dankbar für sein Vertrauen. Dafür hab ich meiner Mutter als Fahranfänger versprochen, die 120 km/h nicht zu überschreiten – hab mich dran gehalten!

Zum Glück bin ich schon lange kein Fahranfänger mehr. ☺

Den Subaru meiner Schwester durfte ich mir für meine erste Kurzfahrt ausleihen. Ein Kaff später angekommen, Knöpfchen runter – Schlüssel natürlich drin!! Das war teuer …, aber „ich habs ja …".

Zurück zur Jobsuche – habe ich erwähnt, dass ich öfter mal abschweife? Nun gut und Amen. Mein damaliger Partner übernahm eine Filiale meines ehemaligen Chefs, jedoch stand nach knapp sieben Jahren unsere Trennung ins Haus – komisches Gefühl, wenn man quasi zusammen erwachsen geworden ist … auf jeden Fall war in dieser Situation gemeinsam arbeiten nicht mehr möglich. Ich tendierte sowieso zur Schiene der weiterführenden Erfüllung und begann mit meinem Psychologiestudium. Und, ich bin immer noch dabei. Eine unverhoffte Herausforderung eben.

In der Zwischenzeit habe ich natürlich Nebenjobs gehabt, obwohl das vielleicht gar nicht so natürlich ist, denn in der Wohnung neben unserem Klassenraum versuchte sich zwischendurch eine Frau mit ein bisschen Gas in die Luft zu sprengen. Welche Kreise das für ein so großes Gebäude mit Wohnungen, Büros und Praxen ziehen könnte, hat die Gute wohl nicht bedacht. Na ja, was man eben so denkt, wenn man sich mal eben in die Luft sprengen will, wahrscheinlich gar nichts mehr – in der Lebenslage ist es vielleicht auch zu viel verlangt, Nächstenliebe und Wertschätzung für Mitmenschen und deren vielleicht nicht ganz so verkorkstes Leben zu zeigen. Aber es ist einem wohl nicht gegönnt, glücklicher als andere zu sein, obgleich es im Leben des Betroffenen auch nichts ändert. Aber ist ja nach einem riesen Feuerwehraufgebot noch mal gut gegangen, für sie, und auch für uns.

Auf jeden Fall hatte ich einen neuen Job! Juchu! Sogar in Frankfurt, von wo mein neuer Freund kam, den ich auf meinem ersten Solo-Trübsinn-Offspring-Konzert kennengelernt hatte. Trübsinn deshalb, weil ich mit meiner damaligen Begleitung einen Konflikt ausgetragen hatte und wutentbrannt allein nach Offenbach gefahren war … auch noch Offenbach … na ja. So stand ich nun „schwer begeistert" auf meinem Offspring-Konzert – allein – und traf dort in diesem Moment, natürlich ganz unwillig, meinen zukünftigen Partner.

Was für Zufälle es gibt und da heißt es immer, in Clubs und auf Konzerten ergibt sich nix Ernsthaftes. Na ja, Ausnahmen bestätigen eben die Regel. ☺

Meine überflüssige Karte, die eigentlich an meinen ursprünglichen Begleiter gehen sollte, wollte ich natürlich verkloppen, aber konnte mich vor Angeboten selbst kaum retten. Sah ich so suchend aus? Wobei wir wieder beim Thema wären.

Ich hatte also einen Job! Bei einem bekannten Security-Service in Frankfurt, als Hostess.

Erläutern wir zunächst den Begriff „Hostess" zum Verständnis: Es bedeutet soviel wie Gastgeberin, hab's im Duden nachgeschlagen. Na dann ist ja alles gut.

Mein erster Einsatz fand in der Alten Oper in Frankfurt statt und bedeutete, an zwei Platzierungen 14 Stunden, fast am Stück, zu stehen, mit Haltung versteht sich. Anlehnen oder schlendern war verboten, Kaugummi und Handy auch, also alles, was der Mensch zum Leben braucht, außer Kaugummi vielleicht. Spontane Toilettengänge oder seinen Platz verlassen war natürlich auch verboten, wenn man an einer wichtigen Position stand. Wenn dringend, dann Chefin anpiepsen – na toll! Ab und zu gabs eine zwanzigminütige Pause, die reichte gerade, um in die Keller-„Kantine" zu gelangen und den Lippenstift nachzuziehen, der übrigens Pflicht war. Ebenso musste ich meine Tätowierung überschminken, die wohl durch die Strumpfhosen, die nicht blickdicht sein durften, unter meinem roten Kostüm hervorblitzte. Überflüssige Ohrringe waren zu entfernen, Ohrringe hatte ich reichlich … und empfand keinen davon als überflüssig.

Aber man passt sich ja an.

Die Kantine in der Oper verkörperte eher was man oben hui, unten pfui nennt. Ein verrauchter, fensterloser Kellerraum ohne jegliches Flair, den es oben in Hülle und Fülle gab. Die Sitzmöglichkeiten waren mit Bierzeltgarnituren vergleichbar.

Nichts gegen Bierzeltgarnituren im Biergarten, aber wenn man einen Job hat, bei dem die Krampfadern ahoi sagen, hat man nichts gegen angemessene Sitzmöglichkeiten. Na ja, ich bin wohl verwöhnt und zu anspruchsvoll. Wer bekommt schon die Oase als Kantine. Und wer stellt sich überhaupt solch dämliche Fragen?!

Ansonsten war die Sache ein interessanter Einblick. Vor Kongressen mit zum Beispiel Miss Merkel, die auf einem Bankkongress als Einzige in Deutschland auf Deutsch ihren Vortag hielt, Ackermann, Scharping, Kohl und sämtlichen wichtigen Highsociety-People, Botschaftern aus aller Welt, die geladen waren, kreuzten etliche Spürhunde aus Vorsichtsmaßnahmen meine Wege. Ich traf sogar den Sohn eines Hitler-Attentäters. Sehr sympathisch, muss ich sagen.

Die gute, liebe Frau Roth – Bürgermeisterin von Frankfurt und Eiszapfen auch im Sommer – bekam man dort ebenfalls öfter zu Gesicht.

Die Gute ließ sich, während sie telefonierte, sogar den Steh-Aschenbecher einen Meter näher zur Garderobe bestellen und von einer meiner Kolleginnen die Kippenschachtel öffnen. Sympathisch und bescheiden wie eh und je …

Miss Merkel wusste wenigstens wie man mit dem „Volk" umgeht, zumindest wirkte sie menschlicher – was ihr „Können" anbelangt, da lässt sich drüber streiten, aber das meine ich nicht persönlich. Kein Mensch ist nun mal in der Lage, die Welt zu regieren, kontrollieren, wie auch immer. Eine Sache bessert sich, zehn verschlechtern sich und, ganz ohne Vorwurf, ein Mensch ist dieser Sache nicht gewachsen, war es zu keiner Zeit und wird es auch nie sein, gänzlich überfordert eben. Regieren ist eben 'ne Sache der Ganzheitlichkeit, wie in der Psychologie, nur ist diese kein Fass ohne Boden, auch wenn ich das bei der Masse an Stoff und meinen Lernblockaden manchmal zu denken wage.

Wenn man Glück hatte, ergab sich eine Position im Innenraum der Oper. Mitunter gab es recht interessante Musicals und Veranstaltungen zu verfolgen.

Der gute Ross, der bei *Saturday Night Fever* eine Besetzung hatte, auch bekannt aus so 'ner billigen Casting-Show, die leider fast doch jeder guckt, sah Backstage ungeschminkt gar nicht so überlustig und gut gelaunt, aufgekratzt und frisch aus wie im Fernsehen.

Meine Chefinnen, zwar oft im Stress, denn es gab ja auch sowas wie Bundespressebälle, die bis morgens um fünf Uhr gingen und bei denen sich die ganze Organisation als recht anstrengend erwies, waren dennoch umgänglich. Meine weiteren Aufgaben befanden sich im Bereich des Kongresszentrums und der Besetzung des zweiten Empfangsplatzes im Vorstandsgebäude der Dresdner Bank. Da hieß es vorrangig, die Namen der hohen Herren auswendig zu lernen, um einen würdigen Empfang zu bieten.

Bei einer Kundenveranstaltung im Hauptgebäude durfte ich circa neunzig Minuten sämtliche Gäste mit dem Aufzug in den vierzigsten Stock geleiten. Hoch und runter, und hoch und runter ... Das war die pure Freude ..., und mein Magen erst ... wie der sich freute ..., gluckste fast vor Übermut ..., aber die Sache ging zum Glück glimpflich und ohne „üble" Zwischenfälle zu Ende. ☺

Aber auch dort waren alle sehr nett zu mir. Wie es in den Wald hineinschallt, so kommt es eben auch wieder heraus. Wie wahr, wie wahr.

Zwischendurch war ich in zwei Modelagenturen beschäftigt, jedoch entpuppte sich die Er-Sie-Es Agentur der Dame Kappelhass als eher unseriös.

Meine andere Agentur erwies sich als arbeitsam. War auf jeden Fall 'ne Erfahrung in dieser Richtung. Aber eigentlich bemerkte ich recht schnell, dass die Basis nur auf Bestätigung beziehungsweise natürlich nur auf der Optik beruhte. Die Geschichte war mir zu oberflächlich. Umgeben von Mädels, die außer ihrem Äußeren nichts besaßen und auch nicht nach mehr strebten – leider. Auf jeden Fall hatte ich genug von Konkurrenzkämpfen und mörderischen Eifersuchtsblicken, die einen von oben bis unten musterten. Körper ist Kapital. In der Branche und für diese Mädchen vielleicht, aber wie lange bleibt der Körper das Kapital? Die Zeit läuft gegen sie, und was dann? Womit wollt ihr dann trumpfen und überzeugen? Beschränkter, kurzfristiger Horizont. Oder denken die, die machen wirklich das große Geld und können sich ihre ewige Jugend und Schönheit mit plastischer Chirurgie erkaufen? Alles hat einmal ein Ende, außer der Wurst. Das ist nicht meine Welt, denn ich kann mehr, ich habe den Vorteil Hirn.

Ich sollte an Miss-Wahlen teilnehmen. Das sollte der Karrieresprung sein, sogar auf dem zweiten Platz gab's ein neues Auto und eine super Gage.

Hallo, bin ich blöd? Auf solch Schmeichelangebote fall ich doch nicht rein! Wir sind doch hier nicht auf dem Pferdemarkt oder was?!

Tss… wie gesagt, ich kann mehr, und kündigte.

Will das heutige Klischee von Körperkult und Oberflächlichkeit nicht schüren. Klar bin ich eitel und selbstkritisch, aber die armen Mädels, die heutzutage in die Pubertät kommen, werden beherrscht von Ober-Brownie-Bohlen mit seinem Hirngespinst vom popligen Superstar und Super-Möchtegern-Hirn, und Durchschnitts-Face Heidi versaut unsere Jugend mit gewollt, aber nicht gekonntem Perfektionismus und drängt die IQ-loseren Mädels durch den Schlankheitswahn in die Kotzsucht. Aber das stimmt ja alles nicht. Der Trend geht zu „normaleren" Maßen. Ja, ich sehe es. Wer hat schon den Hyper-Stoffwechsel und einen Personalitytrainer oder den ganzen Tag Zeit zum Sport machen und Körper formen? Es gibt auch Leute, die arbeiten müssen. Wenn ich die Teenies heute frage, was sie werden wollen, kommt meistens die Antwort „Superstar" oder „Model". Na toll! Vielleicht hab ich auch wenig Verständnis dafür, weil ich mir mit meinen fünfzig idealen Kilos keine Gedanken um 'ne Tafel Schokolade zu viel machen muss … denke trotzdem, dass viele Eltern aus Sorge über ihre optikbezogenen oder hungernden Töchter verzweifeln. Natürlich gibt es auch so „tolle Eltern", die ihre Kinder im Model-Splin unterstützen, da sie vielleicht ihre unerfüllten Träume in dem Handeln ihrer Kinder leben oder kompensieren müssen.

Reine Bestätigungsjobs verachte ich.

Wir werden vom TV-Programm dermaßen zugemüllt und berieselt und wundern uns über Psycho-Kinder? Das Dschungelcamp, in dem abgelegte, ausgelutschte „Promis", die keiner mehr sehen will, darum ringen, ihre Aktualität wiederzuerlangen, ein Insekt nach dem anderen fressen und sich über Quoten von sensationsgeilen Zuschauern freuen – deren Alltag muss wohl sehr langweilig sein. Obwohl ich mich immer frage, wie unerfüllt mein Alltag sein müsste, um mir so was anzuschauen ... unvorstellbar. Von der Sonja hab ich ja nix anderes erwartet, aber vom guten alten Dirk bin ich doch etwas enttäuscht.

Superschlaue Magazine wie *Explosiv* berichten von Klebstoff schnüffelnden Jugendlichen, Steinewerfern (will bewusst nicht mehrere Beispiele aufzählen), und bringen so Jugendliche noch eher auf Ideen. Ich sag nur: Nachahmer. Von wegen Warnung, wahrscheinlich zahlen Klebstoffproduzenten noch Geld für diese „Werbung", aber genug der Thesen.

Über Menschenfresser und die krankesten Mordszenarien wundert sich die Welt? Warum? Wer kennt nicht *Das Schweigen der Lämmer, Hannibal, Saw 1, 2, 3, 4, 5* (*Saw 1,* den ich nach zwanzig Minuten ausschaltete, weil das meiner Nachtruhe doch sehr entgegen kam), *Freddy* oder *The Green Mile*? Stephen King selbst hat nur so kranke Storys schreiben können, weil, wie bei einem Autounfall festgestellt wurde, sein Körper voller Einstiche war. Hab ich zumindest gehört. Drogen wären jedenfalls eine Erklärung für solche Fantasien und Ideen. Der Arme ... na ja, macht wenigstens Geld mit seinen Paras. Aber solche Leute halte ich tendenziell für gefährlich. Egal, ob man mit seiner perversen Fantasie Geld macht oder nicht.

Wundert es da, dass Menschen verkommen und zu solchen Taten fähig sind, wenn das Fernsehen sie auf solche Ideen bringt? Jackass – Toll ... Borderliner – Wow ... bin beeindruckt ... wohl der Kult unserer, beziehungsweise meiner nachfolgenden, Generation. Wir habens mehr oder weniger geguckt und die Generation nach uns dreht Handyvideos, in denen alles gequält und gedemütigt wird, was schwach ist, lebt und ein schmerzverzerrtes Gesicht zeigt.

Was heißt da bitte: „Das ist doch nur ein Film …"? Entweder ich gucke einen Film mit Emotionen und Gefühl, oder ich kann es gleich lassen.

Ohne Worte … Manche Leute machen sich es schon leicht.

Die Tragweite, die so was im Unterbewusstsein anrichtet, ist wohl vielen bewusst?!

Ehemals Popozeiger Eminem und super-selbstbewusst, möchtegerncool Pinki nerven mich mit ihren Kindheitssongs. Ihr seid ja toll! Wollt Anerkennung, weil ihr es angeblich aus dem Ghetto herausgeschafft habt – Gähn. Seid es, tut es, wart es, aber redet nicht ständig drüber! Gähn … Mittelpunkttänzer, die in aller Munde sein wollen, egal mit was, Hauptsache nerven. Nichts nervt mehr als Mittelpunkttänzer und ihre übertriebene Extrovertiertheit, Trubel und dummes Gelaber, diese Gier nach Aufmerksamkeit. Was wollen die mit ihrem falschen, oberflächlichen Ego eigentlich kompensieren? Es geht doch immer nur ums Geld, und wenns mit Skandalen verdient wird.

Dann gibt es noch die stillen Wasser. Stille Wasser sind bekanntlich tief, sie zeigen nicht gleich was in ihnen steckt, ob unergründlicher Tiefsinn, Unsicherheit oder 'ne tickende Zeitbombe?

What ever.

Manche kleinen Kinder wollen Aufmerksamkeit um jeden Preis, auch wenn's in Form von Schimpfen ist.

Behaltet eure Familiendramen für euch und teilt diesen Privatkram bitte nicht der ganzen Welt mit, nur um Kommerz zu erzielen.

Übrigens war unkommerziell das Wort meiner frühen Jahre, gleich nach dem Zyklop. Wie auch immer ich darauf kam, denn meine Eltern schützten mich sogar vor dem mörderischen Einfluss von *Jurassic Park 1*.

Ich mag *Batman*- und *Spiderman*-Zeichentrick. Fledermäuse sind toll – haben nur leider oft Tollwut. Spinnen sind auch ok – ich setze sie einfach raus, bevor sie mich im Bett heimsuchen.

Nur keine Panik. Bissige Hunde sind wie bissige Kinder oft nur Auswüchse ihrer Besitzer und Eltern. Diese übertragen doch Panik, Aggression und Stress.

Im Herbst kommt die große Hausspinne gerne rein. Sie ist so schnell, dass ich sie schon mal mit einer Maus verwechselt hab. Von Katzen lässt sie sich ungern töten, und sie kann beißen, ist aber nicht giftig – also kein Vorwand zum Töten.

Übrigens hab ich mir schon mal gewünscht, ein Tier mit 'ner Maus oder Spinne verwechselt zu haben … Es war in Twentynine Palms, einem, wie sich rausstellte, Tankstellendorf in der Pampa Kaliforniens, das sogar in der Landkarte verzeichnet ist. Außer der Tankstelle gab es für uns glücklicherweise noch ein Motel – es war wie im Film. Es war spät abends. Der Motelbesitzer überzog für uns in all seiner Spontanität ein neues Bett. Er trug ein grüngepalmtes Hawaiihemd, hatte 'ne Kippe im Mund, eine fettige Halbglatze, gefolgt von einem fettigen, strähnigen, dunklen Zopf. Das Zimmer stank nach seiner Fahne und altem, mit billigem Parfum übertünchtem Schweiß.

Weit und breit kein anderer Unterschlupf in Sicht. Ich ahnte Grausiges, als ich die mit Blut beschmierte Fliegenklatsche im engen Türrahmen, der ins Bad führte, an einem reingeschlagenen Nagel hängen sah. Ich traute mich kaum an dem blutbeschmierten Ding vorbei in Richtung WC, aus Angst es zu berühren. Der Blutmenge nach zu urteilen müssen sich unglaubliche Horrorszenarien in Verbindung mit der Klatsche abgespielt haben.

Ich hasse Fliegenklatschen – grässliche Mordinstrumente!

Ich habe weitläufige Nachbarn, die es lieben, draußen auf ihrem Balkon zu sitzen, die Natur und frische Luft zu genießen und alles Insektenähnliche, was sich wagt in ihrer Nähe zu tummeln, totzuschlagen! Krank oder? Sehr naturverbunden die Herrschaften … Die sitzen mit der Klatsche in der Hand auf ihrem Liegestuhl – durchgehend, und warten auf Leben, das sie beenden können. Leben die so ihre Macht aus? Immerhin fair, die Gegner haben eine reelle Chance … haha …, flieht, ihr Narren. (Zitat: Gandalf – der machte übrigens mit einem Falter gemeinsame Sache – sehr sympathisch.) Unterschätzt nicht die kleinen Dinge des Lebens – möglicherweise mutieren sie laut der „intelligenten“ BILD-Zeitung irgendwann zu riesigen Killerinsekten. Als ich das letzte Mal eine Schlagzeile der BILD-Zeitung an einem Kiosk gelesen habe, war ich gerade sechs Jahre und hätte mir fast den Juist-Insel Urlaub versaut, weil ich mich weigerte, das Haus zu verlassen beziehungsweise den Strand zu betreten, da laut Bild die Riesenkillerkrabben im Anmarsch und bereit waren, alles zu vernichten. Damals dachte ich noch, die Medien verkörpern Wahrheit. Aber man ist ja lernfähig. Gerade die BILD-Zeitung lockt lediglich mit sensationsgeilen (ab und zu passt das Wort „geil" auch mal in den Rahmen), blutigen Horror-Artikeln und Hängebusen. Der Sportteil soll gut sein.

Zurück zu Twentynine Palms.

Ich öffne generell erst mal den Kleiderschrank in einer fremden Unterkunft (ob ich Klamotten einräume, oder wie meistens entscheide, aus dem Koffer zu leben), um nachzusehen, ob dort eine zerstückelte Leiche oder Ähnliches des Vormieters versteckt liegt. Der Gedanke, unbewusst eine Nacht neben so was zu verbringen, ist mein persönlicher Horror. Woher diese Paras kommen, weiß ich nicht, gleich neben blutbeschmierten Fliegenklatschen natürlich. Die müssen Dinos damit gekillt, geradezu erlegt haben! Sind deren Leichen vielleicht im Schrank ...? Es ist immer wieder ein unangenehmer Adrenalineinschuss, bis die Sekunden vorbei sind, in denen ich die Schranktüren geöffnet habe, um zu sehen, dass keine Leichen im Schrank sind. Die Pampa Kaliforniens ist mit Sicherheit auch ein attraktiver Ort zum Beseitigen von etlichen Leichen. Dort in der Weite werden sie gefressen, von der Sonne verbrannt und kein Mensch findet sie jemals.

Ich öffnete also angespannt die knarrenden, lackabgesplitterten Türen ...

Die Anspannung war begründet.

Nein, es war keine Leiche, viel schlimmer ...

Ein „Etwas" flitzte unter meinen Beinen durch, geradezu unter meinen Koffer. Mein Koffer! Das Ding suchte Schutz unter meinem Koffer!

Ich gewähre vielem Schutz, aber nicht wenn „ES" mir undefinierbar ist und sich in diesem Koffer meine Schuhe befinden!

So schnell wie ich einen Satz auf das Bett machte, kann sich wohl keiner vorstellen, und das obwohl ich keine Angst vor Mäusen und Spinnen habe. Mein Freund betrat das Zimmer, fand mich aufgeregt, angsterfüllt und zusammengekauert auf dem Bett vor. Ich teilte ihm meinen Verdacht mit. Er hob vorsichtig meinen Koffer an, und da! Da flitzte es schon wieder in einer Geschwindigkeit – kaum mit den Augen zu verfolgen. Es war eine Kakerlake – na toll! Super Feeling.

Zusammengepfercht in ein kleines, noch nach Schweiß und der Fahne des Besitzers stinkendes Motelzimmerloch, mit blutbesudelter Klatsche und Kreaturen nicht von dieser Welt! Und das für eine ganze Nacht!

Sie flitzte strak an der Wand neben dem Bett hoch, kopfüber geradezu an der Klatsche vorbei, in eine Spalte im Bad. Die wir natürlich sofort verstopften!

Wir waren todmüde, ließen unsere Socken an, die Koffer versiegelt, in unsere Decken eingeschweißt, und hofften, es sei die Einzige und der Morgen komme bald ... Wenn man durch den Westen der USA reißt, ist man jeden Abend tot und kann sogar in billigen (und dafür noch zu teuren) Kaki-Motels schlafen, auch wenn ich mir zu Beginn nicht vorstellen konnte, dort ein Auge schließen zu können. Wir machten keine Rucksacktour durch Death Valley. Wir waren mit einem schicken Mietwagen unterwegs, aber müde waren wir trotzdem. Von dem Glamour Las Vegas in eine mit Kaki bestückte Einöde ist schon eine Umstellung. Aber was uns nicht umbringt, macht uns nur noch härter. Diese Weite der Deserts und Canyons war mir fast zu weit. Ich liebe Landschaften und Natur, aber auch Trubel, und diese Stille zu ertragen, diese Einsamkeit, ist gar nicht so leicht. Weit und breit nichts, nur Wüste und Berge im Wechsel, wenn auch die gewaltigsten, die ich je gesehen habe. Wir fuhren stundenlang, ohne einem Menschen zu begegnen. Ab und zu konnte man in der Weite eine Blockhütte entdecken und fragte sich mitleidig, ob die Bewohner sich dieses Leben dort ausgesucht haben. Womöglich ohne Strom, TV, Post, ohne Anschluss – grausam. Wenn ich nicht gerade in Rockys Blockhütte in Russland für den Kampf meines Lebens trainiere, bekommt man mich dort nicht hin.

Nicht dass meine jungen Jahre vergangen wären … und auf Kommerz in dem Sinne, das heißt dass ich die Charts hoch und runter höre, steh ich immer noch nicht, aber man ist flexibler im Musikgeschmack und meint nicht mehr, man müsse sich auf eine Richtung beschränken. Ich liebe House-Partys, ebenso die Chili Peppers, Beatsteaks, Falco und Slip-Knot. Die Titelsongs von *Rocky, Tatort* und *Ghostbusters* ergreifen mich jedes Mal aufs Neue.

Ich hasse dramatische Jagdszenen von Räubern und Opfern in Tierdokus. Ich hasse auch dramatische Todeskämpfe, die mit herzzerreißender Musik unterlegt werden. So was versaut doch wirklich jede beeindruckende und ergreifend nahegehende, wunderschöne Tierdoku. Als ich mit meiner Freundin Lucy im Kino war und wir uns *Unsere Erde* ansahen, genau das gleiche Spiel. Wunderschöne Doku durchzogen von qualitätnehmender Grausamkeit.

Ich kannte Lucy noch nicht besonders lange. Wir besuchten denselben Englischkurs, aber ich beobachtete, dass sie während den Jagdszenen ebenso empfand wie ich und hektisch ihren Kopf auf die Seite warf und die Augen schloss, um die Dramatik solcher Szenen nicht ertragen zu müssen. Da war mir klar, dass es eine wertvolle und besondere Freundschaft werden würde.

Ein weiterer Job, eigentlich eher ein Praktikum, habe ich, wie soll es anders sein, in einem Tierheim gemacht. Meine Illusion, den Tierchen zu helfen und Liebe zu geben, war schnell ernüchtert. Eigentlich blieb neben dem Putzen nicht wirklich Zeit für die Tierchen selbst. Bei der Leitung einer esoterisch angehauchten Dame, die Krankheiten der Tiere auspendelte, nie ans Telefon ging, Interessenten wegschickte, obwohl Personal vor Ort war, und keine offiziellen Öffnungszeiten einrichtete, musste man sich über eine miese Vermittlungsquote nicht wundern.

Das Schlimme war, ich hatte kein Geld, aber Kraft und Tatendrang. Ich bot mich einigen Tierorganisationen an. Ich wollte mit in eines der ärmsten Länder, mit nach Bukarest, in das erste staatlich anerkannte Tierheim „Christi" in Rumänien, welches ich bereits finanziell unterstützte. Ich wollte Opfer der Gesellschaft, Hunde, mit nach Deutschland bringen, die in Rumänien getötet werden sollten. Mit anpacken. Was soll man davon halten: Sie wollten mich nicht. Keiner wollte mich. Nur mein Geld, Spenden, das wollten sie alle.

Wer weiß, wofürs gut war, wahrscheinlich hätte ich den Anblick und die Eindrücke nicht ertragen, nie vergessen und verarbeiten können. So beruhigte ich meine Untätigkeit, mein Gewissen eben doch mit meinen Spenden.

Was mir ebenfalls negativ auffiel, wobei ich jedes Ehrenamt bewundernd anerkenne, dass die gute Absicht von Alkoholikern, ihren Dienst anzubieten, nicht produktiv ist, da es unter anderem vorkam, dass Rattenmännchen als Weibchen vermittelt wurden, dazu noch unkastriert … Danach überschwemmte eine Rattenplage unser Tierheim. Ich will nicht unterstellen, dass solche Leute nicht aus Tierliebe dort arbeiten, aber eben auch, weil sie mit „der Fahne" von jedem zahlenden Chef vor die Tür gesetzt würden. Aber auch bei solchen Tätigkeiten sind „Fahnen" einfach unangebracht, und davon gibt es in solchen Organisationen leider einige. Auch solche Aufgaben erfordern einen klaren Verstand.

Apropos (was eigentlich ein richtig blödes Wort ist – wollt ich nur mal klar stellen, passt aber gerade) Fahne: Was ich richtig cool finde ist, dass sich Deutschland seit der Super-WM 2006 endlich wieder traut, seine Fahne zu schwenken, und sich von der Hitler-Belastung frei zu machen versucht, mit dem wir heute wirklich nichts mehr zu tun haben. 'Ne nette Sache ist der Film *Die Welle,* der nochmals verdeutlicht, wie manipulierbar die Menschheit doch ist.

Ich bin froh, Deutsche zu sein, in einem der besten Sozialsysteme leben zu dürfen – auch wenn sich dummerweise zu viele darauf ausruhen –, Tierschutzgesetze zu haben, wenn auch nicht ausreichend, aber immerhin haben wir welche, im Vergleich zu anderen zumindest. Natürlich gibt es auch Menschen, die in gewissen Situationen auf Hartz IV angewiesen sind, dafür ist es ja da, für Menschen in schweren Lebensumständen. Leider sind der Staat und die Ämter häufig überfordert mit der individuellen Prüfung und machen es damit Schmarotzern oft zu leicht und Bedürftigen fast unüberwindbar schwer.

Seien wir mal ehrlich, grausam war die Menschheit von je her, ob es ausweglose Kämpfe im Colloseum in Rom waren, zur Belustigung und Unterhaltung der hohen Herren, oder, der Widerspruch in sich, „christliche" Kriege zu biblischen Zeiten.

Vor ein paar Jahren kam ich auf die idiotische Idee mir das Foltermuseum in Amsterdam anzuschauen. Ich roch förmlich das alte, verrottete Blut geschundener Seelen auf dem vor mir stehenden Stachelsessel, ob schuldig oder nicht, ob Hexe oder nicht. Sich das Recht anzumaßen, einen anderen Menschen hinzurichten, ist harter Tobak. Und wenn es ein Kinderschänder ist, dann wird er halt auf unsere Steuerkosten eingesperrt, aber ich übe doch keine Selbstjustiz, zumindest nicht im Morden. Sich versündigen, auch wenn einem das in diesem Moment egal sein mag, gleiches mit gleichem vergelten ist und bleibt doch immer der falsche Weg. Dann wäre ich ja um nichts besser als dieser Geistesgestörte selbst. Ich verstehe ja die Angehörigen solcher Opfer und ihre Rachegelüste, ungeschehen machen sie aber auch nichts.

Zurück zu den Hexen. Eine wurde zur Hexe auserkoren und ins Wasser geworfen. Wenn sie ertrank, war es ein Irrtum, wenn sie schwimmen konnte, war sie eine Hexe und wurde somit verbrannt. Immerhin hatte das Opfer die Wahl zwischen den beiden aufgezählten Todesarten. Foltermuseum. Ich bereute schnell, die Atmosphäre war bedrückend, die Stimmung mystisch, klassische, bedrohliche Musik lief im Hintergrund, die in Kombi mit dem grünlich gedämmten Licht ihre Wirkung nicht verfehlte, dass es mir ganz schwer und eng ums Herz wurde.

Übel in Erinnerung verankert ist mir ein Gerät, in das der Kopf des Opfers geschnallt wurde, einen Dolch unter dem Kinn, mit dem man sich selbst aufspießte, wenn man es wagte, nach Tagen der auszehrenden Übermüdung, einzuschlafen und den Kopf sinken zu lassen ... heftige Vorstellung ... Man weiß ja schon, wie man sich nach einer *Herr der Ringe*-Kinonacht fühlt ... so spannend die Filme auch sein mögen.

Es ist nicht immer ein Vorteil, eine hervorragende Vorstellungskraft und Fantasie zu besitzen ... Mich machte die Sache fertig. Eintritt bezahlt hin oder her, mir ging's richtig elend. Warum besichtigt man freiwillig so was Negatives und bezahlt noch dafür?! Versteckte Perversion? Die Neigung der Menschen nach Extremem? Dämlich von mir. Ich verschließe sicher nicht die Augen vor der Wahrheit, aber ich muss nicht zehnmal täglich Nachrichten oder Tierquälberichte sehen und mich belasten. Hab mich schon bei *Bärenbrüder, About a Boy* und *Hair* totgeheult.

So begann ich mich zu schützen. Ich lebte in Filmen und viele taten mir nicht gut. So gab es Zeiten der Abstinenz, das heißt mein TV-Programm beschränkte sich aus Selbstschutz auf *Spongebob, Harry Potter, Wer wird Millionär* – obwohl der Jauch auch immer aufsässiger und unsympathischer wird – und meinem Motivationsfilm schlechthin: *Rocky 12345*! Überhaupt nicht oberflächlich, bitteschön! Die Story ist super! Es geht um innere Stärke, Überwindung, sich aus der Armut hocharbeiten und nicht um hirnrissige Klopperei. Die Musik ist mitreißend und Rockys und Adrians ehrliche Liebe unerschütterlich. Ich bin nicht der Mensch, der unbedingt in jedem Film 'ne Lovestory braucht, es nervt mich sogar. Aber in diesem Fall ist das natürlich was anderes. ☺ Vorbildlich!

Meine zweite Ratte hieß übrigens schon vor *Titanic,* dem Film, Titanic. Ich hab ihn nie wirklich gesehen, Schnulze gepaart mit Katastrophe – einfach ätzend. Ich schau lieber *Pumuckl* oder *Falling Down – Heile Welt,* ist nervenschonend. ☺

Es war vorbei. Ich verließ also das düstere Museum, bevor ich allzu tief in Depris verfiel und versuchte mich abzulenken, was sich schwierig verhielt, denn draußen dämmerte es ebenfalls und das Gesehene war tief verankert …

Zum Vaterlandsstolz muss ich sagen, fühl ich mich für Hitler nicht mehr verantwortlich. Er wollte auch meinen Urgroßvater „abholen" lassen, weil er für sein Land gekämpft und sich im Ersten Weltkrieg Malaria geholt hatte. Seine Kinder flehten jeden Tag, dass er sich trotz Fieberschüben aus dem Bett erhebe, weil die Hitlerhelfer wieder an die Tür klopften und ihn holen wollten, weil er nicht tauglich sei. Müssen dramatische Szenen gewesen sein.

Mein mittlerweile verstorbener Opa hatte mir damals immer erzählt, dass er im Krieg extra daneben geschossen habe. Das war das Schönste, das er mir sagen konnte. Ich glaube es bis heute, mag man denken, was man will.

Da komm ich doch gleich zum Thema Integration, das ist aber wohl eher ein Begriff für „hinten rein kriechen".

Bei aller Liebe, bei meinem sozialen Wesen, wo soll das noch enden? Entweder ich liebe das Land, in dem ich lebe, und sozialisiere mich mit dessen Kultur, Land und Leuten. Oder nicht. Die wollen doch nicht! Dürften wir es wagen, in gewissen Ländern über eine deutsche Kirche zu reden, geschweige denn eine zu bauen? Wir würden vergast, erschossen, erdrosselt, erhängt und zu Tode gefoltert.

Was für eine bemitleidenswerte, würmliche Kreatur muss man sein, wenn man sagt: „Ich hasse Deutschland, die Deutschen", und deren Kultur missachtet, aber in unserem Land lebt, bei uns, mit uns, oder gar von uns!? Wenn ich in einem Land lebe, das nicht meine Ursprungsheimat ist, stehe ich trotzdem dahinter, ansonsten verlasse ich dieses Land. Es ist doch auch meine Heimat. Aber ich will nicht hetzen.

Eine Freundin von mir ist Türkin und sieht es ganz genauso. Sie ist hier geboren, sagt, sie sei Deutsche mit türkischer Abstammung. Vorbildlich. Menschen, die sich nicht benehmen, denen

Stolz über alles Menschliche geht, die fallen mir, nett ausgedrückt, sehr unangenehm auf … zum an die Wand klatschen.

Ich weiß, was ihr wollt, ihr wollt die Weltherrschaft (und ihr seid nicht die Labormaus Brain, die mit seinem Gehilfen Pinky Nacht für Nacht die Weltherrschaft erobert, ach, was red ich, an sich reißt! Oder waren das Ratten? Wie auch immer, lieber von Brain regiert als von solch üblen Sinneswandeln … Immerhin hat eine gewisse Gruppe von Einwanderern in Deutschland einiges gemeinsam mit den beiden Labormäusen).

Wo war ich stehen geblieben …?

Ah ja, ihr wollt die Weltherrschaft, ich weiß es, ich hab euch durchschaut, ihr wollt erst mal Deutschland erobern und die deutschen Hirnis raffen's nicht, weil sie immer noch ein schlechtes Gewissen wegen Hitler haben. Wenn die erst mal in der EU sind,

sind wir verloren! Es gibt sogar ein tolles Ausland, in dem Banken kostenlose Kredite geben, wenn diese Bürger in Deutschland unter der Voraussetzung ein Haus kaufen, dass sie es nie mehr an einen Deutschen zurückverkaufen!

Ehrenmorde. Ehrenmorde? EHREN-MORDE!

Krank, oder?! Es gibt Menschen, die ihre Familien lieben, und Menschen, deren Geist nur von Stolz beherrscht wird, wie krank, oder? Ein afghanisches Mädchen aus meinem Englischkurs erzählte uns, dass sich viele Frauen in ihrer Heimat aus Verzweiflung, Armut, wegen ihrer miesen Ehemänner oder weil sie ihr Dasein als Gebärmaschinen fristen, mit Benzin übergießen und anzünden. Nur der Tod ist die Erlösung aus dieser Hölle, in der die Gefühle und Meinungen einer Frau nicht zählen.

Stierkämpfer lieben ihre Familien eher weniger, wage ich mal zu behaupten. Barbarische Vorbilder! Das hat mit Land, Kultur und Tradition nichts mehr zu tun! Wir haben alle ein Hirn (manche mehr, manche weniger) zum Denken erhalten, zum Urteilen über Gut und Böse. Wer nicht erkennt, wann ein Tier aufs Übelste gequält wird, kann unmöglich ein guter Familienvater sein! Solche Leute sind tickende Zeitbomben und hochgradig gefährlich für die Menschheit, müssten eliminiert werden. Wenn sie zu so was fähig sind, sind sie auch in der Lage, Menschen zu töten. Sie erfreuen sich an Leid. Ich sage immer, man darf Gleiches nicht mit Gleichem vergelten, dann ist man keinen Deut besser als der Täter, aber bei Stierkämpfern oder Tiertransportfahrern würde ich fast eine Ausnahme machen und die Gaskammer in Erwägung ziehen. Aber ich will mich ja nicht auf deren Stufe begeben. Lieber betteln als einen Job zu haben, in dem ich Tiere qualvoll in den Tod fahre! Torreros und Touris, die sich von aufgebrachten, gedemütigten, eigentlich so stolzen und starken Tieren durch die Straßen jagen lassen, haben es verdient, aufgespießt zu werden. Eine Bedrohung für die Menschheit weniger! Solche herzlosen Barbaren kann die Welt nicht gebrauchen. Wenn die Menschen sich nur an die Zehn Gebote hielten – wir erinnern uns: nicht töten, nicht stehlen, nicht lügen, keine Götzen, nicht betrügen, … – wäre die Welt schon fast vollkommen, da sich alles erübrigt. Eigentlich nicht schwer und man muss dafür nicht mal übermäßig gläubig, sondern nur logisch denkend sein.

Ich bin seit zwei Jahren Vegetarier! Juchu! Mein Gewissen ist reiner. Klar sterben immer noch Tiere, aber ich kann die Schuld von mir weisen, da ich die Nachfrage nicht mehr fördere. Für die Gesundheit ist es auch nur von Vorteil. Die Verdauung hat's leichter, der Alterungsprozess verzögert sich, und es muss schon einen Grund haben, dass der Körper von Krebspatienten einen Ekel vor Fleisch entwickelt. Ein Gesunder steckt den Fleischabbau weg, ein kranker Körper reagiert in dem Falle. Wir sind keine Fleischfresser. Klar fehlen mir auch Cheeseburger und Co, aber für mich gibt es kein Fleisch mehr und basta. Es gibt eine unzählige Vielfalt an Nahrungsmitteln. Etwas mehr Disziplin bitte! Gerade die Nachfrage von Tieren aus Tiertransporten oder Exoten, wie zum Beispiel Kroko, muss man nicht fördern. Und wir haben kein Fleischfressergebiss, nur weil wir zwei kleine Eckzähnchen haben. Es gibt auch Kokosnüsse, die zu knacken sind. Und die Evolutionstheorie ist und bleibt wie gesagt nur eine Theorie! Jesaja 11,6-9: „Und der Wolf wird tatsächlich bei dem Lamme weilen, und beim Böcklein, wird selbst der Leopard lagern, und das Kalb und der mähmige junge Löwe und das wohlgenährte Tier alle beieinander, und ein noch kleiner Knabe wird sie führen. Und die Kuh und der Bär, sie werden weiden, zusammen werden ihre Jungen lagern. Und selbst der Löwe wird Stroh fressen, so wie der Stier. Und der Säugling wird gewißlich auf dem Loche der Kobra spielen und auf die Lichtöffnung einer giftigen Schlange wird in der Tat ein entwöhntes Kind seine Hand legen. Sie werden keinen Schaden stiften noch irgendwie Verderben anrichten auf meinem ganzen heiligen Berge, denn die Erde wird gewisslich erfüllt sein mit der Erkenntnis Gottes, wie die Wasser das ganze Meer bedecken." Passend zu Prophetin Emelys Aussage, oder? Ich hab's ja immer gewusst, so war das nicht gedacht, von wegen fressen und gefressen werden. So ist der Lauf der Dinge nun mal nicht.

Alles begann, als ich eines Nachts das WC einer Autobahnraststätte besuchen musste. Was schrie denn da so jämmerlich und herzzerreißend? Ich hoffte, dass es die Rohre des WCs seien, aber eigentlich ahnte, wusste ich es schon. Ich wagte mich, das WC zu verlassen, und fand wie erwartet zwei Tiertransporter mit zahlreichen Schweinen beladen vor. Deren verzweifelte Schreie aus Panik, Angst, Verzweiflung, Kälte, Durst unbeschreiblich herzzerreißend waren. Mir kamen die Tränen. Ich rief die Autobahnpolizei an, obwohl der Anblick, der sich mir dort bot, wohl trauriger Alltag ist ... Ich dramatisierte. Natürlich. Eigentlich wollte ich mir die Fahrer der Lkws vorknöpfen, die kurz nach meinem Anruf aus der Gaststätte kamen. Ich ließ Vernunft walten. Solche Typen sind, wie man sieht, zu allem fähig. In der Zeit, in der ich die Polizei sehnsüchtig erwartete, fuhren die beiden los. Ich lief wie ein aufgescheuchtes Huhn auf den Streifenwagen zu, der zehn Minuten später endlich eintraf. Unter Tränen erzählte ich den Beamten von der Sachlage. Sie nahmen die Verfolgung auf, konnten allerdings niemanden stellen. Ich rief Stunden später auf dem Revier an. Der Beamte dort sagte, die Tiere seien bestimmt schon in der Schlachterei angekommen, sie könnten leider nichts mehr tun. Die Tiere würden wohl erst in den Morgenstunden geschlachtet, da sie sich erst beruhigen müssten, weil ihr Fleisch ansonsten vor lauter ausgeschütteten Stresshormonen ungenießbar sei. Na toll! Ich wimmerte: „Hätten sie diese markerschütternden Schreie vernommen, wären sie ab heute auch Vegetarier", bedankte mich und wünschte dem Beamten noch eine ruhige Dienstnacht. Meine Nachtruhe war allerdings dahin.

Dank dieses Schlüsselerlebnisses schaffte ich es endlich, fortan vegetarisch zu leben. Ich esse auch zu meinem Bedauern keine Krabben und keinen Hummer. Kochendes Wasser als Tötungsmethode ist einfach zu grausam. Am liebsten würde ich eine Revolution der Hummer in der Metro herbeiführen. Immer wenn ich dort einkaufe, träume ich davon, sie zu befreien. Ich durchschneide die Klebestreifen, die ihre Scheren fesseln und wir stürmen wie die X-Men den Markt.

Ich besaß mal zwei Mangrovenkrabben in einem Terrarium. Natürlich habe ich mich belesen, aber es gibt Tiere, die sterben langsam vor sich hin, egal wie gut man es mit ihnen meint und versucht, sie artgerecht zu halten. Es ist nicht immer möglich. Meine erste Krabbe verlor ein Bein nach dem anderen. Tierärzte haben da natürlich keinen Plan. Bevor die zweite das gleiche Schicksal befiel, fuhr ich kurzerhand in den Frankfurter Zoo und bettelte, dass sie die Krabbe aufnähmen, da ihre Haltungsbedingungen sicher noch artgerechter seien. Der Pfleger nahm sie nicht an. Sie sei nicht attraktiv genug! Phh, meine Mangrovenkrabbe, 15 cm groß, schillernd in ihrer blau-roten Farbe, nicht attraktiv genug?! Ich schilderte dem Pfleger, es gehe um Leben und Tod. Doch meine markerschütternden Worte ließen ihn kalt. Es beeindruckte ihn nicht. Ich merkte an, was denn wäre, wenn ich das Tier einfach hier stehen ließe und abhauen würde. Dann müssten sie sich Elenore doch annehmen! Er zischte, dass er sie an die Krokodile verfüttern würde. Mir blieb nichts anderes übrig, als Elenore wieder mit heim zu nehmen. Sie lebte noch eine Zeit, aber wirklich alt wurde sie auch nicht. Ich informierte den Zoohandel darüber, dass es kaum möglich ist, diese Exoten artgerecht zu halten, und ich mit solchen Käufen nicht mehr die Nachfrage fördern und den Tierhandel mit Exoten unterstützen wolle.

Dummerweise gab es einen Zeitpunkt in meinem Leben, zu dem ich davon überzeugt war, das grüne Leguane die perfekten Haustiere für mich seien. Doch die Idee, mir wirklich solche Leguane anzuschaffen, bereute ich relativ schnell. Ich dachte, Leguane seien angenehme Vegetarier und würden lange leben. Dieser schnelle Abschied, sobald man sich aneinander gewöhnt hat, wie bei kleinen Nagern, bliebe dadurch wohl in ferner Zukunft. Ich hielt sie, soweit möglich, artgerecht. Viele lassen sie im Wohnzimmer laufen, füttern Katzenfutter und Kartoffelsalat – frisst er doch so gern! Ach Gottchen, ich esse auch gern Schokolade und trinke Ouzo, ist das deshalb gesund für mich? Eine weitere Fehlannahme:

„Ach, er schließt die Augen, genießt sichtlich, wie ich ihn streichle!" Falsch, er unterwirft sich nachgiebig dieser Situation, lässt die ungewollten Streicheleinheiten über sich ergehen. Vernünftige Tierärzte, die sich mit Echsen auskennen, gibt's auch nicht wie Sand am Meer. Meine kleine Flora hatte Verstopfung. Ich ließ sie in einer 100 km weit entfernten Tierklinik für mein damals komplettes Lehrlingsgehalt von 500 DM operieren. Sie verstarb nach der OP. Na toll! Aber wenn ich mir so ein Tier anschaffe, muss ich auch für die Tierarztkosten aufkommen. Eigentlich wollte ich meinen beiden Leguanen ein kleines Zimmer ausbauen. Dies verhielt sich nicht so einfach, denn durch die hohe Luftfeuchtigkeit schimmelte der Raum. Die Beleuchtung, UV-Licht, Wärmelampen tags und nachts und die Verneblungsmaschine ließen sich kaum finanzieren. Die Raumtemperatur muss konstant sein und an einem Punkt im Terrarium muss eine Wärme bis 60 Grad C entstehen. Die Luftfeuchtigkeit spielt eine große Rolle für die Häutung. Unzureichende Häutung an der Schwanzspitze führt zu Einschnürungen, der Schwanz stirbt durch die fehlende Durchblutung ab und muss amputiert werden. Zudem werden die Tiere weit über einen Meter groß. Sie schwimmen gerne, da reicht keine Badewanne mehr. Eine Urlaubspflegevertretung zu finden, erwies sich auch als äußerst schwierig. Ich richtete letztendlich meine Mutter ab. Fremden gegenüber waren meine beiden etwas ängstlich und erhoben oft ihren starken Schwanz, der wie eine Peitsche eingesetzt wurde und an Wirkung nichts verfehlte. Der konnte auch ins Auge gehen.

Ich litt unter den Bedingungen, die ich den Tieren nicht schaffen konnte. Ich suchte nach einem Zoo, der sich meiner beiden Lieben annahm und mein Gewissen erleichterte. Für einen Zoo sind grüne Leguane allerdings nichts Besonderes. Zumal zwei Männchen durch ihre Aggressivität kaum zu integrieren sind. Ich telefonierte mit Frankfurt, Köln, Hamburg, mit dem Haus der Natur in Salzburg, mit Zoos in Holland und dann mit der Ehefrau eines Buchautors, der über Leguane schrieb. Sie gab mir die Nummer einer Auffangstation in Würzburg. Ich heulte vor Glück. Die Besitzerin dieser Station war tatsächlich gewillt, meine beiden Lieblinge aufzunehmen. Die Reise ging los. Ich heulte auch zum Abschied, aber die Station übertraf meine Erwartungen. Die beiden hatten es wirklich gut dort und ich zahlte für die nächsten zwei Jahre Unterhalt, weil ich mich so schämte, diese schnelle Anschaffung nicht halten zu können. Wer liebt, lässt los. Nie wieder solch ein Tier, dem man unmöglich geben kann, was es braucht.

Ich kaufe auch keine Wildfänge. Wer einen Funken Sensibilität besitzt, erkennt das Unglück und Leid der Tiere, die aus ihrer Heimat und Freiheit gerissen wurden. Man findet kaum einen Funken Lebensfreude in den Augen eines Wildfangs. Das kann ich nicht ertragen.

Das letzte Mal, als ich Gambas aß, war ich mit Freunden im Spanienurlaub. Die Eltern von Mitch besaßen dort eine Finka. Die Reise begann schon aufregend, als wir am Flughafen bei Mc Doof unsere Flugtickets liegen ließen. Als wir sie glücklich wieder hatten, war unser Flieger weg. Wir disponierten um, statt in Denia zu landen und unseren Mietwagen in Empfang zu nehmen, nahmen wir den nächsten Flug nach Malaga, um nicht drei Tage auf den nächsten Flieger warten zu müssen. Schließlich war ich an diesem Morgen nicht umsonst um vier Uhr aufgestanden …

In Malaga angekommen, verhielt sich die Sache mit dem Mietwagen nicht so einfach wie gedacht … Unsere Autovermietung besaß keine Filiale in Malaga. Wir suchten ein Unternehmen, das unseren Preisvorstellungen am nächsten kam, denn wir zahlten ja schließlich doppelt. Endlich entschieden, zählte die Preisvorstellung nicht mehr, sondern die Kreditkarte. Ohne Kreditkarte kein Auto, nicht mal beim Schwarzvermieter mit Dreitagebart und Gigolo-Sonnenbrille an der Ecke. Keine Chance. Wer hat denn in dem Alter schon 'ne Kreditkarte – wir jedenfalls nicht. Weiter ging's mit zu viel und neu gefundener Motivation und dem Gepäck auf Bahnhofssuche.

Zug fahren ist schön. Züge gab's dort weniger, auf jeden Fall nicht da, wo wir waren. Es gab fünf Stunden später lediglich einen Bus. Die Fahrt dauerte neun Stunden! Was blieb uns anderes übrig. Ich hatte die Grippe und sehnte mich nach einem Bett. Bett, nicht Bus. Wir kauften ein Busticket für etwa vierzig Euro pro Person und stiegen in den vollgequetschten Bus. Wir nahmen die hintere Reihe ein. Ich war schon froh, dass ich mich im Flugzeug nicht hatte übergeben müssen, aber die letzte Busreihe hat's in der Regel in sich …

Es stank erbärmlich in dem aufgeheizten Bus. Zum Glück fanden wir die Stinkequelle, bevor sich die Türen schlossen. Da hatte der vorige Besitzer der letzten Busreihe wohl seine halb gegessene Fischdose von vor mindestens fünf Tagen unter den Sitz geschoben.

Noch lachten wir, noch. Es glaubt ja keiner, wie unerträglich neun Stunden Busfahrt sind! Es wurde Nacht. Wir machten das Beste draus, tranken Bierchen, lachten und schwatzten, wohl mit lautem Organ – auf jeden Fall schreckte das Pärchen im Sitz vor uns immer wieder aus dem Schlaf hoch, wenn wieder mal eine spontane Lachattacke einer ausgeprägten Laberattacke folgte. Immerhin war es inzwischen tiefste Nacht.

„LOCCO Germanico", zischte es in den Sitzen vor uns. Was so viel heißt wie, verrückte Deutsche …

Irgendwann versuchten selbst wir mal ein Auge zu schließen, was mir nicht möglich ist, wenn ich meinen Kopf gerade halten muss. Alle schliefen irgendwie, außer mir. Natürlich. Im Bus war es ruhig, als in einer Kurve mein Riesen-Jumboglas Oliven, das ich meinen Eltern von der Tanke beim Busstop in der Pampa mitgebracht hatte, aus der Tasche knallte. Es rollte lauthals nach vorne zum Fahrer und zurück, und so ging das weiter. Ich gab mich peinlich berührt unbeteiligt.

Nach neun Stunden endlich angekommen, hob ein Spanier freudig über seinen Fund mein Jumbo-Olivenglas auf und hielt es hoch. Ich sah es, schnappte es mir, sagte: „Danke, das ist meins", und huschte aus dem Bus.

Nach dieser Tour wollte ich mir, beziehungsweise meinen Eltern, das Jumboglas Oliven nicht nehmen lassen. Ich liebe ja Oliven, obwohl mich mein erster Versuch, eine zu essen, mit etwa fünf Jahren bei meiner Tante damals, quasi dem Tode nahe brachte – aber um die Testolive vor meiner Tante auszuspucken, war ich zu gut erzogen. Ich schluckte sie runter …

Ich lebe heute noch, auch wenn das damals nicht absehbar war. Mein Verhältnis zu Oliven ist tatsächlich unerschütterlich. Die muss jeder Partner neben sich dulden. ☺

In Denia angekommen, fünf Uhr morgens, der Sturm tobte, die Frisur auch. Wir zogen uns in den Vorraum eines Kreditinstitutes zurück, um uns zu wärmen und unser weiteres Vorgehen zu bequatschen, da die Autovermietung noch geschlossen hatte. Wir telefonierten ewig nach einem Taxi und warteten ebenso ewig, bis es uns endlich aus dem Vorraum aufsammelte.

Im Ferienhäuschen angekommen wurde erst mal housig gechillt und dann ins Bett gefallen. Am nächsten Morgen, oder sagen wir Mittag, holten wir erst mal per Taxi unseren Mietwagen. Wir gingen in den nahegelegenen Orangenfeldern (nennen wir es unentgeltlich) shoppen und riskierten, von den Feldinhabern mit der Schrotflinte abgeknallt zu werden. Das Risiko lohnte sich. Frisch gepresster O-Saft, frisch gegrillte Gambas mit frischem Knobi, frische Brötchen, frische Aioli, Nutella und natürlich frischen Sekt und Musik zum späten Frühstück in der Finca eines Kumpels, so lässt es sich leben. Das war die Geschichte von den letzten Schalentieren meines Lebens. Ich ließ sie mir natürlich puhlen, stehe nicht auf Fühler und Augen …

Gepuhlt waren sie superlecker – mittlerweile lebe ich jahrelang abstinent, aber mit reinem Gewissen wegen der schon erwähnten Tötungsart.

Muscheln fand ich noch nie schmackhaft – die Kläranlage des Meeres eben. Außerdem steh ich auch nicht auf Gedärme und knorpeligen Grabfuß all inclusive. Das lernte ich bei Heinos Wattwanderung auf Juist über die Anatomie einer Muschel.

Vor einigen Jahren verdrängte ich eben noch, dass ich Krabben aß, aber jetzt bin ich geheilt.

Vor einigen Jahren war es mein Ziel, die Hühner einer nahegelegenen Legebatterie zu befreien und den Drecksstall abzufackeln.

Hätte man mich erwischt, was ich natürlich nicht in Erwägung zog, wäre ich vor Gericht noch stolz auf meine Tat gewesen und zur Wiederholung allzeit bereit. Dumm? Na ja, es ist irgendwie meine Pflicht, Tiere zu retten. Etwas realistischer und lebenslauffreundlicher war der Gang zur Regionalzeitung. „Klar, Frau Morgenstern, wenn Sie Bildmaterial haben, drucken wir Ihren Artikel." Ich war Feuer und Flamme. Mein Ansprechpartner bei der Zeitung bemerkte meinen Tatendrang und dass es mir ernst war mit der Recherche. Er gab deshalb kleinlaut zu, selbst wenn ich Bildmaterial auftreiben würde, könne er den Artikel nicht drucken, aus Angst vor einer Millionen-Klage des Konzerns! Na toll! So bekommen die Leser wichtige Details – wenn man bei diesem Thema überhaupt noch von Details sprechen kann – vorenthalten. Der gute Mann warnte mich dann noch eindringlich: „Diese Leute sind gefährlich. Versuchen Sie nicht, dort einzudringen. Die wissen schon, warum die niemanden in ihren Hühnerbunker lassen ..." Die Zustände seien entsetzlich, kein Anblick, der für eine junge Frau zu ertragen wäre (für wen bitte ist so ein Anblick schon zu ertragen?!), und ändern ließe sich doch nichts. „Da geht's ums Geld, das sind Kriminelle, die gehen über Leichen, wenn sie denen ans Fell wollen." Wer spricht hier von „Fell"? Ich will denen an den „Hals"!

Ich belästigte damals Frau Künast (Bundesministerin für Verbraucherschutz, Ernährung, Landwirtschaft von 2001-2005) mit täglich mindestens zehn Faxen über die Abschaffung der Legebatterie. Bis sie mir endlich einen Antwortbrief schrieb. Die Betreiber solcher Betriebe bekämen Zeit bis 2007, um sich umzustellen. Frau Künast allerdings ging vor Ablauf ihrer Frist beziehungsweise ihres Versprechen, die Vogelgrippe kam und nun müssen die armen Kreaturen „leider" drinnen weiter ihr Dasein fristen. Na toll! Mir blieb nur mein Leserbrief in unserer Regionalzeitung:

## Unsere Leser reden mit

Betr.: Seuchen nehmen zu

# *Protest gegen Legebatterien*

**Immer wieder werden Verbraucher durch Geflügelseuchen aufgeschreckt.**

Durch unhygienische Haltungsbedingungen treten immer mehr solcher Seuchen auf. Der Großteil der Eier stammt aus Legebatterien. Der Lebensraum eines Tieres bemisst ein DIN A4-Blatt. In einer Mastanlage werden bis zu 123.000 Hühner gemästet und in fensterlosen Massivstallungen gehalten. Die Lüftungen sind Schadgasen wie Ammoniak nicht gewachsen, folglich entstehen Pilze und Keime. Die Neonröhren brennen fast Tag und Nacht, da die Tiere bei Dunkelheit nicht fressen und somit in diesen Stunden nicht an Gewicht zulegen. Ab ihrem Geburtsgewicht von 40 g werden sie Zeit ihres 30-tägigen Lebens um das 40-fache gemästet auf 1,6 kg. Damit die Tiere sich nicht die Federn ausreißen, werden ihnen die Oberschnäbel amputiert. Es sind Fälle von angeschlagenen Hühnern bekannt, die lebend auf den Müll geworfen wurden. Nach Mastende werden die Tiere nach Regeln der Akkordarbeit gefangen, wobei ihnen oftmals Beine und Flügel gebrochen werden. Zur Schlachtung werden sie kopfüber in Haken geklemmt und mit dem Kopf durch ein elektrisches Wasserbad gezogen. Hühner, die dabei ihren Kopf hochziehen, bekommen ausschließend ohne Betäubung, den Hals durchgeschnitten.

# Ein Kanari zu viel

Es war nach dem Einkaufen. Ich tankte und musste wie instinktiv vor dem nahegelegenen Blumenladen halten und das Geschäft betreten, obgleich ich nichts kaufen wollte. Ich wunderte mich über mich selbst und schlenderte verwirrt durch die Blumenregale. Als ich ihn erblickte: den Grund! Den Grund, warum ich hier war. Ein einsamer Kanarienvogel, der ein tristes Leben in seinem Käfig fristete. Das war meine Aufgabe. Zufälligerweise sprach ich direkt die mir unbekannte Chefin an. Seinem einsamen Dasein musste ein Ende gesetzt werden. Natürlich nicht plump und vorwurfsvoll. Wenn Menschen sich kritisiert fühlen, werden sie trotzig und unwillig, machen zu. Das wollte ich auf keinen Fall, also betrachtete ich mir den traurigen Kanari und erläuterte der Chefin freundlich, dass ich ihren Kanarienvogel gesehen habe und auch welche besitze. „Ich habe einen Bekannten, der hat so viele Jungvögel und weiß nicht wohin damit. Möchten sie nicht einen zweiten zur Gesellschaft für ihren Süßen? Umsonst!" Die Frau war sehr nett, überlegte kurz ... „Hmm, warum nicht? Aber, dann brauche ich doch bestimmt einen größeren Käfig?" Ich sagte: „Nun ja, verkehrt ist es ja nie, einen größeren Käfig anzuschaffen."

Ich brachte ihr das Vögelchen. Sie freute sich enorm, war tierlieb, allerdings fehlte ihr meine Sensibilität. Die besaß sie ja nun. Dafür war ich ja schließlich da.

Natürlich hatte ich keinen Bekannten mit einem „Zuviel" an Jungvögeln. Genaugenommen hatte ich gar keinen Bekannten mit auch nur einem Kanari. Ich kaufte ihn im Tierheim, billig war er nicht, aber oft schätzen die Leute nur Dinge, die sie bezahlt haben. Auch Tiere ... „Wenn's tot geht, hol ich einfach ein neues". Aber wenn's Geld kostet, behandle ich es pfleglicher. Ist ja dann nicht so schnell zu ersetzen. Natürlich ist das nicht generell so. So hoffte ich auch bei der Blumenladenbesitzerin.

Ich freute mich, sie freute sich, die Kanaris freuten sich – alle freuten sich.

Ja …, ich hab irgendwie gelogen, aber was hätte ich denn tun sollen? Die nette Dame vor den Kopf stoßen, mit den Worten: „Es war meine Bestimmung herzukommen, damit ihr Kanari nicht länger einsam ist. Ich habe keinen Bekannten mit einem Zuviel an jungen Kanaris und habe diesen auf meine Kosten im Tierheim erstanden"? Das hätte ich nicht gebracht. Wäre doch auch blöd, oder? Wahrscheinlich hätte die gute Frau Angst vor mir und meinen Anwandlungen bekommen. Also beließ ich es bei meinem Bekannten mit Überschuss an jungen Kanaris und alle waren glücklich. Es kam noch besser. Beim Vorbeifahren sah man im Schaufenster die Kanaris zwitschern und zwar in einer neuen Riesenvoliere, die die frisch sensibilisierte Frau gekauft hatte! ☺ Ich war glücklich.

Ich klaute auch Hasen, nachdem ich das Veterinäramt deutlich auf die Zustände aufmerksam gemacht und dieses mich nur belächelt hatte, statt was zu unternehmen. Ich war sauer und die Tiere litten. Wer nicht hören will, muss eben manchmal fühlen. Dem Besitzer lag offensichtlich nichts am Wohlergehen seiner Tiere und dem Amt war's auch egal. Wäre ich erwischt worden, hätte ich dem Richter mitgeteilt, dass ich nach meinem Gewissen und meiner Pflicht gehandelt hätte und es jederzeit wieder tun würde, genau wie bei dem Hühnerbunker. Ich hätte ja niemandem geschadet, ich hätte gerettet. Aber so weit, dem Richter gegenüber zu sitzen, ließ ich es ja nicht kommen. Ich entschloss mich kurzerhand, die Hasen da rauszuholen. Es geschah in einer Nacht- und Nebelaktion. In einer verregneten Nacht, ausgestattet mit Tarnklamotten und zwei aufgezeichneten Not-Fluchtwegen, setzte ich meinen Plan in die Tat um und holte die Tiere aus der Hölle. Den ersten Geretteten nannte ich passend Rainy-Nightmare. Es war ein aufregendes Unterfangen, aber ich war stolz auf mich. Adrenalin pur bei diesem Nervenkitzel.

Leider muss ich gestehen – und ich bekenne mich als äußerst schuldig –, ich esse Fisch. Wie übrigens sehr viele Vegetarier. Immer diese Doppelmoralisten. Ein reifer, reicher Wiener, mit dem ich mich bei einem Geschäftsessen angeregt unterhielt, rechtfertigte sich mit der Aussage, dass Fische keine Gefühle hätten.

Erstens, selbst wenn sie keinen Schmerz spüren würden, könnte man sich mit dieser These nicht entlasten, denn Fische werden ja in Massen aus dem Meer gefischt und nicht einzeln totgeschlagen, sondern ersticken elendig – und das merken sie bestimmt. Sie merken sowieso alles. Ich habe Fische jahrelang studiert. Privat, bereits von meinem sechsten Lebensjahr an. Ich schrieb meinen Fischen sogar Schulzeugnisse. Einer meiner ersten Goldfische trug den Namen Sauerkraut, weil er irgendwie farblos war. Ich liebte Sauerkraut. Sauerkraut hatte Charakter. Als Lebensmittel steh ich nicht so drauf, aber mein Fisch Sauerkraut war Kult. Abgesehen von Schulzeugnissen ☺ erkennen Fische ihre Pfleger und reagieren auf Fremde ganz anders. Echt! Koikarpfen im Gartenteich spüren an der Vibration der sich nähernden Schritte ihren Pfleger. Auch das Leben und Verhalten untereinander ist bei Fischen bemerkenswert und hochinteressant! Nur unter mir, im dunklen Wasser brauch ich in unmittelbarer Nähe meiner Füße keine Schwimmtiere. So was macht mir einfach Angst.

Dubai, fünfzig unerträgliche Grad C Tagestemperatur – und ich meine unerträglich. Ich bin nicht zimperlich, es sei denn, ich hab die falschen Schuhe an – na ja bei fünfzig Grad C sind alle Schuhe falsch. Man sehnt ein Taxi herbei, da man sich schon in der sengenden Hitze in Ohnmacht liegen sieht. Im Taxi sind es dann fünfzehn Grad C. In Dubai leben zu achtzig Prozent Inder, die damit auch die Taxiunternehmen beherrschen, dass bedeutet auch, indische Gewürze und Blumendüfte sowie ein Fahrstil, bei dem man seinem Tod fast sekündlich ins Auge blickt. Egal. Hauptsache ankommen. Um dies mit Mageninhalt zu überstehen, muss man allerdings im wahrsten Sinne des Wortes stark an sich halten.

Zurück zum Leben unter meinen Füßen. Ich meine nicht meine Blasen, die ich davon getragen habe und noch wochenlang nach der Landung in Deutschland genießen durfte. Ich meine Fische unter meinen Füßen! Zum Glück gab es keine, oder ich sah sie nicht.

Aber es hätte immerhin welche geben können! Tagsüber konnten wir wegen der Hitze kaum raus, dafür gingen wir nachts baden, war mir eh lieber. Obwohl sich Touri-Frauen an Badestränden im Bikini aufhalten durften, wurde das natürlich von Einheimischen trotzdem nicht gern gesehen. Wir badeten vorm Burj Al Arab, einem gigantischen Hotel im Meer in Form eines Segels, welches seine Farbe wechselt. Im Wasser waren es 38 Grad C, man schwebte wegen des hohen Salzgehaltes geradezu im Wasser. Wahnsinn!

Vor einiger Zeit gab es einen Prozess, der einem türkischen Metzger das Schächten erlaubte. Diese Tatsache ließ mich natürlich nicht schlafen. Ich recherchierte, dass die Juden ihre Tiere hier ebenfalls schächten dürfen, und war von den Socken! Wie, die dürfen das? Immer noch wegen Hitler, oder was??? Wir sind hier in Deutschland und es ist mir ganz egal wer, hier wird verdammt noch mal nichts und niemand geschächtet bitteschön. Andere Religionen und Kulturen haben sich bitteschön nicht über unsere deutschen Gesetze hinwegzusetzen, und in unserem Tierschutzgesetz ist so was verboten! Ich schrieb einen Leserbrief. Was sollte ich sonst tun …? Hatte allerdings ziemliche Angst, meine Familie und mich in Gefahr zu bringen, wenn ich die Sache aufrollte.

Wer weiß, jemand, der dazu in der Lage ist, Tiere bei lebendigem Leibe ausbluten zu lassen, ist sicher noch zu ganz anderen Taten im Stande. Zum Glück erübrigte sich die Angelegenheit, der Fall wurde erneut gerichtlich aufgerollt und die Erlaubnis zurückgenommen. Na, da hast „DU“ aber Glück gehabt!

Wie kann man als quasi „Niemand“ Tiertransporte abschaffen? Lieber betteln gehen, als unzählbare Tiere elendig unter miesesten Bedingungen in den sicheren Tod chauffieren. Ich verachte solche Menschen zutiefst – hassen soll man ja nicht, schadet einem ja selbst. Beim Vorbeifahren den Mittelfinger zu zeigen, bringt ja auch leider nicht wirklich was. Vielleicht persönliche Genugtuung, aber nur von kurzer Dauer. Das sind auch wieder Menschen mit Gesinnungen – eiskalt, die die Welt nicht braucht. Sie verderben unsere Gesellschaft.

Also, wie macht man als kleines Licht auf sich aufmerksam? Als Luder Aufmerksamkeit bekommen, heißt, nicht ernst genommen, sondern belächelt zu werden. Und als Merkel, oder wer auch immer an der Macht ist, solidarisiert man sich heut lieber mit Bush und wählt damit das kleinere „Übel", die Taliban, zum Feind. Ob die oder die Amis das kleinere Übel sind, ist fraglich – es steht meiner Meinung nach unentschieden.

Wie kommt man also an Aufmerksamkeit?

Hmm …

Ich hatte mir überlegt, auf ein Hochhaus zu krabbeln, mich natürlich gesichert auf die Dachkante zu setzen und zu fordern, dass Tiertransporte abgeschafft werden! Selbst wenn ich gesagt hätte, dass ich gar nicht vorhätte, Kamikaze zu begehen, würde mir mit Sicherheit nicht nur die Aufmerksamkeit der Medien zuteil. Wenn man mich erst mal erblickt hätte, hätte ich ja ein paar Flugblätter regnen lassen können. Die Idee, sich so Aufmerksamkeit zu verschaffen, finde ich prinzipiell gar nicht so schlecht. Dann hätte ich die sofortige Abschaffung von Massentierhaltung und Tiertransporten gefordert. Allerdings kamen dann doch einige Kontras in mir hoch, die mich dazu brachten, meine Pläne letztendlich zu verwerfen.

Ich würde auf jeden Fall für verrückt erklärt, käme vielleicht lebenslang in die Klapse und wäre somit angeblich nicht im Besitz meiner geistigen Kräfte, das heißt, ich dürfte meinen psychologischen Berater nicht machen, und der Hubschrauberrettungseinsatz würde meine finanziellen Möglichkeiten übersteigen, mich ruinieren.

Ich suche immer noch einen Nachahmungstäter, der gute Beziehungen zur Klapse hat, viel Geld, um den Hubschraubereinsatz locker abzudecken, jemanden, der nicht psychologischer Berater werden will und sich damit seine Zukunft nicht versaut. Das ist gar nicht so einfach, jemanden zu finden, für den diese Aktion keine Folgen hätte. Aber ich gebe nicht auf.

Es war einmal in Polen. Vierzig Grad C und wieder mal das falsche Schuhwerk. Die Durchfahrt durch ein Kaff endete abrupt, weil ich mit meinen von Blasen geschundenen und deshalb nackten Füßen auf die Straße sprang, um einen kleinen Hund zu retten, der wie durchgeknallt die Hauptstraße stürmte. Es dämmerte bereits. Ich fragte Leute in der Umgebung mit Händen und Füßen, trotz Blasen, ob ihnen der kleine Hund auf der Straße gehöre. Die Leute gaben sich teilnahmslos. Herrenlose Hunde waren dort ebenso wie in Spanien, Rumänien, where ever, keine Seltenheit.

Der Hund flitzte im Zick-Zack über die Hauptstraße und ich flitzte barfuß im Zick-Zack hinterher. Ich erwischte ihn nicht. Ich stand verzweifelt am Straßenrand – außer Puste. Als sich geradewegs ein Auto näherte, lief der Hund geradewegs ins Scheinwerferlicht. Das Auto war geradewegs im Begriff, den Hund frontal mitzunehmen … Ich sah das Blut schon spritzen und mich hilflos am Straßenrand stehen, wedelte mit den Armen und stieß einen hohen, lauten Entsetzensschrei aus, sah mich als Todeszeugin. Der Schrei aus tiefster Angst war nicht zu unterbinden. Das Auto wich in letzter Sekunde aus und der Hund verschwand unauffindbar im Dickicht. Ein Einwohner, der das Szenarium von seinem Garten aus beobachtet hatte, amüsierte sich köstlich und lachte nach meinem verzweifelten Entsetzensschrei lauthals und unverblümt. „Arschloch!" Er wiederholte: „Arschloch?" Ist das zu fassen, ich traute mich, dieses Wort auszusprechen, fühlte es aus tiefster Seele, und er verstand mich nicht mal! Na toll! Gedemütigt stieg ich zurück ins Auto, wimmernd über meine geschundenen Füße, aber ich hatte mein Bestes gegeben.

Ich hatte wieder mal einen neuen Job. Diesmal in der ambulanten Pflege. Dankbar, aber belastend. Gerade im Spätdienst muss man sich abends frei machen von Folgegedanken, die man so gern mit ins Bett trägt. Der Umgang und das Verarbeiten des täglich Erlebten ist eine wahre Kunst, man muss das Abschalten wahrlich erlernen. Wobei man sich im Klaren darüber sein muss, dass es mit den meisten Patienten wohl eher nicht bergauf geht.

Ich hatte eine Top-Chefin inklusive Kollegen und Patienten. So ein positives Betriebsklima ist als Rarität zu bezeichnen, sowie die Führung, Organisation und Leitung des Betriebes und auch die Versorgung der Patienten.

Eine liebe Kollegin arbeitete mich ziemlich schnell ein und ich hatte frühe Erfolge, insofern dass ich Verantwortung trug. So pflegte ich die Patienten, wie ich auch später mal gepflegt werden wollte. Die Patienten mochten mich, hatten zwar ab und an die Angst, ich könnte sie beim Drehen oder Gehen nicht halten – rein kräftemäßig natürlich – weil ich so schmal bin eben. Habe allerdings sämtliche Gewichtsklassen erfolgreich bewältigt. ☺

Ich hatte eine sehr interessante Patientin. Die Dame war fast blind und taub, konnte durch einen Sturz kaum mehr laufen. War natürlich auch schon Ende neunzig, wenn ich mich nicht täusche. Man hatte seine Abläufe, kam in ein fremdes Haus und musste sich erst mal selbstständig orientieren. Die Dame lebte alleine. Lesen und TV schauen konnte sie nicht mehr, und damit sie im Radio was verstand, um überhaupt eine Ansprache zu haben, wummerte es den ganzen Tag durch, ob ein Sender eingestellt war oder es entsetzlich rauschte. Ich holte sie am Esstisch sitzend ab und musste sie erst mal freundlich anschreien, damit sie sich nicht erschreckte, denn sie hörte ja kaum mehr … Ich schrie also: „Guten Abend Frau Grün, wie geht es Ihnen heute?" Sie antwortete, wenn alles seinen gewohnten Ablauf hatte, mit ihrer süßen Art: „Na ja, es geht schon." Bedingt durch ihren Sehverlust kippte sie manchmal einen zu großen Schluck Rum in den Tee. Das machte das Laufen nicht gerade einfacher. Wir krochen quasi die Treppe hoch in den ersten Stock, denn ein Pflegebett im Erdgeschoss verweigerte sie – obwohl es natürlich ungefährlicher und einfacher gewesen wäre, als sie die enge Treppe hochzuziehen. Dann wurde erst mal die Abendtoilette erledigt und ich brachte sie zu Bett. Der Stock und Toilettenstuhl mussten vor ihrem Bett stehen, das Radio auf ihrem Nachttisch musste ich anschalten und es brüllte die ganze Nacht, bis der Frühdienst es am nächsten Morgen ausschaltete – egal ob ein Sender eingestellt war oder nicht. Ihre abendliche Schlaftablette nicht zu vergessen.

So fanden die Menschen zu ihren Ritualen. Ich war anfangs etwas geschockt, aber es ist eine individuelle Lebensstrategie.

Einer weitere Patientin mit ebenfalls krankem Ehemann, der sie trotzdem pflegte, erzählte ich meine Story vom Hochwasser im Nachbarort – es war kurz vor Weihnachten – und den Gänsen eines Bekannten, die in der Flut ertranken, obwohl sie doch Wasservögel waren. Relativ unbeeindruckt fragte Herr Klein: „Konnte man die dann noch zu Weihnachten essen?" Und das meinte er so! Hätte ich die Sache an sich nicht makaber gefunden, hätte ich grinsen müssen …

Ich bekam eine neue Patientin, in der letzten Demenzstufe. Ich wurde vorgewarnt … Sämtliche Nachbarn wollten sie aus dem Mietshaus haben, da sie rauchte wie ein Schlot und des Öfteren nachlässig mit dem Ausdrücken ihrer Kippenstummel umging – verständlich. Überflüssiger Müll flog geradewegs aus dem Fenster.

Man muss sich vorstellen, man kommt in eine fremde Wohnung, die Dame war noch mobil, ich bin (zumindest bei Fremden) nicht gerade die Rabbiata in Person und war recht eingeschüchtert, als eine kleine, qualmende, nicht ganz angezogene, grimmig dreinschauende Dame mich an der Tür empfing und anschrie: „Was wollen Sie denn, blöde Kuh!“ „Ich, ich …, wollte Ihnen nur beim Abendessen helfen“, stammelte ich eingeschüchtert.

Dadurch lernte ich, „helfen lassen“ wollen sich die Menschen nicht, ebenso eine ungünstige Frage Kunden gegenüber, wenn man im Verkauf tätig ist.

Demnach schmiss die Dame mich kurzerhand aus ihrer Wohnung, obwohl ich eigentlich nicht mal richtig drin war. Frustriert, aber verinnerlichend, dass dies keine persönliche Attacke darstellte, versuchte ich es am Abend darauf einfach mit: „Guten Abend Frau Kruse, ich wollte Sie gerne mal besuchen.“ Da sah die Lage schon ganz anders aus. Sie war äußerst zuvorkommend und bat mich herein, sie wunderte sich gar nicht, wer ich war – unser Zusammentreffen am Vorabend hatte sie natürlich wieder vergessen, das wiederum wunderte mich etwas. Ich behandelte Frau Kruse äußerst zaghaft und mit Vorsicht, da (nicht böse gemeint) Demenzpatienten in ihrem Wesen ähnliche Verhaltensweisen in ihrem Gemüt und ihren Stimmungslagen wie Katzen haben. Tickende Zeitbomben eben! Aber ich wusste sie in Zukunft zu nehmen. Unsere Gesprächsthemen beliefen sich, nachdem ich ihre Vorlieben erforscht hatte, auf meine Haare und Ohrringe, denen sie erfreulicherweise sehr zugetan war, und ihre Lieblingsserie XY, über die Sendezeit redeten wir circa zweimal minütlich, (da Frau Kruse ja Demenz hatte), damit natürlich auch keine Folge verpasst wurde.

Als Pfleger lebt man quasi in einem Dauer-Déjà-vu. Auf jeden Fall konnte man in diesem Fall sagen: Ohne Krimi geht die Mimi nie ins Bett. ☺

Ebenfalls ein Demenzpatient, Vater eines Arztes, im Wesen allerdings viel gutmütiger als die Mimi, bereitete mir in anderer Form Kopfzerbrechen. Ich kam in seine Wohnung und er sprudelte mir aufgeregt entgegen. Es war unsere erste Begegnung. Allerdings kam seine Aufregung nicht durch eine fremde Person in seiner Wohnung, sondern weil er seine Frau suchte! Fakt war, seine Frau lag im Krankenhaus, darüber war ich informiert. Seine Verzweiflung wurde immer größer. Er teilte sich mir mit und sagte: „Ich suche meine Frau, wissen Sie, wo meine Frau ist? Ich geh nie ohne meine Frau ins Bett! Wo kann sie denn nur sein?“ Ich musste ihn leider anschreien, da er ebenfalls schwerhörig war. Ich brüllte also: „Ihre Frau ist doch noch im Krankenhaus, aber soweit ist alles in Ordnung.“ Er fiel aus allen Wolken. „Wie, wieso, wie lang?“ Ich schrie: „Ich weiß nicht genau wie lange noch, aber machen Sie sich keine Sorgen.“

Kurze Pause ..., Blicke, Stirnrunzeln ... „Aber, wo ist meine Frau, wo steckt sie nur? Ich mache mir Sorgen! Sie müsste längst zu Hause sein! Ich muss sie suchen gehen.“ Das hätte mir noch gefehlt, dass der gute Mann mir wegläuft und was passiert. Hatte zwar keine Verfügung, aber immerhin ein gesundes Verantwortungsgefühl! Ich versuchte ihn aufzuhalten, zu beruhigen, zum wiederholten Male zu erklären: „Ihre Frau ist im Krankenhaus, aber es geht ihr soweit gut.“ Er, unbeeindruckt, als hätte ich nie etwas gesagt: „Aber wo ist denn nur meine Frau?“ Und so wiederholte sich das Wechselspiel wieder und wieder. Ich war hilflos und konnte ihn doch in seiner Verzweiflung nicht alleine lassen. Ich hatte das Gefühl, er stehe den Tränen nahe und ich mit ihm, wusste nicht, ob ich lachen oder weinen sollte. Da war es wieder, das Dauer-Déjà-vu, aber diesmal äußerst ausgeprägt.

Er wieselte wie von ’nem Bienchen gestochen, wohl eher von einem ganzen Schwarm, bestürzt die Wohnung auf und ab ... und ich hinter ihm her ... wir hatten mittlerweile 21:30 Uhr, und ich wusste mir keinen Rat mehr.

Nun griff er zum Telefonhörer, wählte eine wohl bekannte Nummer, die auf seinem Schreibtisch lag, murmelte mir Unverständliches. Auf der anderen Seite wurde wohl eben der Hörer abgenommen und mein Patient schrie aufgeregt, (denn Schwerhörige schreien ja ebenfalls): „Hallo, ich suche meine Frau! Können Sie mir sagen, wo meine Frau ist?“

Kurzes Schweigen stand im Raum ... Dann schrie er wieder: „Wer sind Sie denn eigentlich? Was erlauben Sie sich? Geben Sie mir gefälligst Antwort. Ich hab Sie gefragt, wo meine Frau ist.“

Der Mann am Telefon gab zwar Antwort, aber wohl so leise, das mein schwerhöriger Patient ihn nicht verstand.

Da kam mir eine Idee … Ich schrieb auf einen Zettel in Großbuchstaben: „Ihre Frau ist auf unbestimmte Zeit im Krankenhaus. Machen Sie sich keine Sorgen!“, und legte ihm den Zettel vor. Er schnatterte immer noch in den Hörer, hatte sein Gegenüber wohl identifiziert. „Ach Karl, du bist's! Ja, ich such meine Frau, weißt du, wo sie ist?“ Das Gespräch war ein Fass ohne Boden, bis er meinen Zettel erblickte. Er stockte und las seinem Zuhörer laut vor: „Ihre Frau ist auf unbestimmte Zeit im Krankenhaus. Machen Sie sich keine Sorgen! Steht hier … ja, wie kommt der Zettel jetzt hierher?“ Ich stand irgendwie unbeteiligt direkt neben ihm. Kam mir vor wie im falschen Film, oder wie Luft, wäre passender ausgedrückt. Er hatte doch gesehen, wie ich ihm vor wenigen Sekunden den Zettel vorgelegt hatte. Aber er wusste es nicht mehr … Schockierung und Fassungslosigkeit dramatisierten meine Gedanken. Er nahm mich gar nicht mehr wahr, beendete allerdings kurz darauf sein Telefongespräch mit diesem Karl und beruhigte sich, so oft er meinen Zettel las. Er steckte ihn in die Tasche und holte ihn minütlich wieder raus, um ihn zu lesen. Ich war kurzfristig zufrieden mit meinem Ergebnis, wenigstens war seine Angst nicht mehr so groß. Ohne sie ins Bett wollte er zwar nicht, aber ich ließ ihn jedenfalls beruhigter zurück. Man tut ja schon mehr als man sollte in diesem Job, aber in gewissen Dingen sind einem die Hände gebunden, so hart es auch klingt. Unsere Patienten sind ja nicht entmündigt. Ich teilte meine Bedenken der Pflegedienstleitung mit, ebenso die Mottenplage in der Vorratskammer, diese wiederum besprach die Sachlage mit dem Sohn. Denn ich hielt es für äußerst gefährlich, Herrn Hermann alleine zu lassen, mit Herd und Wasser und so weiter, was da alles passieren konnte …

Ich prophezeite, dass er weglaufen würde, um seine Frau zu suchen, sich verlaufen würde. Wenig später durfte sein Sohn ihn vom zehnten Revier abholen … Herr Hermann war weggelaufen und hatte nicht mehr nach Hause gefunden.

Ich bin im Umgang mit Demenzpatienten nicht schlecht. Besitze Menschenkenntnis, natürliche Sensibilität und Fachwissen. Hab schließlich in Psychologie gut aufgepasst. Demenzpatienten sind oft überdurchschnittlich intelligente Menschen, umso schlimmer ist ihre Verwirrung im Alter. Wenn sie über ein gewisses Stadium hinweg sind und man sie nicht ständig auf ihre „Defizite" aufmerksam macht, können sie, meiner Meinung nach, relativ gut in „ihrer Welt" leben. Das Langzeitgedächtnis ist oft noch sehr ausgeprägt, Eltern und Kriegszeiten kommen öfter ans Tageslicht als gewollt. Eine oft sehr emotionale Angelegenheit mit Tränen.

Ein Demenzpatient fragte zum Beispiel seinen Sohn, wie es in der Schule so laufe, dabei lebte der Sohn seit zwanzig Jahren in einer anderen Stadt und arbeitete ebenso lang bei der Telekom. Einen Patienten fragte ich, wie sein Tag war. Er antwortete: „Schön, ich war eben spazieren!" Er saß im Rollstuhl und hatte seit drei Monaten kein Tageslicht mehr erblickt ... Nicht auszudenken, wie verzweifelt er gewesen wäre, wenn ich ihm die Sachlage geschildert hätte, wie sie wirklich war: Demenzpatienten leben in ihrer eigenen Realität, oft schwer zu ertragen für Angehörige. Aber man überlege sich, man würde auf seine gedanklichen Defizite aufmerksam gemacht, denkt, man war gerade spazieren und der Sohn besucht gerade die Grundschule, und bekommt erklärt, dass es nicht sein kann mit dem Spaziergang, weil man querschnittsgelähmt ist und der Sohn, der eben noch hüpfend aus der Grundschule heimkam, zwanzig Jahre älter ist und selbst schon Familie hat... Man zweifelt doch an sich selbst, hält sich für verrückt, die Sache ist ja wie eine Zeitreise und man ist dort quasi ganz alleine ...

Schlimm, aber verrückt sind Demenzkranke natürlich nicht.

Viele Demenzpatienten, die alleine leben, vernachlässigen sich. Sie denken, sie haben schon gegessen und essen einfach nicht richtig, haben keinen Appetit. Unter der Prothese bilden sich Maden, weil sie nicht mehr gesäubert wird (das war übrigens ein Horrorerlebnis meines Dozenten, der ebenfalls in der Geriatrie arbeitete). So gab es auch mal einen Vorfall, bei dem das Waschbecken aus Verwirrung als WC benutzt wurde. Das sind natürlich alles keine Verallgemeinerungen, aber Seltenheiten auch nicht.

Es war ein trüber Wintertag, abends. Ich hatte wieder mal eine neue Patientin. Sie wohnte in einem mittelmäßigen Block, in einer na ja, mittelmäßigen Wohngegend, würde ich sagen. Natürlich mit dunklem Hintereingang. Man muss sich vorstellen, wie mulmig es einem jedes Mal aufs Neue ist, wenn man eine fremde Wohnung betritt, keine Gegebenheiten kennt, nicht weiß, wo die Handtücher hängen, welcher der noch feuchten, im Bad hängenden Waschlappen vom Kollegen am Morgen für oben oder unten benutzt wurde, geschweige denn, in welcher körperlichen Verfassung der fremde Mensch ist und mit welcher Gesinnung er dir begegnet. Fragen wie: Hat er noch alle Extremitäten? Liegt er? Läuft er? Ist er mild gesinnt oder schlägt und bespuckt er dich? Man wurde natürlich etwas über neue Patienten aufgeklärt, aber die Bilder, die sich manchmal boten, waren immer wieder überraschend und schockierend.

Ich hatte also diese neue Patientin. Sie war um die sechzig. Eigentlich noch kein Alter … eigentlich. Ihr Mann war vor Wochen an den Folgen des Alkoholismus verstorben. Ihre Chancen, ihre Zukunft sahen ähnlich aus. Es gab keine Rettung mehr. Grob ausgedrückt rechneten wir jeden Tag mit ihrem Tod. Es war ebenfalls der Alkohol, der ihren Körper und Geist zerfressen hatte. Das sah mir aus wie eine jahrelange, systematische Zugrunderichtung. Hat man unter Umständen keine Gelegenheit, sein Leben in eine andere Bahn zu lenken? Können einem Dinge widerfahren, so dass es den Anschein hat, als gäbe es keine andere Möglichkeit?

Ich weiß es nicht …

Dieser Zustand entwickelt sich ja nicht von heute auf morgen.

Ihre Wohnung war eine Art Loft und sah nicht billig aus, obwohl mir die Gegend, wie gesagt, nicht so prickelnd und geheuer vorkam. Verräterische Fotos in ihrer Wohnung präsentierten sie als freizügige, attraktive Frau, die anscheinend einen exzessiven, ausschweifenden Lebenswandel geführt hatte. Das erklärt zumindest ihre damalige Verfassung.

Ich wurde vorgewarnt. Die Dame hatte Leberzirrhose, eine Aszites – also Bauchwassersucht. Das Bild muss man sich vorstellen, wie ein aufgedunsener Hungerbauch eines afrikanischen Kindes. Ihr harter Riesenbauch an dem dürren Körperchen ließ mich täglich aufs Neue erschaudern. Man muss sich an Dinge gewöhnen. Manchmal dauert es seine Zeit. Was dazukam, sie hatte Ösophagusvarizen, das sind Krampfadern der Speiseröhren, durch Alk oder Pfortaderhochdruck bedingt. Diese Varizen können platzen, und der Patient verblutet, blutet unweigerlich aus. Es hätte also jeden Tag der Fall sein können, wenn man die Wohnung betrat, unsere Patientin in ihrer Blutlache liegend vorzufinden. Drei bis vier Liter können gerade auf einem weißen Teppich sehr bedrohlich wirken …

Ich betete jeden Tag, beziehungsweise Abend, wenn ich langsam den Schlüssel in ihrem Wohnungsschloss rumdrehte, dass ich sie nicht in dieser Lage vorfinden würde. Ich war angespannt …, schloss vorsichtig auf … Draußen war es dunkel. Drinnen auch. Wie immer, wenn ich die Wohnung betrat. Ich tastete nach dem Lichtschalter … Die Birne war kaputt … Na toll! Rufen brachte keine Erleichterung, denn eine Antwort war nicht zu erwarten. Ich erschrak Abend für Abend vor einer großen Keramikfigur in Form von zwei Kindern, wie im Licht zu erkennen war. Sie stand im Flur und sah im Dunkeln eher wie eine Frau in ihrer eigenen Blutlache aus …

Ich schlich weiter in der Wohnung zum nächsten Lichtschalter. Und es wurde Licht – wenigstens etwas. Jetzt hieß es nur noch, den Ort finden, an dem meine Patientin hoffentlich noch lebend kauerte.

Puh … Ich erblickte sie auf der Couch liegend … Atmete sie noch? Blut sah ich auf jeden Fall keines … Sie atmete, allerdings teilnahmslos wie immer. Aber ich kannte sie ja nicht anders. Sie hat mir ja noch nie geantwortet, geschweige denn mit mir gesprochen. Um der Geschichte ein Ende zu setzen: Die Dame wurde bald darauf erlöst und ich dankte Gott, dass ich sie nicht in meiner Schicht wie oben beschrieben vorfand. Sie verstarb im Krankenhaus, obwohl das eines der wenigen Dinge war, wozu sie sich noch geäußert hatte.

Von selbst hatte die kleine ausgezerrte Frau nichts mehr zu sich genommen, sie hatte nicht gesprochen, war eigentlich nur noch „da“ gewesen, und selbst das war manchmal anzuzweifeln gewesen. Manchmal war sie von mir gestützt gelaufen, manchmal hatte ich sie in ihr Bett schleifen müssen.

Mein erstes Praktikum im Altenheim erschien mir noch sehr viel bereichernder. Es was mir vertraut, weil meine Mutter dort jahrelang gearbeitet hatte. Ich konnte damals relativ gut mit dem Elend, aus dem es kein Entrinnen gab, umgehen, denn man konnte den Menschen noch so viel Lebensqualität und -freude schenken, indem man ihnen wohlgesonnen gegenüber trat. Die Arbeitsatmosphäre war toll, mit tollen Kollegen. Ich machte freiwillig unbezahlte Doppelschichten. Ich war vierzehn Jahre und sah dort meine erste Tote. Ich verkraftete den Anblick für meine Verhältnisse relativ unbeschadet, bis auf ein paar Alpträume versteht sich – die bin ich aber sowieso gewohnt, egal was auch Gutes in meinem Leben passiert. Ich träume immer schlecht. Wie gesagt, ich verkraftete den Tod der Dame ungewöhnlich gut, oder sahen meine Kinderaugen noch nicht so klar wie heute? Hmm … Nein, ich glaube, ich malte mir aus, wie gut es der Dame nach ihrer Auferstehung im Paradies gehen würde. Ich glaube heute immer noch an die Auferstehung, gelange aber heute oft erst nach Umwegen zu diesem tröstenden Gedanken, wenn jemand im Familien- oder Freundeskreis gestorben ist.

Die Dame war eine liebe, ruhige und äußerst angenehme Patientin. Sie besaß irgendwie noch ihre Aura, so viel Ausstrahlung, die noch von ihr ausging. Sie war ja erst ein paar Stunden tot. Ich will sie nicht mit einem Fisch vergleichen, obwohl das sehr wertvolle Geschöpfe sind, aber wenn einer in meinem Aquarium stirbt, lasse ich ihn noch ein paar Stunden im Wasser, nicht bis er verwest, aber zumindest bis seine lebendigen, klaren Augen eintrüben, seine lebendige Aura verfliegt und seine Fischfamilie Gelegenheit zum Abschiednehmen hatte, seinen Tod realisieren konnte und ihn nicht verzweifelt suchen würde, wenn ich ihn sofort darauf im WC beisetze … Ach mein Gewissen plagt mich, wie bin ich abgestumpft! Früher habe ich meine Fische im nahegelegenen Bach beigesetzt. Mit ihrem Element verschmelzend.

Ich habe ein ausgeprägtes Verhältnis zu Fischen, natürlich zu allen Tieren. Ein umso erschütterndes Erlebnis war, als ich als kleines Mädchen schon den Fischhandel meines Vertrauens darauf aufmerksam machte, dass einer seiner Fische erkrankt war. Ich hoffte auf die schnellstmögliche medikamentöse Hilfe, da mein Händler das Zeugs ja auch verkaufte.

Mein Bild vom „lieben" Zoohändler zerbrach, als aus meiner guten Absicht ein Mord wurde. Ich war Ausschlaggeber. Der Händler nämlich fischte das kranke, sichtlich noch lebende, arme Fischlein lieblos aus seinem Zuhause und warf ihn zappelnd vor meinen mit Tränen gefüllten Kinderäuglein in den Mülleimer. Hätte ich was tun können?, frage ich mich bis heute. Von diesem Moment an gab es den Fischhändler meines Vertrauens nicht mehr. Obwohl, ich kenne mittlerweile einen, der ehrlich bemüht ist um das Wohlergehen seiner Tiere. Der neue Zoohändler meines Vertrauens quasi.

Aber trotzdem wirkte meine Patientin wie ein totes Stück Fleisch, wenn ich das so ausdrücken darf. War komisch – mehr hab ich dazu nicht in Erinnerung.

Dazu fällt mir die einmalige Chance ein, die ich durch meinen Dozenten bekam, einen Einblick in die Pathologie an der Uni zu bekommen. War eine Herausforderung, aber da diese Abteilung für Psychologiestudenten eigentlich unzugänglich war, nutzte ich diese Erfahrung, mit der ich im wahrsten Sinne des Wortes „praktisch" sehr vielen psychologischen Beratern etwas voraushabe.

Unsere Klasse war aufgeregt. Wer konnte schon seine Reaktion abschätzen, wenn ihm Tote, in allen zerstückelten Formen, live zum Anblick geboten wurden. Ich ließ die Sache nicht an mich heran. Die Gesichter der Leichen waren oft zur Unkenntlichkeit bearbeitet. Ich sah diese „Wesen" nicht mehr direkt als Menschen. Ich kann da nur von meinen Gefühlen reden, ist ja nicht respektlos gemeint. Aber man braucht ja schließlich eine Methode, die man entwickeln muss, um Gesehenes zu verarbeiten.

Das Einzige, was mich besonders umhaute, war der Formalingeruch, der mir entgegenschlug, als der Darm eines Eröffneten leicht herausgezogen wurde. So nennt sich das Mittel, um die Menschen haltbar zu machen.

Eigentlich wollte ich nichts anfassen, bis mein Dozent Hirn rumgehen ließ ... Manch einer hätte es zwar nötig gehabt, aber ich zählte mich eigentlich nicht dazu. Und plötzlich hat man das Teil in der Hand ... Bloß nicht denken ...!

Ich rede jetzt realistisch und kühl vor mich hin, hört sich für Außenstehende vielleicht makaber an, aber spurlos an mir emotionalem Wurm ging die Sache ganz sicher nicht vorbei. Es war lehrreich, innere Strukturen live gesehen zu haben. Ok, auf Hirn halten hätte ich verzichten können. Hätte lieber etwas mehr ... nee, stimmt nicht, noch mehr Gedanken, die mir das Leben schwerer machen sind vielleicht doch nicht erstrebenswert. Aber vielleicht ist genau das der Punkt. Die Masse an Gedanken muss einfach beherrscht und in positive umgewandelt werden. Ich Kontrollfreak ...

Aber so ist es doch: Denke, strahl Positives aus, und du machst dich resonanzfähig und ziehst Positives an. Das heißt nicht, dass es nicht passieren kann, dass dein Papa jemals stirbt, aber mach dafür nicht Gott verantwortlich. Er wird uns mit der Auferstehung schon für Kummer und Schmerz entlohnen. Nicht immer alles persönlich nehmen. Von wegen, warum musste mir das passieren? Er greift momentan nicht ein. Damit prüft er unseren Glauben. Sonst müsste er ja jede Sekunde irgendwo eingreifen, und somit würde der Beweis seiner Existenz auf der Hand liegen. Obwohl, die Menschen glauben ja eher an Aliens und die Evolutionstheorie, wie gesagt THEORIE, als an eine Schöpfung. ER wird es den Ungläubigen beweisen. Jeder erhält seine Chance. Bevor die Welt von selbst zu Grunde geht, wird er eingreifen – ich weiß das. Wir müssen nur ausharren.

In der Bibel heißt es schon: „Und Nation wird sich gegen Nation erheben, und Königreich gegen Königreich, und es wird Lebensmittelknappheit und Erdbeben an einem Ort nach dem anderen geben. Alle diese Dinge sind ein Anfang der Bedrängniswehen. Dann wird man euch der Drangsal überliefern und wird euch töten, und ihr werdet euch um meines Namens willen Gegenstand des Hasses aller Nationen sein. Dann werden auch viele zum Straucheln gebracht werden und einander verraten und hassen. Viele falsche Propheten werden auferstehen und irreführen, und wegen der zunehmenden Gesetzlosigkeit wird die Liebe der meisten erkalten. Wer aber bis ans Ende ausharrt, der wird gerettet werden." (Matthäus 24,7-14). Na, das mit den Nationenerhebungen haben wir ja schon mal erfolgreich im negativen Sinne umgesetzt, wir Freaks. Bin mir sicher, eine Steigerung kriegen wir auch noch hin. Ich glaube auch nicht, dass wir als Engel in den Himmel kommen. Ich möchte reisen, essen, Sport machen, Tiere haben, fotografieren, tanzen. Ich glaube, das läuft so nicht im Himmel. Ich will keine Geistperson sein. Mein menschliches Dasein gefällt mir schon recht gut. Nur vollkommener eben, ohne Tod, Altern, Krankheit, Lügen, Gewalt und Kriege. Ich denke, jeder hat seinen Platz, und der „gemeine Mensch" wird als Erdling auferstehen beziehungsweise bleiben dürfen, sofern er Gottes aufgestauten Zorn in Harmagedon überleben darf.

Wenn ich dann an hirnlose Sprüche vieler Leute denke, wie: „Ich will gar nicht ewig leben, was soll ich mit der ganzen Zeit anfangen, langweilig?!" Oh man, was für beschränkte Horizonte es doch gibt! Versammelt euch meinetwegen auf Alcatraz oder sonst einer Insel und belabert und belästigt eure klugen Mitmenschen nicht weiterhin. Dort könnt ihr euch selbst eliminieren, wenn euch die Zeit zu lang oder langweilig wird. Falls ich das Vorrecht haben sollte, zu den Auserwählten Gottes zu gehören, wüsste ich sehr viel mit meinem Leben anzufangen! Ich würde als Biologin das Verhalten von Tieren und neue Pflanzen entdecken, zum Beispiel auf den Galapagos, einfach neben den Echsen her leben, wochenlang. Sie malen, fotografieren, filmen, beobachten, über sie schreiben. Ich würde die Welt bereisen, Bücher schreiben, surfen, Bogenschießen, den Bootsführerschein machen, Klavier, Saxofon und sämtliche Instrumente und Tänze der Welt erlernen, steppen, malen, eine Vernissage nach der anderen geben, eine Pestobar aufmachen, endlose Partys feiern, fechten, töpfern, Bildhauerin werden, Rezepte und Dinge erfinden, Restaurantkritikerin und Fischzüchterin werden (und es nicht übers Herz bringen, einen Fisch zu verkaufen oder wegzugeben, weil ich niemandem die artgerechte Pflege zutraue), Radiomoderatorin spielen, Brettspiele entwerfen, Schmuck und Klamotten designen, Architektin werden. Meine Familie und das Leben mit allen Sinnen genießen. Meine Geschäftsidee eines Tierfriedhofes, Gnadenhofes für Tiere oder Haustierbesuchsservice zur psychischen Unterstützung alter, kranker und behinderter Menschen ist in meiner vollkommenen Welt überflüssig. Allerdings wäre Aquarium-Terrarium-Design und Einrichtungsberatung vielleicht 'ne Marktlücke, die es zu schließen gilt. Meine Vorstellungen sind da grenzenlos und ganz und gar nicht unrealistisch! Wer in seinem Leben nicht fordert und nach mehr strebt, bleibt stehen und bringt es auch nicht zu mehr! Nichts ist unmöglich. Wer hätte gedacht, dass ich einen Verlag finde, der mein Kinderbuch veröffentlicht?? Ich natürlich! Hört sich überheblich an, eigentlich bin ich eher von selbstkritischen Zweifeln zerfressen. Aber man muss das Glück leben, die gewünschte Situation verinnerlichen, als wäre sie aktuell eingetreten. Wenn man gar nur träumt und wünscht, dann bleibt es bei den Träumen und Wünschen. Real ist was anderes. Das Wörtchen „nicht" kennt das Unterbewusstsein nicht. Eine positive Affirmation sollte folgendermaßen lauten: „Ich bin gesund!", und nicht: „Ich will nicht krank werden."

Man kann sich selbst manipulieren, man muss sich Dinge einreden, bis man überzeugt ist, ohne Wenn und Aber. Ich zum Beispiel bin ein Überlebenskünstler. Plage mich mit Fragen, an die andere nicht zu denken wagen. Hab ich etwa zu viel Zeit? Nein, gar nicht, ich lasse mich nur, undiszipliniert wie ich eben sein kann, wenn ich zu Hause bin, vom Wesentlichen ablenken und meine Gedanken mit Schund blockieren. Dann hört man so Sprüche wie: „Sei doch nicht so sensibel beziehungsweise empfindlich!" Sensibel ist ok, das bin ich, das macht meine Person aus, eine gute Eigenschaft, auch wenn sie das Leben manchmal schwierig gestaltet. Mir entgeht nichts, ob gut oder schlecht. Leider wirkt das Schlechte oft anhaltender nach … Dabei freu ich mich doch über jedes Käferchen – Himmel hoch jauchzend und zu Tode betrübt. Ok, so viel zu sensibel. Aber empfindlich, gar schwach? Nein! Ich bin vielleicht sensibel, aber empfindlich? Ich empfinde oft eben intensiver, durchdringender, mit tiefer, bildlicher Phantasie. Das mit der guten Vorstellungskraft ist nicht immer von Vorteil, denn ich male mir aus einfachen Geschichten mich betreffend oft Horrorszenarien in den feinsten Ausführungen aus, immer mit dem Hintergedanken, dass ich feinfühlig bin, und Vermutungen und Kombinationen oft eintreffen. Aber oft auch eben nicht, und das ist meine Rettung, wenn ich versuche, meine zerfleischenden Gedanken zu sortieren, zu kontrollieren, abzuschalten. Die Welt ist nicht gegen mich, sie ist, wie ich sie eben sehen will. Also, um das noch mal klarzustellen, wer meinen inneren Kampf verspüren, austragen müsste und sein Leben weiter auf die Reihe bekommt, (mit zwischenzeitlichen Depris, die ich einräumen muss) ist ein Rocky beziehungsweise ein Kämpfer. Obwohl ich mein Leben natürlich nicht mit einem Kampf vergleichen möchte – das Wort Kampf wirkt so anstrengend und ist negativ behaftet. Aber ich bin Rocky in der klugen Ausführung – wie ich hoffe. ☺ Also, wer sagt's denn, ich besitze doch Selbstironie, dann bin ich doch nicht empfindlich! Nein, Rocky hat sich ja auch entwickelt, sein Potenzial musste nur gefördert werden, klug war er ja schon. Na ja, sagen wir lieb, und im dritten Teil hat er sich zum Weltmann vorteilhaft entwickelt. ☺ Wenn Gedanken lösungslos kreisen, braucht es die ausnahmsweise sinnvolle Verdrängungskunst. Die Macht unserer

Gedanken kann unser ganzes Leben verändern, der gigantische Einfluss bleibt nur leider oft verkannt.

In solchen Situationen singe ich als Aufheiterung des Öfteren: „Auf der Mauer auf der Lauer sitzt 'ne kleine Wanze. Schaut euch mal die Wanze an, wie die Wanze tanzen kann …" – das zaubert mir meist ein Lächeln aufs Gesicht und meist auch in das meiner Mitmenschen, sofern ich es bedacht oder unbedacht öffentlich gequietscht habe. ☺

„Hebt man den Blick, so gibt es keine Grenzen." (Japanische Volksweisheit)

Zurück zu den Leichen. Geschockt war ich von der Story meines Dozenten, der so nebenbei erzählte, dass es vor einiger Zeit Einbrecher in der Patho gegeben hatte: Eigentlich wollten sie sich wohl an der EDV der Klinik bereichern. Die Halunken irrten sich wohl im Fenster, wollten einsteigen und fielen geradewegs in ein Riesenbecken mit schwimmenden Leichen und sämtlichen Teilen. Der Schock der Diebe muss so tief gesessen haben, dass sie flohen, ohne irgendetwas in ihrem Beutezug entwendet zu haben. Man stelle sich vor, in einem Leichenbecken zu schwimmen … Welch ein Albtraum, wenn einem bewusst wird, wo man sich befindet, und das im Halbdunkeln … So abgebrüht waren die Diebe dann doch nicht, um danach noch ans Klauen zu denken. Ich sehe das so: Die Leichen in der Patho der Uni sind tot. Ich kenne sie nicht, habe keinen Bezug zu ihnen, verdränge die Gedanken, was das Etwas vor mir beruflich wohl gemacht hat und wie sein Leben verlaufen ist. Ich kann sie nicht mehr lebendig machen, aber ich kann den Lebewesen in meinem Umfeld helfen. Kann in meiner Umgebung mit dem, was in meiner kleinen Macht steht, viel bewegen. Das sollte man nicht unterschätzen. Man kann Vorbild sein, auch wenn es einem nicht bewusst ist.

Meine Cousine zum Beispiel, fünf Jahre jünger als ich, wollte mir immer nacheifern. Ich kam nun in dieses gewisse Alter, von dem sie, bedingt durch ihr Alter, natürlich nicht mitreden konn-

ußen stand ich mein perfektes Vorbild. Rauchte nicht, trieb mich nicht auf Partys und mit komischen Leuten s ich in dem Ausmaß wirklich nicht tat, denn mit der Gesellschaft von Bauern, die sich um nichts scherte, kein Herz und außer Piep auch kein Vokabular besaß, wollte ich mich erst gar nicht abgeben. Das war nicht meine Welt. Auf jeden Fall kam meine Cousine, so wie es sein sollte, Jahre später ebenfalls in die Pubertät. Ihr war ihre „anscheinend perfekte Cousine" suspekt und wir entfernten uns voneinander. Warum? Weil ich beschützerisch und altklug als Ältere bei jeder ihrer Pubertätsgedanken, rauchen und so weiter, verständnislos sagte: „Das darfst du nicht, das macht man nicht". Ich machte mir doch nur Sorgen und hatte doch als Vorbild Verantwortung! Bis zu dem Tag, an dem ihre Freundin, die gleichzeitig die Schwester eines Kumpels von mir war, uns beim Kiffen erwischte … Na toll! Meine Vorbildfunktion war dahin. Meine Cousine hielt es mir erbarmungslos vor. Aber sie bekam mehr Respekt vor mir, weil ich in dem Moment aus Erfahrung sprach. Ich wirkte menschlich. Obwohl ich die Sache natürlich nicht anpries.

Na ja, so war das. Ich dachte, ich hätte immer das Richtige getan. Meine perfekte Fassade fiel, meine angeblich so weiße Weste war beschmutzt, aber es war ok. Es gab schließlich genug Leute, deren Laufbahn mit ihrem Konsum von Genussmitteln in eine andere Richtung ging. Manche bleiben unbeeindruckt und manche erkennen aus ihren Exzessen. Hängen bleiben oder Entwicklung – das ist hier die Frage! Da wir in einem Nest wohnten und sich jeder kannte, waren Exzesse irgendwelcher Dorfbewohner natürlich schnell Dorfgespräch bei Schlecker. So viel zu guten und schlechten Beispielen. Was man daraus macht, ist jedem selbst überlassen.

Man kann Menschen sensibilisieren, ihnen erklären, dass man keine Fliegen totzuschlagen hat! Weil Fliegen auch ein Herzchen haben und das Leben lieben (und jetzt erzählt mir nicht, Insekten haben keine Nerven und merken es eh nicht, wenn man sie zerquetscht). Und, wenn man das mit der nötigen Inbrunst, Dominanz und Überzeugung sagt, wagt es kein Mensch, dich zu belächeln! Zumindest bewegt man seine Menschen zum Nachdenken und vermittelt Gedankengänge, die ihnen sonst vielleicht zu Lebzeiten nie in den Sinn gekommen wären.

Mein zweites Praktikum im Altenheim war von der Atmosphäre her gesehen nicht wirklich prickelnd. Es sollte ein Jahrespraktikum werden, mit Aussicht auf eine Lehrstelle. Es ging nicht um die Arbeit an sich, aber das Drumherum behagte mir einfach nicht.

Natürlich musste ich alle meine Ringe ausziehen, wegen der Verletzungsgefahr. Meine Kollegin, die mit mir anfing, durfte ihre zwei kleinen anlassen. Es ging ums Prinzip, und außerdem fühlte ich mich völlig ringlos so nackt, also gleiches Recht für alle, so nahm ich mir das Recht und behielt auch zwei dezente Ringe an. Meine Chefin bemängelte dies. Eigentlich bin ich bei so was immer ruhig, zurückhaltend, sehe Fehler ein – sofern ich welche begangen habe –, aber in diesem Falle ...

Ich fragte, ob die Verletzungsgefahr für Eheringe nicht galt? Denn sie trug ja einen ... Sie sagte nicht viel dazu und ich beugte mich – bedingt ist das manchmal klüger. Ich hielt es trotzdem nicht lange dort aus. Viel mehr, ich wollte gar nicht erst übernommen werden, dessen war ich mir ziemlich schnell bewusst.

Es gibt Dinge, da muss man durch, mit Disziplin, und es gibt Dinge, bei denen man spürt, damit werde ich niemals glücklich. Warum sich quälen und Zwänge auferlegen lassen!?

Ich kündigte. Kurz darauf begann ich ja schon meine Einzelhandelslehre.

Vor drei Jahren arbeitete ich am Band, offiziell war es kein Akkord, aber ebenso heftig. Nachtschicht in einer Firma, in der man vor Maschinenlärm taub wurde und der Kunststoffgeruch in der Nase stach, dass einem schwindelig wurde.

Es waren Sommerferien, von dem Geld wollte ich mir einen ersten Amerika-Urlaub leisten – wenn es dazu noch kam, denn in der Fabrikhalle waren es nachts an die vierzig Grad C und die Luftumwälzung gleich Null.

Die ganze Nacht hin und her hechten oder sich langweilen, weil man zu wenig Bänder hatte. Aber eigentlich war es eher andersrum. Die Sache war körperlich sehr belastend … „So zimperlich bin ich auch nicht, wenn die anderen Leute das schaffen, schaffe ich das auch. Sechs Wochen gehen doch vorbei … SECHS WOCHEN …?! Oh je ... 6 x 5 = … weniger Pause …"

Ich machte mir eine Liste und strich jeden Tag, den ich hinter mir hatte, durch … die Tage verstrichen nur sehr langsam.

Ich hetzte, ich wollte weinen, verschaffte das Abhilfe? Nein, in diesem Fall nicht. Ich entschied mich, es äußerlich runter zu schlucken und arbeitete weiter. Was blieb mir sonst übrig?

Das Schlimme war, für tiefgründige Gedanken war es einfach zu laut. Zum Abschalten war es auch zu laut. Ich musste eine Strategie entwickeln. Hatte das Gefühl, das andere sich gar nicht so in die Sache reinsteigerten wie ich. Nein, das tat ich nicht. Mit Reinsteigern hatte das nichts zu tun. Ich empfand es einfach als Qual, ohne Sicht auf Abhilfe.

Sechs Wochen – wie ein Fass ohne Boden.

Ich fand schnell Anschluss. Bei stumpfsinniger Arbeit ist man froh über jedes Wort zwischendurch, denn Minuten waren hier Tage. Wo war bloß die Zeitmaschine? Wegen der lauten Maschinen musste man seine Stimme oft erheben, bis zur Heiserkeit nach Feierabend.

Zu jeder vollen Stunde, sofern arbeitstechnisch möglich, räumten einige Kollegen und ich unsere Bänder im Vorfeld eifrig ab, soweit es eben ging, und bereiteten neue Verpackungen weitgehend vor, so das eine fünfminütige Raucherpause an den Futterautomaten möglich war. Ich rauchte zwar nicht, aber egal. Die Logistik nahm es so hin, solange die Bänder nicht überliefen.

Die hohen Chefs waren ja nachts nicht da, von daher der Vorteil nachts CD, beziehungsweise MP3, hören zu können. Ich gab mir *Harry Potter* und für meine Bildung *Der Schimmelreiter* und war zufrieden. Na ja, nennen wir's zufriedener, da ich die Zeit außer

Geld zu verdienen wenigstens ein wenig mit Sinn füllen konnte … Denn für sonstige klare Gedanken außerhalb der Stöpsel war es nun mal zu laut.

Ich versuchte es auch mit der Geschichte Amerikas, allerdings zogen die destruktive musikalische Hintergrundunterlegung und die Bombenknalle mich so runter, dass ich mich dem *kleinen Prinzen* widmete. Nicht schlecht, aber mal ehrlich: Bin ich blöd, oder sehe ich einfach nicht diese Tiefe in der Story, wie alle Leute schwärmen? Ich bin doch ein tiefgründiger Mensch. Oder sagen das alle Leute nur, weil eben alle Leute das sagen? Ich werd's wohl nie erfahren. Ist eigentlich auch nicht so wichtig. Will mich als „Banausin" ja nicht mit Liebhabern anlegen und darüber wettern. Wie gesagt, eigentlich find ich es ja ganz nett.

Hm … Vielleicht begeistere ich mich auch nicht im Übermaß, weil ich die Kinderaugen, mit denen man die Geschichte sehen muss, die vielen fremd geworden sind, immer noch besitze. Kinderperspektiven sind mir nix Neues. Na ja, ist auch nicht so wichtig.

# Amerika

Ich habe durchgehalten! Der Flug war die Hölle, und immer wenn ich mich übergeben musste, stand eine blöd glotzende Stewardess mit ihren Duty-Free-Artikeln im Weg. Bin ich hier auf 'ner Kaffeefahrt mit Verkaufshintergrund oder fahre ich in Urlaub? Auf dem WC angekommen hätte ich mich am liebsten auf den Boden gelegt, so elend war mir. Aber erstens war es einfach zu eng und zweitens nicht gerade so der hygienischste Ort zum Niederlassen. Ich beschloss, auf meinen Platz zurückzukriechen. Wenn ich mich zu meinem Freund auf den Schoß legte, hatte der Typ neben mir quasi freien Blick auf meinen Popo. Als wäre das nicht schon unbehaglich genug, schlief mir auch noch im Minutentakt mein linkes Bein ein – durch die Schieflage schnürte sich wohl jegliche Blutversorgung ab. Na toll! Ein elfstündiges Dahindümpeln zwischen äußeren und inneren Turbulenzen, zwischen abgeschnürter Blutzufuhr und dem Versuch, mich aufrechtzuhalten standen noch bevor. Aber die Westcoast war es wert. So viele Eindrücke. Las Vegas, die Stadt der Illusionen, Hochzeiten und Verlierer, mitten in der Wüste Nevadas. Unglaublich, wie viele ältere Leute dort die Nächte durchzocken. Ich schlug mich als sogenannter „Laurer" durch: Wartete in der Nähe von dauerbesetzten Automaten, an denen lange kein Jackpot geknackt worden war, und übernahm, wenn der Spieler entnervt die Flinte ins Korn geworfen hatte. Gute Strategie, leider ohne großen Erfolg.

Die Buffets in den überwältigenden Hotels schienen kilometerlang und ließen keine Wünsche offen und keinen Magen unterbläht. Das MGM, Paris, Excalibur, Luxor, Ceasars, Bellagio, New York, der Strip, alles meins. Die endlose Weite, die Einsamkeit und auszehrende Trockenheit des Death Valleys, die Nationalparks des Zion, Bryce, Red und Grand Canyons, die Schluchten, die sich auftaten, aus denen der Colorado River in leuchtendem türkisblau blitzte, der Lake Tahoe, der wie gemalt zwischen den

Bergen ruhte, als Insel der Erholung, San Diego mit seinem tollen Zoo, Sea World und dem atemberaubenden Yachthafen, die Städte Santa Barbara und Santa Monica mit ihren romantischen weißen Sandstränden, dem Sand, der in der Abendsonne leuchtete und dem Flair der entzückenden Lokalitäten und mit ihren Musikern, und der gigantische Hoover-Damm hinterließen einen gewaltigen Eindruck. Über die Route 66 mit ihren alten, unheimlichen und unbewohnten Goldgräberdörfern und den nostalgischen Tankstellen, an denen Biker vorbeizogen.

Als wir an einer verlassenen Hütte hielten, die ich wieder mal fotografieren wollte, weil verlassene Hütten eine mystische, geheimnisvolle Anziehungskraft auf mich ausstrahlen, sprang uns ein, ich würde sagen, tollwütiger, wilder Hund oder Kojote, mein Freund meinte aus tiefster Überzeugung, es sei ein Wolf, vors Auto. Schnell Fenster zu und Gas geben, bevor wir zerfleischt wurden.

Die Faszination dieses verlassenen Hüttchens hielt sich nun in Grenzen. Aber ehrlich, ich finde es sehr interessant, in solch verlassenen Hütten nach den Lebensspuren und den Gewohnheiten ehemaliger Bewohner zu forschen. Warum dort wohl keiner mehr wohnt? Warum ließen die ehemaligen Bewohner alles zurück? Zogen sie in ein besseres Leben? Oder wurden sie vielleicht ermordet? Ich suchte nach Indizien, die mehr über die Bewohner preisgaben. Und das in sämtlichen Hütten, die unseren Weg kreuzten. Ich war Sherlock Holmes. Spannend und eine Wissenschaft für sich. Nach dem „bösen Wolf" erblickten wir das „große Tal" im Abendrot, ebenso wie in *In einem Land vor unserer Zeit*! Atemberaubend!

San Francisco mit der beeindruckenden Golden Gate Bridge und der Oakland Bridge. Alcatraz, in seiner kalten Ausstrahlung im eisigen Wasser gelegen. Die Jazzclubs hatten Flair und sogar die abgerissenen Kriegsveteranen an jeder Ecke hatten was für sich. Man hatte zwar Angst bei einer City mit so vielen „Krassen" auf sich selbst angewiesenen, aus der Bahn geworfenen Gestalten, aber vom Cable-Car-Fahren hielt uns niemand ab. China Towns alte Chinesen lebten vom Dosen- und Flaschensammeln, und das oft hauptberuflich, oder von Souvenirs, und unterboten sie sich gegenseitig mit dem Preis. Die chinesischen Restaurants dort lebten wirklich nur von einmaligen Gästen, denn ein zweites Mal speiste dort sicher niemand. Zu sagen, ich hätte es runtergewürgt, wäre untertrieben. Ich benutzte die Servietten sämtlicher unbesetzter Tische der Umgebung zur Vertuschung. Hätte ich nicht Angst vor der China-Mafia gehabt (falls es die gibt), hätte ich den Fraß schnurstracks zurückgehen lassen.

Sacramento mit seiner toten, doch lebensechten Westernstadt ist ebenfalls erwähnenswert. Los Angeles brannte mal wieder lichterloh, aber außer den Sternchen auf der Straße und den Villen am Rande hat die Stadt nichts, aber auch rein gar nichts Attraktives an sich. Kaum zu glauben, aber wahr. Hollywood, na toll! Beverly Hills, süß, und? Was wollen die bloß alle da? Klar, berühmt werden, aber da gibt's doch echt schönere Orte. Das einzige, was ich von dort in guter Erinnerung behalten habe, sind die Pancakes mit Ahornsirup bei Mc Donalds, die mich süchtig machten. Aber die gab's ja überall, sogar in der Einsamkeit der Deserts.

Ein Ort besteht, wenn man sie ausnahmsweise mal nicht benötigt, aus einer Tankstelle und natürlich, wie kann es anders sein, aus einem Mc Doof. Viermal am Tag Mc Doof und du bist fürs Erste fastfoodgeheilt.

In Monterey gibt es ein wundervolles Aquarium und am Seventeen Milen Drive erblickt man mit Sicherheit eines der schönsten Fleckchen dieser Erde. Wenn ich mal heirate, dann in Las Vegas mit Picknick am und Aussicht auf den Seventeen Milen Drive und mit anschließender Familien- und Freundefeier im Augsburger Ratskeller. Auch einer der berühmtesten Golfplätze ist am Seventeen Milen Drive gelegen. An einer dieser Strände stapeln die Besucher täglich hunderte von Türmen aus großen rundgewaschenen Kieseln, die diesen Strand durchziehen. Wahnsinn, wo man hinblickte diese Bauten. Der Highway One schlängelte sich ebenso endlos, doch wunderschön, durch unsere Reise. Mendocino,

Mendocino, wir fahren jedes Jahr nach Mendocino … Nein, leider nicht. Zu Mendocino fällt mir nur ‚schnuckelig' ein, mit riesen Miesmuscheln am Strand. Unser Hotel, oder besser unsere Pension, was auch immer, war, dezent ausgedrückt, sehr familiär. Frühstück gab es im Nachbarhaus, dem Wohnhaus der ausgewanderten Französin, die sich als unsere Gastgeberin herausstellte. Ich wusste beim Betreten des Hauses gar nicht, wo ich zuerst hinsehen sollte. Das Haus war mit so viel Liebe zum Detail eingerichtet und verziert, dekoriert, wie immer man es auch nennen möchte. Ich weiß nicht, ob kitschig, prunkvoll oder märchenhaft das passende Wort ist. Es war Sissi-Style würde ich sagen. Geschwungene Möbel durchzogen von Intarsien der aufdringlichsten Art, Stofftapete in Blumen-Rankenmuster in rot und natürlich gold, Stuck, Gardinchen, Übergardinchen, Spitzendeckchen, Schonbezüge über den Schonbezügen, pinke Flauschteppiche, Kerzen, gewaltige Kronleuchter. Figürchen wo man hinsah, die jedes Fleckchen zierten. Reizüberflutung für meine dicken Augen. Ich hatte kaum geschlafen – Lebensmittelvergiftung mal wieder. Na toll! Ich schleppte mich lustlos, schwach und, wie schon erwähnt, mit übelst dicken Augen zum Frühstück.

Oh nein, ich hatte es doch richtig verstanden. Frühstück nicht bis zehn, sondern Treffpunkt um zehn! Nämlich von allen Gästen des Hauses an der einzig nicht enden wollenden Tafel des Speisesaals. Nee, oder?

Süß, aber auf Spießi und Happy-peppi-Family war ich gar nicht aufgelegt. Ich wollte lediglich in Ruhe vor mich hinvegetieren, an einem Puppentisch in irgendeiner ungeschmückten, dunklen Nische. Da war ich hier wohl gänzlich fehl am Platze. Der Rest der Happy-People-Bagage an Gästen traf ein. Wir setzten uns mit diesen ganzen Fremden, in früher Stunde übermäßig freundlichen und aufgedrehten Gästen, an die lange Tafel. Und schon ging es mit der Kommunikation los. Mendocino … Politik … Was macht ihr beruflich? Wo kommt ihr her? Wie heißt ihr? Wie alt seid ihr? … und so weiter und so fort. Na toll! Es war schlimmer und indiskreter, als ich es mir vorgestellt hatte. Ich sehnte mich nach Inkognito und fühlte jede Pore meines erschöpften Gesichtes in dem grellen Sonnenlicht, das durch die blitzeblanken Gardinchen-Fenster fiel. Solch anstrengende Konversationen am frühen, verpeilten Morgen. Selbst wenn ich fit gewesen wäre, hätte ich mit diesen elanvollen Happy-People nicht mithalten können. Das alles überstieg in der Frühe mein Vokabular.

Santa Cruz war noch mal der Hammer, mit einer super Oldtimer-Ausstellung. Alles was man sich an Ami-Schlitten nur wünschen kann! Es gab einen Vergnügungspark am Strand. Die Menschen dort waren Freaks, ähnlich wie in San Fransisco, jedoch überhaupt nicht so bedrohlich. Es waren lockere, oft auch bekiffte, angetrunkene Gesellen, die abends oft leicht abgerissen durch die Gegend zogen. Aber so was von friedfertig und tolerant gegenüber allen, die sich dort aufhielten und bewegten, wie ich es selten erlebt hatte. Leben und leben lassen. Kein Gepöbel, keine Schlägereien weit und breit. Jeder macht seins und wird in Frieden akzeptiert. Straßenmusiker und Möchtegernzauberer werden dort als Bereicherung gesehen und nicht wie bei uns als bettelnde, nervende Schmarotzer … Sie bieten Programm und Unterhaltung. Sie gehören zum Stadtbild dazu, sind geschätzte, geachtete Künstler, ob mit Begabung oder ohne. Ob jaulende Pennerin, Kammbläser, Maler, Skater, Biker, Musiker. Egal. Beifall und anerkennende Blicke gab's immer, und Geld für erbrachte Leistung auch. City der Jugend, der Surfer, Skater, Biker. Ich wollte schon immer in die City, deren Marke ich schon seit Jahren im Laden verkaufte. Santa Cruz. Wir fanden uns vor einer blökenden Freestyle Band, leicht zerrissene, barfüßige junge Leute. Mit Banjo, Ziehharmonika, Waschbrett und Geschrei rockten sie neben ein paar Breakdancern erfolgreich die ganze Straße. Beeindruckend, wie mitreißend die waren. Die Freaks nannten sich Blackbird Raum. Ich musste eine CD von denen kaufen. Das letzte Mal, das ich das getan hatte, war auf der Straße gewesen, von den Panflöten-Indios auf der Frankfurter Zeil vor zehn Jahren, glaub ich. – Ach, und nicht zu vergessen, auf dem Lil Knight Konzert im Herborner Park. Obwohl der gute Ahmad sein damals neues Album *Meine Stadt* sogar verschenkt hatte. Ein top Konzert! Anschließend waren wir noch auf Party gewesen. Gennaro, Chris Robin, Steph K., CL-Audio und Brookz, ein paar Kumpels von uns, hatten im Club um die Ecke aufgelegt – eine top Feiernacht!

Wäre ich nicht von Peinlichkeit berührt gewesen, hätte ich vielleicht auch die Schönheit des Lake Sabrina entspannter genießen können. Ich hatte ein kleines Bedürfnis und wir hielten an einem Waldstück beziehungsweise an einer abgeschotteten Lichtung an einem Flussbett. Ich sah mich um, die Luft war rein. Keine Leute weit und breit in Sicht. Ich hockte mich neben einen Baum, erleichterte mich, zog mir gemütlich die Hose wieder hoch und drehte mich rum. Vor Schreck bekam ich den Knopf kaum zu. Saßen dort doch zwei Angler in fünf Metern Luftlinie von mir entfernt auf einem Felsen mitten im Flussbett. Pole-Position-Blick auf meinen Allerwertesten quasi. Na toll! Ich weiß nicht, wer empörter war, die oder ich. Zum Glück konnte ich es auch nicht sehen, denn ich bin ja kurzsichtig. Genau genommen wollte ich ihre Gesichter auch gar nicht sehen. So schnell wie ich die Kurve kratzte, war wohl nicht mal Speedy Gonzales zu seinen Glanzzeiten. Welch eine Blamage.

Mir grauste schon vor dem Rückflug, berechtigt, wie sich herausstellte. Wir checkten zu spät ein, um noch einen Platz nebeneinander zu bekommen. Na toll! Elf Stunden Flug, vorhersehbare Übelkeit mit Erbrechen und Co., und das noch neben einem Fremden. Wie ich das durchstehen sollte, wusste ich nicht!

Vor uns befanden sich über ein Dutzend Flugzeuge in der Warteschleife. Dann kam eine Durchsage. Ein angetrunkener Passagier wurde dem Flugzeug verwiesen und wir sollten uns eine Weile gedulden, da sein Gepäck erst wieder ausgeladen werden müsste, wegen terroristischer Hintergründe. Eineinhalb Stunden später war sein Bündel gefunden und aus dem Laderaum entfernt, und glücklicherweise war der Platz des Besoffenen der neben meinem Freund, womit wir zumindest die elf Flugstunden nebeneinander fristen durften. Meine vier Buchstaben taten zwar schon weh, bevor wir endlich abhoben, aber dennoch hatten wir Glück im Unglück.

# Banausen und Kaulquappen

Wichtig ist es, sein inneres Kind zu behalten, albern, begeisterungsfähig zu sein, lehr- und wissbegierig. Dann kommt es erst gar nicht zu den Aussagen: „Oh je, es ist schon 0.00 Uhr, ich bin müde und muss jetzt heim!" – Gähn …

Wo wir schon bei den Banausen sind, das Städl in Frankfurt ist ja der Touri-Tipp überhaupt, allerdings empfinde ich einen Großteil der Gemälde nicht unbedingt als Kunst – ist ja bekanntlich Ansichtssache, aber wer malt freiwillig, wenn er es einigermaßen beherrscht, solche Horrorszenarien, wie sie dort größtenteils zu bewundern sind? Ausdruck und Talent sind vorhanden, was ja nicht abzustreiten ist, denn die Gemälde zeigen bei mir insofern Wirkung, dass ich meine Blicke bei jedem zweiten Bild dort vor wirkungsvoller Erschütterung auf den Boden wende.

Ist das normal, einen hängenden, blutenden, gequälten Jesus nach dem anderen zu malen?

Andere Zeiten oder schwarze Seelen?

Klar möchte ich einen Ausdruck, und auch einen Eindruck hinterlassen, wenn ich male oder ein Bild anschaue. Was Authentisches, Einprägsames. Aber müssen das immer tote Jesusfiguren, abgeschlagene Köpfe oder Stillleben mit geschlachteten Tieren sein?!

Diese Ausstellung ist ein reines Gruselkabinett, für unter 18 nicht geeignet. Deprimierend, wie dunkel die Seelenleben damals gestrickt waren. Deprimierend dieser Besuch, auf der Suche nach Kunst, was ich eigentlich immer mit „schööööön" verbinde. Ich will mich freuen beim Anblick eines Bildes, sinnen, staunen. Nicht erschaudern und mitleiden.

An dieser Stelle kommt man mir jetzt wieder mit Sensibelchen. Nein, es ist nur meine Wahrheit. Die muss man jedem lassen.

Andere empfinden diese Gemälde als Kunst, ich eben als makaber. Nur weil die Bilder alt sind, darf ich sie trotzdem als roh empfinden.

Mit einer Bekannten durfte ich auch schon mal eine Vernissage geben. Nicht zu verachten, wie viel harte Arbeit und Herzblut hinter der Aktion stand. Ich ging ganz auf darin. Malen, organisieren – fantastisch.

Künstler sind chaotisch, aber gründlich. Also durfte der Prosecco nicht fehlen. Die Zeit wurde knapp und das Angebot einer Supermarktkette war ausverkauft – na toll! Was nun? ☺ Der Marktleiter erklärte sich bereit, einige Kisten in einer Filiale, die mehr als fünf Minuten entfernt war, persönlich zu holen. So viele Kisten waren es nun auch wieder nicht, aber Freundlichkeit und Kundenorientiertheit zahlt sich aus, und so kaufte ich dort sehr häufig meine sieben Sachen und meine Freilandeier – am Leid der Tiere und mit Antibiotika vergifteter Eier sollte man nicht sparen. Ich meine natürlich im positiven Sinne. Ich bereichere den Konzern vielleicht nicht enorm, aber Kleinvieh macht auch Mist, bringt in diesem Falle Geld und summiert sich.

Obwohl es dort im Städl ja auch einige schöne Gemälde gibt, wie die Pferde oder der Hund von Franz Marc, die tanzenden Ratten – ich steh halt auf Tiere. Monets Häuser am Wasser, Auguste Chabauds *Hotelflur* oder Max Ernsts *Natur am Morgen* – erinnert mich übrigens so sehr an Waldgeister, Zwerge, Elfen und Gnome im Morgentau. Mein Opa hat immer erzählt, dass sie unter den Wurzeln und Steinen hausten und alles im Wald im Auge haben. Ich stellte mir ihre Wohnungen als gemütliche, von Kerzenschein erleuchtete Höhlchen vor, mit kleinen Tischchen und kleinen Stühlchen und kleinen Bettchen. Obwohl mir bewusst war, dass dies nur verzauberte Gedanken waren – und obwohl meine Fantasie grenzenlos ist – war ich dennoch ein realistisches Kind.

Da wir gerade bei meinem Opa sind … Als ich noch ein Kindergartenkind war, fanden wir beim Spazierengehen in der Nähe einer Kläranlage (nicht dass wir an Kläranlagen spazierten, aber es ergab sich so) eine Wasserpfütze, die durch die heißen Sonnenstrahlen im Begriff war auszutrocknen. In ihr befanden sich an die hundert zusammengepferchte, verzweifelt zappelnde Kaulquappen, durch den sinkenden Wasserspiegel dem Ende nahe.

Wir eilten nach Hause und bewaffneten uns mit Einmachgläsern meiner Oma, um bald darauf die Quappen in die Gläser hineinzuverfrachten und in einen abgelegenen kleinen, friedvollen Waldsee umzusiedeln.

Wie die sich freuten ☺, und wir uns erst. War eine tolle Rettungsaktion.

Meine Oma nicht zu vergessen, die uns ebenfalls immer mit Rat und Tat zur Seite stand und mir nebenbei bemerkt immer schöne Lieder zum Einschlafen sang, wenn ich dort nächtigen durfte.

Man vergisst ja über die hoch gelobten Verstorbenen nur allzu oft die Lebenden gebührend zu schätzen. Aber so sind Menschen eben.

Ich liebe die Relikte meiner Kindheit, wie den Gameboy 1, die Reste des Tamaghochi – obwohl das schon grenzwertig war – den Li-La-Launebären, mein lieber Li-La-Launebär. Welche Raritäten heutzutage.

Ja, ich war mal Frühaufsteherin.

Ich war fünf Jahre alt und liebte das Wochenend-Kinderprogramm – es begann um fünf Uhr morgens. Meine Eltern liebten es weniger und schon gar nicht die unmenschliche Uhrzeit. So stand ich jeden Samstag und Sonntag morgens gegen fünf Uhr auf, bis ich ein unwillentliches Abkommen mit meinen Eltern treffen musste, welches besagte, dass ich mindestens bis acht Uhr im Bett bleiben und nicht ab fünf Uhr vor der Glotze sitzen und mir meine kalten Füßchen unter unserem Hund wärmen sollte, den ich bei solchen Anlässen gerne mit auf die Couch nahm.

Bis acht Uhr im Bett bleiben!

Das muss mir heute keiner zweimal sagen, kein Problem.

In New York beobachtete ich – wie darf man sich da heute ausdrücken, ohne zu diskriminieren – einen schwarzen, einen farbigen … nennen wir es einen dunkelhäutigen Mann mittleren Alters in sengender Mittagsglut im schwarzen Anzug mit Fliege, gestriegelt wie für den roten Teppich und arbeitsam in der Mitte einer Verkehrsinsel im Hauptverkehr stehen. Was tat er da? Er verkaufte Getränkedosen. Natürlich. Wow, und setzte sich enorm ab von der Masse. Wollte überleben. Bis heute denke ich anerkennend an ihn zurück. Hat mich schwer beeindruckt dieses Schicksal. Er nahm die Sache ernst. Stach authentisch, wie er nun mal war, ins Auge.

Wobei der Rubel – seit es wegen serienmäßiger Klimaanlagen in jedem Auto und Laden wohl niemanden mehr dürstet – wohl leider nicht mehr so rollt. Eben darum beeindruckte er mich ja!

# Das Geheimnis der Zahnbürste

Trotzdem.
Egal.
Die Komplexität meines Ichs.

Ich hatte plötzlich eine Zahnbürste bei ihm. Es war tatsächlich seine Idee gewesen. Er hatte sie gekauft und einfach neben seine gestellt. Unaufgefordert. Dabei war er doch so ein selbstständiger, freiheitsliebender Mensch. Schätze ich zumindest …

Ich ließ nach seiner Bitte, über Nacht zu bleiben, verlauten (normal ist das eher andersrum – die Frauen wollen bleiben und die Männer ihre Ruhe): „Ich habe meine Zahnbürste vergessen …", und das sollte kein Wink mit dem Zaunpfahl sein.

Frauen übernehmen doch meist den gefühlsduseligen Part. Gefühlsduselig war er zwar nicht, aber die Zahnbürstenaktion war schon sehr aufmerksam. Das hätte ich ihm nie zugetraut! Andere müssen hochgegriffen darum betteln und ich hatte eine Zahnbürste bei ihm, ganz offiziell.

Wollte ich das denn überhaupt? Wieder Nähe, Verletzung, obwohl es nicht mal wirklich passte? Ich bin so ein enger und naher Mensch, liebesbedürftig. War es oberflächlich? Nein, oberflächlich war unser Ding schon lange nicht mehr, sofern ich nicht zu viel interpretiere.

Er war eine Herausforderung, das genaue Gegenteil des Typs Mann, dem ich mich sonst so widmete, rein charakterlich.
Optisch waren sie ja schon immer sehr unterschiedlich.
Vielleicht interpretieren Frauen auch immer und in jede männliche Tat viel zu viel Sinn. Wahrscheinlich würden die Männer sich noch mehr zurückziehen, wenn sie wüssten, dass wir hinter jeder Tat, tiefgründige Gefühle und Signale der ewigen und wahren Liebe wittern.

Er war locker und hatte schon einige Frauenbekanntschaften – wenn auch nicht wahllos, sondern ausgesucht, aber trotzdem …

und außerdem eine Ehe hinter sich inklusive zwei Kinder. Alles für mich abschreckende Faktoren. So genannte No-Gos! Aber absolute!

Er hatte ein gesundes Selbstbewusstsein, selten gesehen so was Gesundes. Mir persönlich fast zu gesund. Ich kannte ihn schon einige Jahre. Wir hatten nie einen besonderen Draht gehabt.
Auf einmal war er da, dieser Draht.

Ich fand ihn leicht arrogant und unsensibel mit hohem Verschleiß ... zwar nicht auf Macho, denn im Kopf hatte er ja was, aber trotzdem ...

Trotzdem, trotzdem.

Ich hatte diese Situation, diesen Menschen in mein Leben gezogen. Gerade jetzt. Irgendwie sollte es wohl so sein.

Er schaute Filme, die ich bei anderen kritisierte, sie geradezu dafür verachtete, obwohl sie mir erlegen waren – diese Männer, von denen ich da rede, und mir doch schon alles recht machten was ging … Vielleicht war das zu viel des Guten. Eben nicht mehr authentisch. Der Respekt geht verloren. Nein, nicht weil jemand liebe Dinge für mich tut. Ich brauche jemanden, der alles für mich tut und mir doch ebenbürtig ist. Ich mag keine Machos, will Treue und die Einzige sein. Ich fordere. Oder überfordere ich in der Komplexität meines Ichs …?

Ich gehe hart ins Gericht, wenn man nicht denkt und handelt, wie ich es haben will. Ich lasse wenig gelten. Das behindert.

„Weißt schon, Emely, Paragraf 1: Jeder macht seins", sagt ein guter Freund von mir immer. Bedingt hat er sehr recht. Akzeptieren kann ich dieses „Gesetz" trotzdem nicht.

Ich fordere immer mehr, nach meiner Nase und alles, aber auch alles, verletzt mich zutiefst. Obwohl ich doch vergöttert wurde, waren meine Gedanken durchgehend durchzogen von Angst, Eifersucht und Misstrauen.

Aber jetzt, jetzt hatte ich ein ganz neues Lebensgefühl kennengelernt, all diese sonstigen Störfaktoren störten mich überhaupt nicht mehr. Ich war total locker, bewertete nichts über, ich war nicht austauschbar. Schätzt mich oder lasst es! Leichter gesagt als getan, zugegeben, aber wenn ihr es nicht tut, kann ich es auch nicht ändern und erzwingen und kämpfen hab ich nicht nötig, tschüss.

Obgleich er mich nicht mit Komplimenten überschüttete, war ich mir meiner endlich sicher, ausgerechnet bei ihm und obwohl wir nicht zusammen waren, es lief einfach so. Ob das so bleiben sollte, es enger werden oder ich wieder mehr klammern, meine Toleranz sich einstellen und ich wieder zur leidenden Furie mutieren würde?

Nein, es ist so, das man anfangs aus Respekt viel toleriert, aber wenn man sich sicherer wird oder die Liebe wächst, wird man eng und intolerant, und alle Fakten werden angesprochen, die man sich im Kennenlernstadium eben nicht getraut hat anzusprechen.

Ich nahm mir vor, so locker zu bleiben, mir zuliebe.

Locker, tolerant, mit Moral und Stil. Er war kein Mann der großen Worte, aber Taten sagen bekanntlich mehr, auch wenn ich im Laufe der Zeit gern das ein oder andere Kompliment wie ein Schwamm aufgesaugt hätte.

Uns ging es gut. Er war fürsorglich, großzügig, tiefgründig, wir verchillten die Abende atmosphärisch mit gutem Essen und Wein, Kerzen und Musik, lachten, redeten, das volle Programm, aber mit Grenzen – keiner griff in die Persönlichkeit des Anderen ein, kein Anspruch und doch Anspruch. Aufmerksamkeit kam von selbst, weil nicht viel gefordert wurde. Das war eine freiwillige Veranstaltung.

Lass den Vogel fliegen und er kommt zurück. Man erreicht mehr mit Freiheit und Freiwilligkeit als mit Drängeln. Wir gingen zusammen feiern und jedes Mal, wenn mich einer unserer Bekannten im Club fragte: „Sag mal, seid ihr eigentlich zusammen", sagte ich: „Eh, nein. Wir sind nur befreundet."

Stimmte ja auch. Waren wir gute Freunde? Oder sollten wir uns in drei Monaten nicht besser kennen? Spannend irgendwie, obwohl ich von der Anspannung eher mal zur Ruhe finden wollte.

Also, wir waren stehen geblieben bei: „Eh, nein …", als er dann allerdings beide Male, und nur wenige Sekunden nach dem Gesagten, um die Ecke kam und mir an diesem Abend zwei der ersten öffentlichen Küsse gab, schauten die Leute, denen ich gerade mitgeteilt hatte: „Eh, nein. Wir sind nur so befreundet", uns ungläubig an.

Ich kam mir blöd vor, aber irgendwie war es witzig. Er lachte cool, als ich es ihm erzählte. Ich auch. Ist ja auch egal, was andere denken. Als Frau denk ich halt immer an meinen Ruf. Aber was tat ich schon Schlimmes?

Wir waren gut befreundet und es muss ja nicht immer alles für jeden durchschaubar nach Schema A ablaufen. Ist doch interessant.

Ich gehöre halt zur Elite. Bei mir war schon immer alles anders. „So kann man es auch sehen …", erläuterte mein Kumpel Flo. Ob extrem saugut oder extrem sauschlecht, es ist halt anders bei mir, basta.

Mal nicht in den ersten Wochen die ganze Zukunft vor Augen zu sehen, die dann doch meist ganz anders kommt …, muss doch nicht immer so absehbar wie bei allen anderen sein. So klappt's ja meist auch nicht, wie man sieht! Erstens kommt es anders und zweitens als man denkt. Da muss man sich mal vertrauen und die Sache ganz anders anfassen als üblich für den normalen Durchschnittsbürger.

Wir mochten uns und es sollte kommen, wie es kommen sollte. Immer dieser Druck von außen. War mir gerade mal egal …
Ich weiß … fühlen, leben, handeln und nicht nur drüber reden. Egal. Egal. Ich tu mein Bestes! Mir ist es jetzt egal. Positive Affirmationen.

Ich fühlte mich nicht wie eine von vielen, trotz der vielen Vergangenen. Ich fühlte mich wohl, einfach frei und leicht. Möge dieses Gefühl nie vergehen …

Wir schätzten und achteten uns, ich fühlte mich wie nach 'ner Hypnose, relativ frei von Angst – das ist Leben! Wahnsinn!

Das sollte meine Herausforderung sein, um endlich zu leben und nicht zu bewerten und abzuschreiben. Es gibt nicht nur Gut und Böse, es gibt auch was dazwischen, wie meine Mama immer sagt.

Ich hoffte nur, dieses Gefühl sei bleibend und schlage nicht wieder um wie das Wetter. Manchmal fühlte ich mich wie in der Pubertät, mit dem Unterschied, dass ich mir da meiner Gefühle sicher war. War ich das? Was für Gefühle? Sie waren einfach da.

So langsam komme ich in das Alter, in dem ich merke, dass meine Eltern so oft recht mit ihren Ratschlägen haben. Manch Leid und Fehltritt kann durch Hören vermieden werden, aber manche Wege und Fehltritte muss man eben doch selbst bezwingen und kassieren. Manche lernen nur durch eigene Erfahrung, das ist der schmerzhaftere Weg. Manche machen auch einen Fehler nach dem anderen und lernen gar nix! Und wiederum andere saugen auch die Erfahrungen anderer auf, wie ein Schwamm, sind gute Beobachter. Lernen, und vieles bleibt ihnen erspart.

Tja, Individuen halt.

Ich glaube, er mochte kluge, gepflegte, selbstständige, aber weibliche Frauen. Er mochte keine Tussis oder falsche Fingernägel. Er biederte sich nicht bei jeder an, die mich beim „Hallo"-sagen mal eben absichtlich und arrogant übersah, nur damit er überall beliebt war. Wer will denn schon bei jedem Arschi beliebt sein? Was soll denn das?

Nur wenn man sich selbst ganz winzig fühlt, hat das Ego so was nötig.

Aber das macht doch natürlich nichts, dass die gute, tolle, verdammt blöde Kuh, mich so doof behandelt und „ER" sie noch vollschleimt. Die soll machen, was sie will, juckt mich nur bedingt, sofern mein Partner richtig reagiert. Das heißt, hinter MIR stehen!

Und, ich bin nicht empfindlich!

Dann bekommt man auch noch gesagt: „Du hast ihr ‚Hallo' halt überhört", „Du übertreibst, wahrscheinlich hatte sie Angst vor dir!" Was sucht der noch für mögliche Varianten, um sie vor mir zu schützen?! Da war kein „Hallo"! Das ist nicht kleinlich, es geht um Anstand und ums Prinzip.

„Angst vor mir ..." Th..., das ich nicht lache, da gibt's gleich jemanden, der Angst vor mir haben muss, nämlich in dem Moment, in dem ich ausrasten muss, weil dieses ganze verfluchte „Hallo-mich-extra-übersehen"-Thema abgestritten und die blöde Kuh jetzt auch noch in Schutz genommen wird!

Männer durchschauen Frauen einfach nicht in ihrer Falschheit und Biestigkeit untereinander.

Aber das ist vergangen ... Hat mich lange genug zerfressen, diese immer wiederkehrende Thematik. Wirkt lächerlich, aber eine Aneinanderreihung von so was kratzt gewaltig am Ego. Man fühlt sich klein, als wäre man kaum mehr da, und zieht mit dieser Angst vor Wiederholungen solcher Situationen immer mehr davon in sein Leben hinein.

Größe ist aber nichts, was einem jemand anderes geben kann. Zumindest nicht langfristig, durch kein Kompliment der Welt. Von seiner Größe muss man überzeugt sein. Sie fühlen.

Nichts, was ich schaffe, ist mir auf Dauer gut genug. Es reicht mir persönlich nicht, aber das wiederum gibt Kraft und treibt voran. Gut, zwischendurch hat man Momente des letzten Losers auf Erden im Lebenslauf. Manchmal ziehen sich diese Momente ewig in die Länge, scheinen endlos und rauben alle Kraft.

Konstantin Wecker sagte mal im *Spiegel*: „Man fühlt sich vernichtet, doch man ist immer noch da."

Hochdepressive Menschen, die tief in ihrer Depression vergraben sind, sind weniger suizidgefährdet, da sie in dieser akuten Verfassung meist gar nicht in der Lage sind, zu handeln, sich zu bewegen, so kraftlos sind sie. Erst wenn sie ein wenig rauskommen aus ihrer Depression, dann tun sie es. Sie beenden ihr Leid. Aus Angst, wieder handlungsunfähig da zu sitzen? Wie auch immer.

Er wollte sogar mit mir aufwachen. Manchmal bekam ich einen Rappel und verschwand nachts, eigentlich die komplette Anfangsphase durch. Unnahbar? Ich oder er oder beide irgendwie?! Ein sonderbares, aber erfüllendes Verhältnis. Es war eine Nähe da und doch ein Abstand zwischen uns. Wir waren beide vorgeschädigt, Beziehungen hinterlassen Spuren. Hatte ich doch Angst gehabt, mich zu verlieben, in jemanden, der offensichtlich gar nicht passte? Oder vielleicht passte es ja doch? Vielleicht gerade weil alles ganz anders war. Eine ganz außergewöhnliche Basis. Eigentlich war er auf einmal gar nicht mehr unsensibel. Mein Bild hatte sich gewandelt. Es wurde ernst. Ich glaube, wir wehrten uns beide, aber vergebens. Wo waren auf einmal meine ganzen Contras geblieben? Ich war verwirrt. Wir hatten doch einiges gemeinsam, mehr als gedacht, einen gehobenen Lebensstandard, Essen, Partys, eine Trennung nach sieben Jahren und das zur fast selben Zeit. Er war null unsensibel, stille Wasser sind tief, er war nur umgeben von einer Schutzschildarmee – eigentlich wollte er mir ein paar davon abtreten – Schutzschilder oder Soldaten? Egal, Hauptsache Schutz und Sicherheit. Auch gewisse moralische Ansprüche aneinander hatten wir, obwohl wir eben irgendwie nicht zusammen waren. Oder doch? Nein, ich glaube irgendwie nicht.

Aber, ich hatte eine Zahnbürste bei ihm!

Wollte das eigentlich wertfrei und ohne Interpretation stehen lassen.

Es war nicht nötig, meinen Namen draufzuschreiben. Es war meine und ich glaube nicht, dass jede in den Genuss einer Zahnbürste bei ihm kam. Aber vielleicht war diese Zahnbürste doch ein Anfang …

… ganz ohne Interpretation geht's wohl doch nicht, ich bin halt, zugegeben, eine Frau.

# Maria

Mittlerweile sind schon sieben Jahre vergangen, seit Jonas' Tod. Vor zwei Tagen erfuhr ich, dass seine Mutter Maria, um die ich mich nach seinem Tod etwas gekümmert hatte, quasi dasselbe Schicksal ereilt hatte wie Jonas. Es traf mich wie ein Blitz, als ich mittags einen lockeren Einkauf in der City wagte, einen Bekannten traf und mit dieser Info wieder nach Hause ging.

Maria ist tot! … Maria ist tot? Tot! Tot! Maria ist tot? Tot?

Ja, Maria ist wirklich tot! Ich erfuhr es leider nur über Dritte, nicht, wie erhofft, von dem Letzten der drei Söhne. Ja, sie wurde ebenfalls tot in ihrer Wohnung gefunden … Vor über vier Wochen schon! Und ich hatte keine Ahnung … Woran war sie nur gestorben? Ich hatte null Hintergrundwissen und musste wohl die gute Frau vom Friedhofswesen kontaktieren, die mir noch so „kompetent und nett" in Erinnerung geblieben war, um zu erfahren, ob Maria überhaupt eine anständige Beerdigung hatte oder ob sie wie Jonas damals auch, als Mensch mit einer Identität, zu den quasi namenlosen Anonymen abgelegt wurde.

Kaum hatte er seine Ruhe gefunden, da wurde er wieder ausgebuddelt und umgebettet. Maria war nicht in der Lage, sich dreimal wöchentlich der Grabpflege zu widmen, da sie kein Auto hatte und gesundheitlich selbst sehr angeschlagen war. Manchmal bekam sie nachts einen Rappel, bestritt den kilometerweiten Weg zum Friedhof zu Fuß und gestaltete das Grab so, wie sie eben war – sehr abstrakt. Ob es mit Muscheln war, die etwas mehr als üblich wie eine Decke über die Grabgrenzen hinausragten, oder Ähnlichem. Das war der guten Dame vom Friedhofswesen natürlich ein Dorn im Auge. Maria traute sich nicht, uns Jonas' Verlegung zu den Anonymen mitzuteilen. Toll, wenn man wochenlang Jonas' Grab besucht und beweint, mit ihm spricht, und dort liegt längst ein ganz anderer. Ja, das ist aber Pietät und Respekt vor der Totenruhe, oder gilt das für Menschen, die etwas anders leben als die Allgemeinheit etwa nicht? Ist man gleich ein

Sonderling, nur weil man sein Leben anders gestaltet als der Rest? Von mir aus waren es Sonderlinge, aber was ist an Sonderlingen schlecht? Wer hat das Recht, Jonas als weiteren Drogentoten in der Statistik einzustufen, ohne jegliche Hintergründe zu kennen? Das ist sonderbar! Ebenso sonderbar, oder nennen wir es grob fahrlässig, war, dass die Kripo ein 14-jähriges Kind, nämlich Jonas' Bruder, diesen identifizieren ließ. Nachdem Jonas, wir nennen es mal unansehnlich, oder nein, ehrlich gesagt, verwest, verfärbt und übel riechend, seines Gesichtsausdruckes entstellt, eine Woche tot auf der Couch vor sich hin gegammelt hatte!? Ich kann mein Entsetzen noch immer nicht beschreiben. Nach diesem Anblick schickte die Kripo den sicherlich bis in alle Zeiten von diesem Anblick geprägten Jungen alleine nach Hause in den Nachbarort, um seiner Mutter die Nachricht zu überbringen. Dieser ging erst mal in eine Kneipe und trank zwei zu viel. Maria hatte den kleinen Bruder zu Jonas' Wohnung geschickt, damit er nach dem Rechten sehe, weil es ihr merkwürdig erschien, dass Jonas sich schon so lange nicht mehr gemeldet hatte. Jonas' kleiner Bruder traf wohl gleichzeitig mit der Polizei dort ein. Diese bequemte sich endlich, in Jonas' Wohnung nachzuschauen, wozu sie Maria mit x-fachen sorgenvollen Anrufen gebeten hatte. Trotz regelmäßigen Disputen hatte sich Jonas doch in regelmäßigen Abständen bei seiner Mutter gemeldet. Diese Totenstille war ungewöhnlich. Doch es war zu spät. Am Ort des Geschehens trafen sie auf Jonas' kleinen Bruder, den sie dann gleich zur Identifizierung missbrauchten.

Mal ganz in Ruhe, bevor ich vor Emotionen wieder platze, wie hätte sich jeder normale Mensch in dieser Situation verhalten? Schwierig, hm? Also, für den nächsten Toten, den die gute Kripo ohne wirkliche Obduktion in ihre Statistik reinquetscht, solltet ihr euch merken, dass der erste Schritt wohl offensichtlich gewesen wäre, dem kleinen Bruder auf jeden Fall den Anblick seines toten Bruders zu ersparen. Nächster Schritt, den kleinen geschockten Bruder einzupacken, ebenfalls einen Arzt, von wegen Beruhigungsspritze und so, und persönlich zur Mutter zu fahren, um ihr behutsam das Unglück beizubringen. Nur weil jemand nicht in der Lage ist, sein Leben so stabil zu meistern, stark und unsensibel durch die Welt zu gehen wie manch anderer, muss man sie noch lange nicht als asozial abstempeln. Geht man so mit Hinterbliebenen um? Maria war wehrlos, sie litt wie ein Tier. Sie belagerte ihren letzten verbliebenen Sohn und auch Jonas' Freunde, also auch mich, mit ihrem Redezwang. In ihrer Kindheit hatte sie nur unter Aufforderung ihres Vaters den Mund aufmachen dürfen. Ich schätze, so kam es zu ihrem Redezwang. Auf jeden Fall war dieser Redezwang unter noch mehr Alkohol und Hasch, unter ihrem Schmerz und Leid, noch viel intensiver und ausgeprägter als je zuvor. Wir betreuten sie nächtelang, hörten Stunden über Stunden ihren Schmerz und ihr Leid. Ich fühlte mich leer und ausgebrannt, fast hirntot. Für den Schmerz über den eigenen Verlust meines Kumpels war gar kein Platz mehr. Meine Gefühlslage über Jonas' mysteriösen Tod war ungelöst und unvorstellbar und noch weniger in Worte zu fassen. Ich war zerrissen und handlungsunfähig, aber ich fühlte mich verantwortlich. Jonas' bester Freund, ich und ein, zwei andere Freunde richteten eine fast Rund-um-die-Uhr-Wache für Maria ein. Ihr Zustand war äußerst kritisch und außerdem ging es ja auch um Jonas' kleinen Bruder, den man mit seiner abdrehenden Mutter unmöglich alleine lassen konnte. Der Bruder verhielt sich wie traumatisiert. Emotionslos verschloss er sich leider gänzlich. Ob er mehr über den Tod seines Bruders wusste? Wir vermuteten es. Allerdings bekamen wir kein Wort darüber aus ihm heraus. Im Nachhinein war das vielleicht auch besser für die Fortsetzung meines Lebens und auch zu meiner Sicherheit. Ich versuchte, meine Ruhe zu finden und meine Recherchen über das mysteriöse Geschehen und auch sämtliche Hypothesen einzustellen. Jeder bekommt, was er verdient, auch die, die ihn ausgebeutet, verraten haben, und an seinem Tod Mitschuld tragen. Jonas' Haustür ließ sich auch von außen öffnen, wenn sie nicht verschlossen war. Und sie war nicht verschlossen gewesen. Ich bin mir sicher, in dieser einen Woche waren einige seiner ominösen Freunde vor Ort gewesen, hatten seine Wohnung betreten und ihn dort liegen sehen, ohne seinen Tod zu melden, und ihm noch die Wohnung ausgeräumt, während er dort verendet gelegen hatte. Wie abgebrüht muss man sein? Jonas war immer zu gutmütig gewesen. Er hatte selbst Obdachlosen aus dem Park Zutritt zu seiner Wohnung und seinem Leben gewährt. Hatten wir uns so voneinander entfernt, dass spurlos an uns vorbeigegangen war, in was für einem fragwürdigen, miesen Umfeld er sich doch aufgehalten hatte? Er war so langsam abgedreht, war anstrengend geworden und wir hatten uns eben zurückgezogen. Aber das er so dramatisch abdrehte, war uns nicht bewusst gewesen. Natürlich muss ich gerecht bleiben, denn Jonas hätte erkennen müssen, wie gefährlich es ist, sich mit Junkys einzulassen.

Natürlich wunderte ich mich, als mich Jonas drei Wochen vor seinem Tod, kurz vor Feierabend im Laden aufsuchte. Er kam mit zu mir nach Hause und wir quatschten. Er fragte, ob er seine Schuhe – Buffalos (Wow, damals trug jeder noch Buffalos, ist das wirklich schon so lange her ...?) ausziehen darf. Sie waren nass vom Schnee und somit auch seine Füße. Seine Socken zog er ebenfalls aus, waren ja auch nass. Dann fragte er, ob er seine Füße kurz bei mir abduschen dürfe. An ihnen klebten nasse, schwarze Sockenfusseln ...

Ich sagte: „Ich bitte darum ..." Anschließend lieh ich ihm und seinen frisch gewaschenen Füßen ein paar trockene, fusselfreie Socken von meinem Freund. Bevor er hineinschlüpfte, fiel ihm allerdings auf, dass seine Zehennägel eine Maniküre nötig hätten ... „Haste en Nagelscherchen?" Ich stutzte ... War ich im falschen Film ...? „Eh ja ..., Moment."

Ach, warum auch nicht? Er ist und bleibt halt en Freak. „Ich tu die Nagelschnipsel hier in Aschenbecher, ja?" „Hmpf, ok."

Es wäre nicht Jonas gewesen, wenn ihm nicht noch was eingefallen wäre ... „Kannst du eigentlich Haare schneiden, Emely?" „Eh, nein."

„Gut, dann probiers doch trotzdem mal. Nur nachschneiden, da kannste nicht viel falsch machen."

„Ohne Garantie."

„Das geht schon, aber dann wäre es ja schon besser, wenn ich mir vorher erst mal die Haare bei dir wasche.“ Sicher, sonst noch was? Die Fakten kamen so Schlag auf Schlag, dass ich vor lauter Verwirrung kaum mehr über sein Verhalten staunen konnte. Das war schon ein Stück weit extremer als früher, wunderte ich mich. Hatten wir uns so lange nicht gesehen? Was ging denn hier ab? Da er es aber in einer angenehmen und nicht unverschämten Weise rüberbrachte und wir uns schon ewig kannten – auch wenn wir uns nicht mehr so nahe standen – ließ ich ihn gewähren. Gesagt, getan, ich schnitt ihm die feuchte Frisur nach, so gut ich eben konnte. Er war zufrieden und ich stolz auf mich. So rundum erneuert fühlte er sich auch gleich deutlich wohler. Wenigstens hatte er einen anständigen Haarschnitt, als er verbrannt wurde … Nein, Sarkasmus beiseite.

Ich brauchte nach seinem Verschwinden noch einige Tage, um über diesen merkwürdig skurrilen Abend hinwegzukommen. Dieses komische Verhalten zu verdauen, fiel mir sichtlich schwer. War er da auf Droge oder hatte sich sein Geist schon chronisch so dermaßen verschoben? Damals hätte es schon Klick machen müssen, aber ich dachte, na ja, er ist halt anders.

Er überschätzte sich. War ein Draufgänger und verlor erst den Halt und dann sein Leben. Er verkannte den Ernst der Lage und registrierte dann nichts mehr. Er war nicht mehr in der Lage, die Situation mit neutralen Augen wahrzunehmen.

Die Strenge, die seine Mutter in ihrer Kindheit hatte erfahren müssen, gab sie ihren Kindern, aus Überzeugung, es richtig zu machen, in doppelter Freiheit. Sie ließ ihnen freien Lauf. Ohne jegliche Grenzen zu setzen. Grenzen geben Sicherheit. Die ihren Jungs fehlte. Marias Lebenswandel spielte, meiner Meinung nach, keine unwichtige Rolle in der Entwicklung ihrer Söhne. Da Maria ein Nachtmensch war, waren ihre beiden Jungs sehr selbstständig. Sie waren oft unterwegs, da sie Marias Redezwang, wenn sie zu viel trank und rauchte, wohl oft nicht ertragen konnten. Ich schätzte sie trotzdem sehr, denn sie war ein selten tiefgründiger Mensch. Sie war viel für sich allein, schrieb Gedichte, ging nachts spazieren oder färbte Hüte. Ich will nicht mehr die Rolle des Rächers einnehmen, ich will zwar nicht Gleiches mit Gleichem vergelten, aber gewisse Gefahren für die Menschheit würde ich einfach wegsperren. Aber ich bin nicht für alles zuständig und schon gar nicht dafür, Jonas' Widersacher ausfindig zu machen. Diese Angelegenheit wird Gott richten.

Nach Opas Tod, dem meiner ersten großen Liebe und dem eines Kumpels hatte ich fast vergessen oder besser gesagt verdrängt, wie es sich anfühlt, jemanden zu verlieren. Der Gedanke daran, wie oft mich dieses Gefühl noch heimsuchen wird und ich mir der Bedeutung des Wortes „Tod" bewusst werde, macht mir gewaltige Angst. Ich weiß, ich werde das Wort „Tod" und die anschließende Leere über den Verlust eines Menschen, der eine Lücke in mir, in meinem Leben hinterlässt, noch öfter spüren.

Maria baute in ihrem Wohnzimmer eine Art Altar für Jonas mit Fotos und Kerzen und sonstigen Andenken. Sie überlegte sich, sein Gesicht in den Unterschenkel zu tätowieren und sein Grabkranz sollte Reggaefarben tragen. Wir saßen wieder mal in ihrem abgedunkelten Wohnzimmer, als sie den drei Damen vom Grill (ihren Hasen), die auf dem Balkon standen, die Weihnachtsbeleuchtung anschaltete. Anschließend drehte sie wieder einmal *Wish you where here* von Pink Floyd auf und ergab sich ihrem Suff. Die Nachbarn schimpften schon. Plötzlich fuchtelte Maria mit der Schrotflinte durch die Gegend und wollte Jonas zum Abschied unbedingt noch einmal sehen. Sein Tod war drei Wochen her und er war schon nach der ersten Woche nicht mehr besonders ansehnlich gewesen. Es war drei Uhr nachts und Maria war außer sich und tobte, sie müsse ihn noch mal sehen, um sich zu verabschieden. Wir waren leicht bis schwer überfordert und riefen zu dieser späten Stunde bei dem Bestattungsunternehmen an, mit der Bitte, Maria ihren Sohn noch einmal sehen zu lassen. Der gute Mensch vom Bestattungsinstitut riet uns allerdings eindringlich von diesem Vorhaben ab, da Jonas' Zerfall bereits zu weit vorangeschritten war. Außerdem sei die Uhrzeit nicht so prickelnd und ohne die Kripo dürfe er auch niemanden zu der Leiche lassen, da es ein ungeklärter Todesfall sei. Ich rief die Kripo an und geriet an einen sehr unsensiblen Gesellen, der anscheinend keine eigenen Kinder hatte. Ich erklärte ihm die Problematik, und dass er jemand schicken müsse, da Maria sonst total durchdrehe und wir das alleine nicht mehr schaffen würden. Dies interessierte ihn nicht. Wir schafften es tatsächlich, Maria mit vielen guten Worten für diese Nacht ruhigzustellen. Wenn man von ruhig reden kann … In der nächsten Nacht machte Maria sich selbstständig, lief zur nächsten Tanke, um Bier zu kaufen, und legte sich anschließend mal 'ne Runde auf die Bahngleise. Glücklicherweise war ihr jüngster Sohn ihr gefolgt, um Schlimmeres zu verhindern. So ging das nicht weiter. Am nächsten Mittag stürmten wir mit einer Ärztin im Schlepptau Marias Wohnung. Sie war nicht gerade begeistert von unserer Aktion und wollte uns aus der Wohnung werfen. Seit Jonas' Tod war sie überhaupt nicht mehr Herr ihrer Sinne. Wir hatten bereits mit der Ärztin wegen der letzten Nacht gesprochen, und dass wir mit der Situation überfordert seien und auch der kleine Sohn Marias Terror nicht mehr ertragen könne. Die Ärztin fragte Maria: „Stimmt es, dass Sie sich letzte Nacht auf die Gleise gelegt haben?“

„Joa schon, aber es kam ja kein Zug.“

„Aber Sie wissen schon, dass einer hätte kommen können? Ich gebe Ihnen jetzt eine Beruhigungsspritze, Sie legen sich hin und reißen sich zusammen, ansonsten lasse ich Sie ganz schnell abholen und einweisen.“ Diese strikte Ansage hatte Maria gebraucht, und sie riss sich bedingt zusammen. Die Spritze allerdings entfaltete kaum eine Wirkung, da Marias Körper ja unter jahrelangem Genussmittelrausch stand. Sie telefonierte anschließend nachts vier Stunden lang mit der Ärztin, von der ich eigentlich sehr enttäuscht war, da sie die Situation verkannte und nicht merkte, dass wir psychisch alle mit unseren Kräften am Ende waren. Wir hätten ihre Hilfe gebraucht. Maria hätte nach diesem Schlag durchgehend ärztliche Betreuung nötig gehabt und wir etwas Entlastung. Eigentlich lernte ich Maria ja nur durch unsere Betreuung und den Schmerz über ihren verlorenen Sohn richtig kennen. Sie hatte durch unseren gemeinsamen Weg, durch die Verarbeitung von Jonas’ Tod, und mit ihrer ausgeprägten Persönlichkeit einiges an Spuren in meiner Seele hinterlassen. Sie war so anstrengend und ich schäme mich, dass ich, als sie kurz vor ihrem Tod bei meiner Mutter anrief und um Rückruf meinerseits bat, nicht zurückgerufen habe. Ich hätte mich ja noch gemeldet … irgendwann die Tage … dann war es zu spät. All die Jahre standen wir ja in Kontakt, aber nach jedem Gespräch, das bis zu acht Stunden dauern konnte, fühlte ich mich ausgezehrt, wie tot. Immer wenn ich so ein Gespräch beenden wollte, bekam sie einen Heulflash, wollte mir unbedingt noch ein Gedicht über Jonas vorlesen oder jammerte, wie entnervt die Leute von ihr seien, so dass ich den Absprung des Gesprächs nicht schaffte. Je mehr sie während des Gesprächs trank, desto länger zog es sich hin. Um mich zu schützen, ließ ich die Abstände unserer Gespräche immer größer werden. Ich bin eben kein Mensch, der es übers Herz bringt, sie vor den Kopf zu stoßen und ihren Redezwang zu stoppen. Zumal sie ja sowieso kaum Ansprechpartner hatte, und wenn, bewiesen diese kaum zehn Minuten Nerven, wimmelten Maria dann ab oder legten einfach den Hörer auf. Trotzdem war Maria hochintelligent. Sie besaß die Muse, wunderschöne Gedichte zu schreiben, und sie konnte sich sehr gut ausdrücken, was sich in ihrem alten Frankfurter Dialekt und ihrer verrauchten Stimme sehr putzig anhörte. Die Grundzüge stimmten, sie war ein Herzensmensch. Sie legte viel Wert auf Wärme, Tierliebe und Gottvertrauen. Das waren auch die Gründe, warum ich sie so schätzte. Sie hielt sich an mir fest, weil ich an eine Auferstehung glaubte. Das schürte Marias Hoffnung, Jonas wiederzusehen. Wenn ich ihren Storys manchmal lauschte, kamen mir die Tränen … Vor vielen Jahren lebte sie in einer Kommune in den Pyrenäen. Zurückgezogen brachte sie dort unter Ausschluss der Öffentlichkeit ihren ersten Sohn Salomon zur Welt. Salomon starb nach der Geburt. Als Hippies lebten sie fernab von jeglicher Zivilisation. Offiziell hat Salomon nie existiert. Sie begrub ihn eigenhändig in der Natur. Als sie mit Jonas schwanger war, ging sie zurück nach Frankfurt und bettelte sich durch. Sie war zu stolz, um auf ihren diktatorischen Vater zurückzukommen, da ihr bewusst war, dass sie genau im Gegensatz zu seinem Wesen und seinen Moralvorstellungen lebte.

In ihrer Not, mit einem hungernden Kind im Bauch, vergriff sie sich einmal an einem nicht abgeschlossenen Auto und nahm ein loses Autoradio, das auf dem Rücksitz lag, mit. Zufällig war in diesem Autoradio eine Kassette mit dem Lied *Whish you where here* von Pink Floyd.

Dieses Lied spielten wir übrigens auch auf Jonas' Beerdigung. Was auch nicht weiter dramatisch war, denn unmittelbar nach Jonas' Tod mussten wir es Nacht für Nacht und Tag für Tag bis zur Vergasung hören, die ganze Nachbarschaft inklusive. Mich schaudert es heute noch mit Gänsehaut und Tränen in den Augen, wenn ich dieses Lied im Radio höre. Ich weiß nicht, wo Maria liegt, und ich finde es tragisch, keinen Ort zu wissen, an dem ich sie finden kann, um Abschied zu nehmen. Ob die Dame vom Friedhofswesen mir Auskunft erteilt, ist fraglich! Ich bin keine

Verwandte und sofern sie sich an mich erinnern kann, wird sie sicher auf stur schalten, denn ich habe sie damals telefonisch relativ rund gemacht. Sie war schließlich für die Umbettung von Jonas zu den Namenlosen verantwortlich. Maria hatte der Umbettung nur zugestimmt, weil sie dem Druck der Grabpflege beziehungsweise der guten Dame nicht standhalten konnte.

Wochen nach seiner Obduktion kam er endlich zur Ruhe. Es war ein unendlich trauriger Regentag. Da Maria und auch er keiner Kirche angehörten, gab es keinen Pfarrer. Ich schrieb die Grabrede, Maria überarbeitete sie und Jonas' ehemaliger Klassenlehrer hielt sie. Unter starkem Regen und den Klängen von Pink Floyds *Whish you where here* schlichen wir nun nass geregnet zum Urnengrab. Allen voran Maria, die tapfer darauf bestand, die Urne ihres Sohnes selbst zu tragen. Es war ein bewegender Moment und ich glaube, den Weg mit Jonas' Urne zu beschreiten war der schwerste Gang ihres Lebens. Es wirkte, als sei die Urne in Marias Händen schwer wie Blei und Maria wirkte wie betäubt in der Situation. Aber das waren wohl alle seine wenigen wahren Freunde. Na ja, wer hat schon viele wahre Freunde? Zu allem Übel stand das Grabloch voll mit Regenwasser. Maria blieb nichts anderes übrig, als Jonas' Urne ins Wasser zu setzten. Dazu muss man wissen, dass die Beerdigung nicht nur wegen Fehlplanung und Obduktion nicht voranging, sondern weil Jonas' Freundin, die aus Bayern kam, darum gebeten hatte, dass die Beerdigung wegen ihrer Prüfung zwei Wochen nach hinten verschoben werde. Da Jonas dieses Mädchen sehr geliebt hatte und Maria wollte, dass sie bei der Beerdigung dabei war, ließ sie sich auf ihr Anliegen ein und verschob die Beerdigung tatsächlich. Gesagt, getan. Der ersehnte Tag der Beerdigung, um einen Abschluss zu finden, war schließlich gekommen. Für mich endlich der Anfang, um Geschehenes verarbeiten zu können. Der Tag kam, doch Jonas' Freundin nicht. Weil Jonas sie geliebt hatte, erspare ich mir, sie zu verurteilen. Nun war der arme Kerl endlich zur Ruhe gekommen, das heißt, er stand in seinem Grab, und wie ein Wunder hörte es augenblicklich auf zu regnen und die Sonne schaute hervor.

Das war mein persönliches Zeichen und Maria empfand es ganz genauso.

Ruhe in Frieden!

Und dann kam doch tatsächlich diese selbstgerechte Person vom Friedhofswesen und quatschte Maria ein schlechtes Gewissen auf, so dass diese sich gedemütigt und geschlagen gab und diese Umbettung zuließ. Nur für den Fall, dass ich es noch nicht erwähnt habe: Natürlich ist eine gewisse Grabpflege notwendig, aber warum gibt es dann so viele verwahrloste, ungepflegte Gräber? Muss man dann eine akut trauernde Mutter, die nicht Herr ihrer Sinne ist, in einem schwachen Moment in so eine Entscheidung drängen? Wochenlang redeten wir mit dem falschen Grab.

Nun hat es also Maria erwischt. Woran war sie nur gestorben? Sie war zwar ein lebenslustiger Mensch, aber ihre Organe waren sicher von ihrem Lebenswandel zerfressen. Durch den prägenden Tod von Jonas und die gemeinsam durchlittene Zeit werde ich sie nie vergessen. Ihre Bekanntschaft war ein Abschnitt meines Lebens. Ich glaube an eine Auferstehung, aber Tote sind erst mal tot. Für mich ohne Seele, einfach für den Moment nicht mehr da. In meinem Kopf und meinem Herzen schon, aber eben nicht geistig oder körperlich. Gott wird entscheiden, wer es verdient. Manche empfinden es als hart, wenn ich sage, dass ich glaube, dass die Toten erst mal weg vom Fenster sind. Ich glaube, die meisten Menschen reden sich in ihrer verzweifelten Trauer gerne selbst ein, dass die Seele des geliebten, verstorbenen Angehörigen noch bei ihnen weilt, um sich selbst zu trösten. Ich bin da eben realistisch. Kalt würde ich mich nicht bezeichnen, vielleicht wäre es ja eine schöne Vorstellung, eine geliebte Seele bei sich zu haben, vielleicht aber auch nicht … Wenn ich daran denke, dass mein Opa, als Geist, ohne eingreifen zu können, zusehen muss, wie seine Familienmitglieder manchen Fehler begehen, wird mir unwohl. Er würde sich wohl im Grabe rumdrehen. Er war ein Mensch, der sich überwiegend sorgte. Ich bin froh, dass ihm vieles erspart blieb. Ich denke auch, man sollte vorsichtig sein mit Geisterbeschwörungen und Menschen, die glauben, mit den Toten kommunizieren zu können. Das sind nur irreführende Dämonen, die mit den Verlustgefühlen oder Zukunftswünschen naiver Menschen spielen, die sich in ihrer Not, ob verständlich oder nicht, an solche Beschwörungen klammern. Selbst wenn es stimmen sollte, was die angeblich Toten von sich geben, sollte man sich davon fernhalten. Solche Kontakte haben noch keinen Menschen klarer als vorher sehen und denken lassen. In der akuten Zeit unmittelbar nach dem Tod eines geliebten Menschen erscheint es, als ginge die Zeit niemals rum. Die Last der immerwährenden, progredienten, zermarternden Gedanken lasten auf Herz und Seele wie Blei. Doch die Zeit vergeht und befreit Herz und Seele. Ich sage immer, tendenziell heilt die Zeit vielleicht nicht alle Wunden, aber sie macht den Schmerz erträglicher. Amen.

Dazu passend finde ich irgendwie das Thema, beziehungsweise die Marktlücke, Aldi – Discounterbeerdigung. Es sollte doch jeder, ob arm oder reich, die relativ gleiche würdevolle Voraussetzung für seinen letzten Gang haben. Diese Möglichkeit ist leider nicht in jedem Fall gegeben. Meiner Meinung nach scheffeln die Institute unverschämt viel Geld mit der Trauer ihrer Mitmenschen. Natürlich legt keiner Beschwerde ein, um nicht als Geizhals über den Tod seines geliebten Menschen zu gelten. Aber unter aller Berücksichtigung eventueller Wünsche des Toten sollte man sich nicht in den finanziellen Ruin stürzen, für jemanden, der nicht mehr unter uns weilt.

In Amiland gibt es Schuluniformen – warum gibt es nicht, nennen wir es mal fachlich ausgedrückt, qualitative Beerdigungen mit stabilen netten, schicken, bezahlbaren Särgen, oder wie immer man es ausdrücken soll? Das Drumherum mit Blumen, Fotos, Reden und Musik kann ja jeder nach seiner Fasson und seinem Ausmaß groß oder dezent gestalten. Nur so würden Minderbemittelte die Möglichkeit einer ehrenhaften Beisetzung erhalten und auch die verbliebenen Angehörigen würden sich nicht so klassifiziert und als etwas Niederes fühlen.

In Belgien sollen ja angeblich Bestattungen im eigenen Garten erlaubt sein. Für mich etwas makaber, aber jedem das Seine. Einen Friedwald halte ich für eine sehr schöne Möglichkeit, sich wieder mit der Natur zu verbinden.

# Es tut mir leid, Miwu

Miwu ist ein alter Freund mit erschütterndem Lebenslauf. Er kletterte mit sechs Jahren aus dem dritten Stock und flüchtete vor seiner Mutter und deren Freund, der ihn in seinem Zimmer gefangen hielt und ihn nicht mal zum Entleeren auf die Toilette ließ. Dementsprechend sah das Zimmer aus ... Er lebte sechs Wochen lang draußen, klaute Wassermelonen und grillte sie. Natürlich war es eine Frage der Zeit: Er kam ins Heim. Ein gut betuchter junger Mann nahm ihn zu sich. Er bekam dort alles geboten und jede Förderung, die ein Kind sich nur wünschen kann – Miwu zeigte mir Fotos von einem Bauernhof, von einer Fahrradtour und dem Winterurlaub. Herrlich. Sechs Jahre bis zu seinem zwölften Lebensjahr durfte er dort glücklich und wohl behütet leben. Doch dann hatte das Glück leider ein Ende. Sein Pflegevater bekam Krebs. Es ging relativ schnell. Die Chemo versagte. Bevor er in den Rollstuhl kam und sein Leben endete, gab er den Jungen ab. Sich dermaßen vorbelastet und traumatisiert zu Beginn der Pubertät noch mal in eine neue Familie oder überhaupt irgendwo zu integrieren, war ihm schier unmöglich. Er kam von Heim zu Heim, von Pflegefamilie zu Pflegefamilie. Schließlich kam er in eine Pflegefamilie in meinem Ort und auch in meine Klasse. Ich war damals vierzehn Jahre alt und er ein Jahr älter. Ein knappes Jahr und unzählbare Einbrüche später ..., Miwu bekam kein Taschengeld zu Hause – ein 16-Jähriger ohne Taschengeld – da bleibt kaum eine andere Möglichkeit ... Außer vielleicht Zeitungen austragen, aber darauf kamen wir damals nicht. Oder wollten wir es nur nicht? Also billigte der Rest der Clique seine Aktionen notgedrungen, aber wohlwissentlich.

So ging das nicht weiter. Miwu hatte zwar nichts zu verlieren und nie gelernt, warum man damit anderen Menschen schadet ..., aber nichtsdestotrotz ..., nachdem mein Auto zweimal geknackt worden war, wusste ich, wie hilflos und wütend man ist, wenn ein Fremder, den man sich vorstellt wie einen Mix aus Igor und Panzerknacker, seinen quasi Wohnraum mit seinen schmutzigen Fingern besudelt. Knapp sieben Jahre brauchte ich zum Überwinden …, und wohl sieben weitere, um dem Einbrecher, den ich schnappte, zu verzeihen. Ich verzieh ihm, um Ruhe zu finden. Wiederholungstäter dürfen in einem kleinen Ort eher keine einmaligen Autos fahren und diese wenige Meter vom Tatort parken. Ihr eigenes Äußeres sollte auch dezenter sein, wenn man zum wiederholten Male die selben Autos abcheckt ... So fasste ich ihn quasi, beziehungsweise ich sah ihn, schrie ihn an, er flüchtete und ich ging zur Polizei. Er hatte nur dreizehn Anzeigen wegen Körperverletzung laufen. Einbruch war ein neues Gebiet – wie man sieht …

Fakt ist, seit der Anzeige habe ich Ruhe.

Die Einbrüche mussten aufhören, wir hatten ja ein Gewissen, oder?

Miwu versprach uns: „Nur noch einen Bruch, um etwas Startkapital zum Hasch verchecken an Land zu ziehen."

Na gut. Ausnahmsweise. Zwei Zigarettenautomaten und einen Kaugummiautomat, die er komplett abmontierte und mitnahm, später …

Schmiss er aus Einsamkeit seine Lehre und auch seine Wohnung, die er mittlerweile unter relativer Beobachtung eines Betreuers und auch mit unserer Hilfe schön eingerichtet hatte?

Wir konnten nicht immer bei ihm sein … Wir hatten eine Familie. Halt, den man, ob bewusst oder nicht, gerade in diesen jungen Jahren so sehr braucht. Er hatte nichts dergleichen. Als Ersatz waren wir einfach zu jung … überfordert …

Wir waren traurig. Nicht nur unsere unbeobachtete Partylocation, für die ich übrigens auch einen Schlüssel hatte, auch unser Freund war weg. Zurück bei seiner „Familie", quasi. Warum war er in etlichen Heimen und Pflegefamilien, wenn er doch Familie hatte? Dazu braucht es keine Antwort.

Nach langer Sendepause rief er an. Sein älterer Bruder und er hatten einen Pick-up geklaut, umlackiert, und wollten am nächsten Tag das Sozialamt in Buxtehude überfallen! Ich war sprachlos!

Als ich meine Sprache wiederfand, sagte ich mit kühler, tauber Stimme: „Bitte, tut was ihr nicht lassen könnt." Natürlich meinte ich das nicht so, wie ich es sagte. Ich hatte nur keinerlei Kraft mehr, diese Verantwortung zu tragen. Ich hatte es einfach so satt! Ich war vierzehn und keine Mama! Ich wollte auch keine werden.

Er: „Wie ...?" Und: „So geht's ja nicht!", und legte entrüstet über meine emotionslose Reaktion auf. Er dachte, es sei mir egal, er sei mir egal, wollte nur hören: „Nein, Miwu, tu das bitte, bitte nicht. Wir machen uns Sorgen."

Auf einmal war er so durchschaubar. Wollte nur, dass sich jemand, nein, wir uns Gedanken um ihn machten. Sorge bedeutet Liebe.

Er schrieb einen Brief mit der Aufforderung: „Kreuze an: Sind wir noch befreundet? Ja oder nein." Das öffnete mir die Augen. Du meine Güte ... Verzweifelte Suche, Zuwendungsversuche. Unbewusst.

Ein nächstes Mal rief er aus dem Krankenhaus an. Das Sozialamt hatten sie wohl verschont. Dafür hatte ein Typ ihm wohl grundlos den Kiefer gebrochen! Er rief mich an, um mir mitzuteilen, dass er ihn jetzt erschießen würde, und legte auf! Na toll!

Miwu war immer extrem, aber krümmte doch ansonsten keiner Fliege ein Härchen.

Oh je, oh je. Damals gab es noch keine Handys, er war nicht erreichbar, ich kannte seinen Wohnsitz nicht, geschweige denn seinen Aufenthaltsort. Ich ging am Stock, betete. Mir waren die Hände gebunden. Selbst der gute, mir manchmal suspekte Domian hätte da keine Abhilfe schaffen können. Ob er sich der Verantwortung bewusst ist, die er trägt? Ich meine, da rufen manchmal Wracks an, verzweifelt, mit scheinbar ausweglosen Problemen. Manchmal empfinde ich seine Ratschläge als etwas leichtfertig und fahrlässig, immerhin ist er für die Wracks oft die letzte Anlaufstelle, bevor noch Schlimmeres passiert.

Ich wartete. War gar nicht mehr existent, in dieser Wartezeit voller Hoffen und Bangen. Miwu erschoss vielleicht gerade in dieser Stunde einen Menschen ...

Das Telefon klingelte, Tage später. Ich rechnete schon gar nicht mehr mit ihm. Die Ungewissheit war Gegenwart. Er war es.

Ich rief aufgeregt in den Hörer: „Miwu, was ist passiert, wo bist'n? Komm, lass dich nicht so feiern! Hast du ihn ...?"

Er: „... Hab ihm nur ins Bein geschossen." Nur ins Bein geschossen?! Na dann. Puuuh. Ich war irgendwie erleichtert.

Lange hörte ich nichts von ihm. Dann kam ein Brief aus dem Gefängnis, irgendein Ding mit seinem Bruder zusammen, wieder mal, und natürlich, Miwu war geschnappt worden und musste dafür bluten. Sein feiner, älterer Anstifter-Bruder kam wieder mal unbeschadet davon.

Ich schrieb ihm lange Zeit, schickte ihm Klamotten und gute Worte, Mitgefühl, Trost ohne Ende.

Dann meldete er sich zu einem Zeitpunkt, zu dem ich nicht in der Lage war, einen „Flüchtigen" aufzunehmen.

Erst war ich in München, um von den vergangenen Tagen Abstand zu gewinnen. Mein guter Freund Jonas, schon erwähnt? Wurde in seiner Wohnung aufgefunden. Tot.

Ich wusste nicht, wo mir der Kopf stand. Mein damaliger Partner und ich in München zum Luft holen und Miwu, der an meiner Haustür klingelte und notgedrungen im Beichtstuhl einer Kirche schlafen musste. Irgendwie passend.

Zwei Tage später, wieder zu Haus, rief ich Miwu an, mittlerweile gab es Handys ... Ich musste ihm doch helfen und raffte meine Kraft zusammen. Er wusste doch nicht wohin.

In der Zwischenzeit war ihm allerdings der Gedanke gekommen, ebenfalls nach München zu fahren, wo er als Flüchtiger in dem strengsten, saubersten Kontrollstaat Deutschlands natürlich ratz fatz gefasst wurde ...

Sein Motiv war damals, den Geburtstag seiner kleinen Tochter live zu erleben. Edel gedacht ..., aber kurzsichtig.

Jahre gingen ins Land ... Wir hörten nichts voneinander. Bis das Telefon klingelte ... Miwu war dran. „Ich brauche deine Hilfe, war im Entzug mit Gefängnisauflage. Bis eben. Ich bin nicht abhängig, aber tue so, da es hier lockerer zugeht als im Knast. Hab allerdings

Mist gebaut und bin rausgeflogen. Ich müsste mich unverzüglich in die JVA begeben … Ich will da nicht mehr hin, will eine neue Entzugsklinik suchen, die Leute wie mich mit Auflage aufnehmen. Kann ich zu dir kommen? Ich schreib auch sofort meinem Staatsanwalt einen Brief mit der Sachlage."

Ich war etwas überrumpelt und sagte verhalten und wenig begeistert: „Na ja, dann komm halt her."

Mir war bis zu diesem Moment nicht wirklich bewusst, dass ich quasi einen Flüchtigen aufnahm … Ich war so was von grippal infiziert, fühlte mich total platt. Kopfweh, Gliederschmerzen, Nasennebenhöhlen zu, Husten … also die volle Palette.

Außerdem, was Miwu nicht wusste, ich steckte mitten in meiner Trennung. Es war eine Katastrophe und ich so was von angespannt im Alltag, denn wir wohnten noch zusammen.

Aber ich konnte doch nicht schon wieder sagen: „Sorry Miwu, es ist gerade unpassend, bin erkältet und hab Stress mit meinem Freund … Nimm doch den Beichtstuhl."

Wo sollte er denn sonst hin? Immerhin war diesmal keiner gestorben … Also handelte ich gegen meine Gefühle und nahm ihn auf.

Schon komisch, sich nach so vielen Jahren wiederzusehen … Er erzählte von Herointransporten nach München für damals noch 20.000 DM und ihm als Kurier … Mir fehlten die Worte. Heroin tötet unweigerlich, wie konnte er das nur verantworten? Hasch, von mir aus, aber bei Heroin kann man nicht mal eben sagen: „Ach, wenn er's bei mir nicht kauft, holt er sich's woanders." Heroin tötet, zerstört innerhalb kürzester Zeit ganze Existenzen, einmal getestet kann schon genügen. Es galt als ungeklärt, ob Jonas' schicksalhafter Tod nicht auch in Verbindung mit dem Teufelszeug stand, deshalb reagierte ich umso sensibler. Ich war enttäuscht von Miwus Entwicklung. Viele Jahre waren vergangen. Aber das entschuldigt so was nicht. Menschenleben in der Hand und um sich werfend. Das Pflaster war mir zu heiß … Zumal das nicht mal der Grund war, warum er saß.

Oh Mann, wo war ich da reingeraten …

Ihm gefiel es ganz gut in meiner Obhut, genoss das morgendliche, reiche Frühstück in meinem Garten sichtlich. Versteh ich ja, aber es musste was passieren. Ich war immer noch todkrank, mein Freund, beziehungsweise Ex, Mitbewohner, oder wie auch immer, war begeistert, in unserer Lage einen quasi kriminellen Couchgast zu beherbergen, und mein Druck wuchs stetig.

Miwu schrieb dem Staatsanwalt, er suche eine Unterkunft, sei nicht flüchtig. Die Wahrheit war nur, er suchte nicht ... Ich suchte, hatte wieder mal die ganze Nacht nicht gepennt. Ich fuhr mit ihm zur Drogenberatungsstelle und hoffte auf Vermittlung in eine Klinik. Vergeblich – blödes Gelaber und nix, aber auch rein gar nix kam dabei raus. Ich war enttäuscht, die nächste Nacht, in der ich kaum ein Auge zumachte ... Die Anspannung schlug enorm auf meinen Gesundheitszustand.

Miwu war mir zwar irgendwie noch sehr vertraut, doch ein gewisser Abstand war da. Sämtliche Umstände zusammengeballt waren einfach zu krass für mein dennoch irgendwie begrenztes Seelenleben.

Er hatte nach seinem Rausschmiss aus dem Entzug an der Konsti in Frankfurt „Steine“ gekauft, also irgendeine Art von Drogen, und diese geraucht, um was im Blut zu haben, um überhaupt in eine Entzugsklinik aufgenommen zu werden.

Ich telefonierte mir die Ohren blutig, um einen Klinikplatz mit Auflage zu finden. Ich glaube, es war mein emotionales Ohr – habe mal eine Dame am Nachbartisch im Café erzählen hören, dass die linke Hirnhälfte die emotionale Seite, somit das linke Ohr beim Telefonieren auch das emotionale Ohr sei. Sehr interessant und einleuchtend. Es war bestimmt mein emotionales Ohr. Ich war zutiefst verzweifelt.

Versuchte nach all den Fehlschlägen in Buxtehude und Co. das Naheliegendste: Eine Klinik bei uns um die Ecke. Ich wählte zitternd die Nummer meiner letzten Hoffnung und wurde gleich mit dem geschlossenen Entzug verbunden. Mein telefonisches Gegenüber war wohl ein geschulter und sehr verständnisvoller Betreuer. Er erkannte sehr schnell meine Lage und dass ich mit den Nerven so was von am Ende war. Na ja, immerhin heulte ich vor Hilflosigkeit. Mein Ex-Freund, Noch-Mitbewohner glaubte damals schon, ich hätte mit Miwu Steine geraucht, ich hätte so verpeilt geguckt! Danke. Na toll! Wie guck ich denn?

Verstehe ja, dass er misstrauisch war, denn, wie gesagt, wir steckten mitten in unserer End-Krise, aber ich habe in dieser Zeit niemals was mit Miwu konsumiert. War ja so schon dem Ende nahe. Außerdem bekam ich doch so manchmal Bedenken, dass eines Tages die Bullizei vor meiner Tür stehen könnte, Miwu abführt und mich gleich mit …

Und dann die Nachbarn. Die würden sich den Mund zerreißen – zu Recht.

Ich sah mich schon bei Wasser und Brot in einem dunklen, nassen, kalten Verließ, und die Ratten waren meine Freunde. Wenigstens ein Ansprechpartner. Und ich würde mir wohl notgedrungen endlich mal angewöhnen, Wasser zu trinken, weil es nichts anderes gibt. Meine Mama belehrt mich schon seit Jahren, stilles Wasser zu trinken, um Giftstoffe und Schlacken auszuschwemmen. Dann eben mit Gewalt!!

Ich hatte wohl zu viele Knastfilme gesehen … Nee, eigentlich nicht. *The Green Mile* hat mich dermaßen traumatisiert, dass ich vom Highlight „Knastfilm" wohl endgültig geheilt bin.

Endlich hatte ich jemanden mit Kompetenz am Telefon und der Gute war auch noch im Begriff, mir zu helfen! „Hmm … Joa, eigentlich haben wir keinen freien Platz mehr …" Ich wimmerte … Er: „Ok, ok, klappt schon, bring deinen Kumpel hier her, ich bring ihn schon irgendwie unter!"

Ich war so erleichtert, mir fielen mindestens tausend Hinkelsteinchen vom fast erdrückten Herzchen.

„Miwu, ich hab einen Platz für dich gefunden!" Ich glaube, er war begeistert …, mir auch egal in diesem Moment, denn ich war es auf jeden Fall!

Eine Stunde später in diesem Klinik-Komplex angekommen empfing uns ein netter junger Mann auf der entsprechenden Station. Wir schilderten die Sachlage nach bestem Wissen und Gewissen. Formalitäten wurden geklärt, die Staatsanwaltschaft über Miwus Aufenthaltsort informiert. Er durfte bleiben. Ich war einfach nur froh.

Eigentlich hatte ich ihn in der geschlossenen Anstalt abgegeben …

So kam ich mir im Nachhinein jedenfalls vor. Es war ein geschlossener Entzug. Besser als Knast immerhin. Mehr Alternativen gab es eben nicht. Ich hatte mein Bestes getan, um ihm zu helfen. Wir telefonierten, er versuchte, die Beruhigungsmedikamente, die sie ihm dort eintrichtern wollten, ins Klo zu schmuggeln, denn er war ja nicht süchtig. Noch nicht! Es war eine Klinik für den akuten Entzug. Es galten harte Regeln. Natürlich waren ihm diese nicht sehr genehm. Zumal er als quasi Normaler unter labilen, angeknacksten Druffis lebte.

Ich besuchte ihn noch ein einziges Mal, brachte ihm Kippen, Gummibärchen und was zu lesen. Er rief mich an und wollte, dass ich ihn in eine offene WG nach Frankfurt fahre, er brauche eine Begleitperson, dürfe alleine nicht raus.

„Aber Miwu, du hast Auflage! Was soll das, offene WG? Das bekommst du nie durch, du reitest dich wieder rein."

Ich konnte nicht mehr, klinkte mich aus. Geistig sowie körperlich. Vertraute auf die Betreuer in der Klinik und fuhr kurzerhand 'ne Woche an die Nordsee, um meiner, wie ich es empfand, Verpflichtung gegenüber Miwu und meinem Beziehungsstress zu entgehen.

Angekommen nahm ich erst mal an einem Bernsteinseminar teil, mit anschließendem Bernsteinschleifen. Ich schliff nach meiner Gefühlslage. Eine Träne als Kettenanhänger. Sie war in ihrer Endform allerdings eine relativ verbeulte Träne, aber welche Träne ist schon vollkommen? Verbeult sah es in mir doch auch aus. Na also.

Dann fand ich noch einen verwirrten, hektischen Hund, der fast überfahren worden war. Endlich eingefangen und als Leine meinen Gürtel à la Mac Gyver geopfert, nahm ich ihn erst mal mit nach Hause. Ich war froh, nicht mehr allein zu sein. Nur ein bisschen Gesellschaft, ein paar Stunden. Natürlich musste ich seine Besitzer finden. Und schnell sehnte ich mich wieder danach, alleine zu sein. Denn der Hund raubte mir den letzten Nerv! Schoss wie von der Hornisse gestochen durch mein Ferienhaus und hinterließ, wo er war, Chaos. Ich beobachtete und untersuchte ihn – meine Diagnose: Ohrmilben! Na toll! Das erklärte seine Unruhe und die Kratzerei. Die Dringlichkeit war groß, ich musste die Besitzer dieses wuseligen Teilchens finden!

Dem Tierheim war kein entlaufener Hund gemeldet. Da es einige Kilometer entfernt lag, rief ich vorerst den Tierarzt des Ortes an und beschrieb ihm meinen durchgeknallten Ohrmilbenfindling. Er meinte, er ahne, auf welchen Hund meine Beschreibung passe. Ich fuhr zu ihm und die Vorahnung des Tierarztes bestätigte sich. Die Besitzer des Hundes besaßen die Baumschule im Ort. Also fuhr ich dort mit Psycho vor. Eine ältere Dame öffnete mir die Tür, hatte noch gar nicht bemerkt, dass Psycho-Dog entlaufen war (oder war ihr das ganz recht …?).

Nee, sie bedankte sich natürlich. Ihr Mann schaute um die Ecke und die beiden luden mich zu Kaffee und Kuchen ein. Nett. Normalerweise hätte ich natürlich dankend abgelehnt, aber geistesgegenwärtig durchkämmte ich meine Lage, gestresst vom Alltag zu Hause, an die See entflohen, war ich hier ehrlich gesagt, genau genommen saueinsam. Das ärmste Schwein zwischen Himmel und Hölle! Ich shoppte mich ins Minus und das Bernsteinseminar war außerhalb der Saison eine Ausnahme an Freizeitangebot. Allein am Meer zu spazieren, endlose Weite und noch mehr Einsamkeit, der Anblick dieser verdammt glücklichen, ineinander verschlungenen Pärchen brachte mich nur zur Erweiterung des Ozeans, aber ich wollte das Gleichgewicht der Natur und das Leben der Fischis nicht mit meinen salzhaltigen Tränen gefährden, geschweige denn eine Sturmflut herbeiführen.

Alleine essen gehen war auch so was von Scheiße, daneben meine Einbildung, unendlich viele Mitleidsblicke zu ernten …, meist von den Kellnern, da außerhalb der Saison ja kaum Gäste vorhanden waren … Im Angesicht dessen nahm ich die Einladung gerne an. Man muss die Zeit ja irgendwie füllen.

Neugierig beäugten die beiden älteren Herrschaften ihren Besuch.

„Wie heißen Sie denn, wo wohnen Sie denn, sind Sie alleine hier? Och Gott, aber warum denn? Och Gottchen, das tut mir aber leid. Hier, ich geb Ihnen mal ein Prospekt junges Fräulein, außerhalb der Saison gibt es hier nicht viele Veranstaltungen, aber am kommenden Sonntag ist hier ein so schöner Kirchenchor, der singt …"
Na toll!

„Danke, nett von Ihnen! Werd ich mir ‚natürlich' anhören." Natürlich nicht, aber ich wollte die nette Dame nicht vor den Kopf stoßen. Doch so langsam wurde es mir zu viel, ich war doch keine Mutanten-Attraktion! Noch nicht jedenfalls. Fragen über Fragen. Ich kam ja kaum zum Antworten, stand noch nie auf Frage-Antwort-Spielchen, bei allem Respekt. Nun berichtete der Mann von seinen Jagdtrophäen, stolz wie Oskar.

So, nun war die Sympathie definitiv dahin und auf und davon. Wir redeten noch über Haustiere. Ich verkündete mit Provokation im Hinterkopf, dass ich Ratten als Haustiere besaß.
Die Spießer! Natürlich Volltreffer!

„Ach nein, so ein nettes Mädchen und Ratten! Letztens wurden die Bauarbeiter im Graben drei Straßen weiter angegriffen, von einem ganzen Rattenschwarm!"

Jaaa klar, vor allem von einem „Schwarm". Tsss… Ich beließ es dabei. Festgefahrene Meinungen zu entschärfen, ist ja doch vergebene Lebensmüh. Ich war zu schwach, fühlte mich außer Stande und hatte das Gefühl, dass die Dame vor Abscheu gleich ihren fies rosa geblümten, nach Staub muffelnden Ohrensessel vor Rattenangst besteigen würde.

Ich bedankte und verabschiedete mich. Bis zum nächsten Mal.

Ich wollte alleine sein. Alleine mit meiner Glotze, einer *Friends*-DVD, die ich auswendig kannte, und allein mit meinem Diazepam. Jonas hatte die Tabletten zu Lebzeiten im Junkie-Park erstanden und mir für eine Krisensituation abgetreten. Wahrscheinlich waren die Tabletten schon abgelaufen. In meinem Zustand auch egal …

Irgendwann schlief ich ein. Der Fernseher lief durch. Ich erhob mich gegen elf Uhr aus dem Delirium. Ich beschloss, mein trauriges Dasein an der See zu beenden. Nein, ich ging natürlich nicht ins Wasser! Ich fuhr nach Hause. Zu Hause ging das so weiter, die Glotze wurde erst beim Aufstehen ausgeschaltet.

Unter beidseitigem Einverständnis war mein Freund ausgezogen. Er hatte eine eigene Wohnung gefunden. Es ging nicht anders. Wir hatten uns so ausgereizt und festgefahren, hätten uns bei aller Liebe mit unseren Problemen die Hölle auf Erden bereitet, wären wir zusammen geblieben.

Ich konnte das Alleinsein nicht ertragen und schon gar keine nächtliche Stille und Dunkelheit. Doch irgendwann hörte auch das glücklicherweise wieder auf. Der Schlaf ist in solch einer Zeit nicht erholsam und man ist von dem Geflimmer total reizüberflutet. Mein Schlaf ist zwar nie erholsam, aber ich arrangiere mich mit diesem Zustand.

Heute, sechs Jahre später, beschränke ich mich seit ein paar Wochen wieder auf den *kleinen Vampir*, das Hörspiel schlechthin. Ohne diese Geräuschkulisse geht es nicht.

Ich habe nie wieder etwas von Miwu gehört. Ich hoffe, er lebt und hat sein Leben in den Griff bekommen, und ich hoffe, er versteht mein Handeln von damals … Aber wie sollte er bloß? Ich habe mich ihm ja nicht mitgeteilt. Es tut mir leid. Habe mehr als andere für ihn getan, das muss man wohl so sagen. Bin dann aber doch an meine Grenzen gestoßen … Aber es gibt einen Punkt im Leben, da ist jeder für sich selbst verantwortlich. Jeder hat seine eigenen Probleme und man darf von anderen nicht unentwegt erwarten, dass sie sich rund um die Uhr um einen kümmern. Wollte dich nicht im Stich lassen, Miwu …

# Die Fraktion

Seien wir mal ehrlich, übel ist wohl die Fraktion an Frauen in kleinen, streichholzschachtelähnlichen Gefährten, die meinen, sie hätten die eingebildete Weisheit förmlich mit Löffeln gefressen. Man bewegt sich wie in Zeitlupe auf zwei Spuren in einer Baustelle auf der Autobahn. Entweder die werte Dame vor mir blockiert die Mitte beider Spuren, so dass ich nicht links überholen kann, ich Vordrängler ..., oder sie lässt mich kurz vor Auslaufen der zweiten auf eine Spur einfach nicht vor sich einfädeln. Also fährt sie mit ihrer Kiste schnell zum Auto vor ihr auf, ich schere hinter ihr ein, und wenn sie weiter ihren dämlichen Schädel vor Empörung über mich schüttelt und versucht, mich in ihrem Rückspiegel zu fixieren, hoffe ich, dass sie gleich ein Schädelhirntrauma von ihrer dämlichen Kopfschüttelei bekommt, oder ich muss wohl doch mal aussteigen ... Nee, das ist die alte Nicci-Stofftierchen-Tant nicht wert! Ich drehe lieber Lay Down Rotten im Radio auf – ein Kumpel von mir spielt in der Band – und rausche voller Aggros an der Alten vorbei.

Ich höre geradezu ihr überhebliches Selbstgespräch über die „Dränglerin", als säße ich neben ihr, zum Glück nicht ... Ist doch klar, alles in ihrer Kitschschüssel ist beim Hineinsehen mit baumelnden Niccistofftierchen behangen und geschmückt ... Das sind mir ja echt die Liebsten ... stööhhhhn! Kein Wunder, dass die Alte da ebenfalls zum Wackeldackel mutiert. Die Alte ist bestimmt auch süchtig nach Nasenspray, wie ein heimlicher Großteil der Bevölkerung.

Von vorausschauendem Fahren und schnellerem Vorankommen durch Einfädelungsverfahren, auch Reißverschlussverfahren genannt, hat die wohl in der Fahrschule noch nichts gehört, die oberschlaue Kitschschüsselfahrerin. Autobahnauffahrten sind Beschleunigungsspuren, keine Ausfahrten zum Bremsen. Raser gefährden den Verkehr?! Bremser auch!

## Mach halblang … alles halb so wild …

Ich liebe diese grellgelben Rapsfelder. Ich fuhr Richtung Frankfurt, rechts und links strahlte und blendete der Raps. Die Sonne schien und es regnete zugleich, so dass sich am Horizont mittig nicht nur ein, sondern sogar zwei Regenbogen übereinander bildeten. Wie gemalt, über den Anblick verflog alle Anspannung in mir. „Guuude Lauuune", wie Sven Väth und anschließend ein guter Freund von mir immer zitierte.

Ich überbewerte Sachen, Taten, Menschen des Öfteren. Mach halblang, alles halb so wild. Wirklich, die meisten Angelegenheiten sind halb so wild.

Die meisten übergalaktischen Partys, auf denen ich gerade mal nicht bin, sind halb so gut, genau wie deren Besucher und mein Freund, der dort ohne mich wahrscheinlich auch nur halb so wild die Korken knallen lässt, wie ich es vermute … Meine Ängste werden zu ausgeprägten Vorstellungen, aber nicht unbedingt zur Realität.

Immerhin bin ich nicht so angespannt wie dieser etwa sechsjährige Junge, der mit seinen Eltern und seinem älteren Bruder beim Chinesen den Tisch neben mir besetzte. Die Mutter war 'ne penetrante Psycho-Alte, die ihren beiden Jungs unentwegt suggerierte, dass sie sich bei „All you can eat" befänden und sie gefälligst zu stopfen und auf Vorrat zu essen hätten, denn „heute Abend zu Hause gibt's nichts mehr."

Das war Psychoterror der übelsten Sorte. Den Jungs stand die Anspannung buchstäblich ins Gesicht geschrieben. Sie sagten nichts, hatten sich ihrem Schicksal ergeben. Ihre Blicke waren ausdruckslos. Die Seelen wirkten geschunden. Die Alte ratterte wie ein Maschinengewehr auf die beiden ein. Es war nicht zum Aushalten. Egal was sie sagte, es war ein vorwurfsvolles Gekeife. Der Alltag dieser Familie wird wohl genauso aussehen. An Stelle der Kinder hätte ich mich freiwillig zur Adoption frei gegeben, nur von der Alten weg.

Schlimm, man wird in Umstände hineingeboren und wird unter Umständen von labilen Persönlichkeiten der Eltern so was von vermurkst und ist dem als Kind wehrlos ausgesetzt.

Ich hatte die Lage schon richtig beurteilt. Kein bisschen übertrieben. Die Jungs schwiegen, die Alte keifte. Der Kleinste der Jungs hielt sich an seinem Colaglas fest. Nicht mehr lange ... Nein ... Leider klatschte er es nicht der Alten an den Kopf. Er hielt es fest ..., die Alte keifte ..., er hielt es weiter fest, fester und fester und noch fester. Bis es platzte wie eine Christbaumkugel. Es zersprang. Ein dickwandiges Colaglas!

So einfach zerdrückt man ein Glas nicht und schon gar kein kleiner Junge! Man sah, wie groß der Druck und die Anspannung waren. Er legte alle Wut und Kraft in das Festhalten dieses Glases. So kann man natürlich auch Spannung abbauen.

Ich war geschockt. Ich glaube, der Junge selbst auch über sich. Seine Alte schickte den Großen mit dem Kleinen auf die Toilette zum Händewaschen, verletzt hatte der Kleine sich wohl nicht.

Anstatt die Augen zu öffnen und das Verhalten ihres Kindes zu deuten und ernst zu nehmen, keifte die Alte nur: „Jetzt muss ich auch noch das Glas bezahlen ...!"

Wenn das ihre einzige Sorge war ... Solche Kinder sind die Amokläufer von morgen.

Zum Glück stand ich bei meinen Eltern nie unter solchem Druck. Bis auf den Tag, an dem mein Vater mich auf dem Campingplatz in München leicht betrunken aufgabelte. Ich hatte Bekanntschaft mit einem Pitbull namens Luna gemacht und kurz darauf mit Lunas Besitzern, drei Punks oder so was in der Art. Sonja, ihr Bruder Markus und Bogner, campierten auf dem Zeltplatz nebenan und waren einige Jährchen älter als ich. An diesem Abend war die Cola-Chantre-Mischung etwas im Ungleichgewicht. Den Dreien war die Mischung zu stark, mir natürlich nicht ... ich Aufschepper ... natürlich.

So verlor ich erst meinen Geldbeutel und dann griff mein Vater mich wankend vor der Toilette auf ... wie gesagt, vor der Toilette ...

Ich vergaß vor lauter Schock, das ich ja eigentlich musste ...

Mein Vater war natürlich begeistert …von meinem Zustand. Mein Vater sagt bei solchen Vergehen meist nicht so viel, aber man spürt deutlich seine Empörung. Im Wohnmobil angekommen verschwand ich kleinlaut in meinem Schlafbereich und schob die Trennwand vor.

Puhh … Ich schämte mich. Ich war vierzehn und noch hatte mein Vater das kleine brave Mädchenbild vor Augen. War ich ja auch, eigentlich.

Ich vergaß, da war doch noch was. Ich musste … aber wie … der Chantre-Mix killte mich beziehungsweise mein Bläschen nun quälend. Ich konnte nicht geradeaus gucken, geschweige denn laufen. Ich schämte mich. Das waren noch Zeiten … Um Schimpfereien zu entgehen, zog ich es vor, in meinem abgetrennten Bereich zu bleiben. Es tat schon weh …, war doch auch egal jetzt. Was hätte Mac Gyver jetzt wohl getan? Ich mag ihn nicht. Aber da war doch noch diese Coladose … In der Not wird man eben erfinderisch. Ob ich getroffen habe oder nicht, ist auch egal, gemerkt hab ich es eh nicht mehr.

Gemerkt hab ich es allerdings, als ich auf einem Onkelzkonzert auf einem belebten Parkplatz mit einer undichten Plastiktüte vorlieb nehmen musste …

Nicht weiter schlimm? Na ja, ich hatte mich im Auto einschließen lassen, weil ich fertig war und nicht geklaut werden wollte …

Akku leer … Na toll! Zentralverrieglung … Irgendwie war da von innen nichts zu machen …, oder war ich so unfähig? Ich nahm die Tüte … und die tropfte …

Im Zweifelsfall lieber einen Kurzen trinken, volle Wirkung, aber macht die Blase nicht so voll wie Bier. Da helfen keine Kürbiskerne mehr …

Es war einmal in Kalifornien. In der Nähe von Monterey nahm ich wieder mal meine Auslandskrankenversicherung in Anspruch. Klimaanlagen, heiße Pools, kalte Pools, schmutzige Pools. Die Folge: Blasenentzündung, inklusive Nierenbeckenentzündung. Der Arzt wollte mich ins Krankenhaus schicken.

Seven hours later … hatten die mich komplett durchgecheckt, mir 'ne fette i.m.-Spritze in meinen allerwertesten Popo gehauen und mir acht fette Jumbotabletten irgendwas eingeflößt. Antibiotika gegen Entzündung, gegen Schmerzen, what ever. Die Medikamente könnten mich müde machen … Ok, es war ein Uhr nachts. Wir checkten im Hotel ein und ich war platt und mir war kotzschlecht.

Am nächsten Morgen ging es besser, bis ich nach dem Frühstück brav meine Medikamente einnahm. Was waren das für Hämmer?!

Elefantendosis oder was? Wir cruisten die Küste entlang, Richtung San Francisco und die Pillen flashten mich, ich war außer Stande, mich auf den Beinen zu halten, geschweige denn im Autositz, und noch schlimmer: Ich sah nichts mehr. Ich lag den ganzen Tag flach im Auto, benebelt und nicht Herr meiner Sinne. Das Zeug würde ich nicht mal 'nem Junkie zumuten …

Sechs Stunden später stellte ich meinen Sitz drei Zentimeter höher und wagte es, zweieinhalb Pommes zu mir zu nehmen, um aus dieser Trance zu kommen. Von diesem Moment an war mein Schicksal besiegelt. Ich übergab mich im Abstand von etwa zehn Minuten.

Leider gab es nur nicht überall eine WC-Möglichkeit im Abstand von zehn Minuten … Also musste ich einmal mit dem offenen Autofenster vorlieb nehmen … Meine Haare litten etwas unter der Prozedur …, aber das war mir jetzt auch relativ … Was scherten mich verklebte Haare, ich war wieder mal dem Tode nahe …

Wir fuhren eine enge, kurvige Waldstrecke entlang und weit und breit keine Haltestelle in Sicht.

„Schnell, ich brauch 'ne Tüte … Die is ja aus Papier!"

„Es gibt keine andere …" Egal. Ich holte Luft. Puhh, geschafft.

„Hält die Tüte?" Ich betrachtete sie zufrieden.

„Jaa! Eh neeeein!" Doch zu viel Magensäure, der die Tüte nicht stand hielt …

Langsam wurde ich panisch. „Halt jetzt an!"

„Aber du weißt doch, wie die Polizei hier ist … Ich kann hier nirgends stehen bleiben."

„Mach halblang, mir egal, die Kotztüte tropft auf meine Knie und ich muss zur Abwechslung wieder mal notgedrungen und gezwungenermaßen mein Inneres nach außen kehren! Glaubste, die Bullen sperren uns ein, weil ich nicht den Inhalt der Kotztüte auf meinen Beinkleidern billige? Ich bin todkrank. Die haben sicher keinen Bock, sich ihren Streifenwagen und die Zelle vollkotzen zu lassen!"

Er hielt illegal in der nächsten Bucht, weil ich schrie: „Ich schmeiß die Kotztüte aus'm Fenster, jetzt!"

Er: „Neeein, weißt du was so was an Strafe kostet?! Du kommst hier schon wegen einer Kippe, die du rausschmeißt, ins Gefängnis."

„Das juckt mich nicht. Hast du die tropfende Kotztüte auf'm Schoss, oder ich? Komm, ich geb sie dir rüber! Ich komme sicher nicht wegen einer Papiertüte mit Kotzinhalt, der durchtropft, in den Knast, nur weil ich das Ding nach draußen befördere! Ich diskutier nicht länger!"

Egal, wir standen ja nun.

Ich öffnete die Tür, stellte die Tüte raus und blieb beim Brechen angeschnallt, ich war zu schwach ... Ich hing wie ein Schluck Wasser in meinem Sitz, beziehungsweise hing ich aus der Tür und holte Luft.

Das nächste Auto, das vorbeikam, wie konnte es anders sein, war die Polizei, dein Freund und Helfer. Sie hielten prompt und stiegen zu zweit, bewaffnet und sehr bedrohlich, aus. Wahrscheinlich vermuteten sie einen Deal in brauner Papiertüte.

Sie fragten, was wir hier Komisches treiben würden. Ich erklärte mit letzter Kraft und letzten Englischvokabeln, dass mir schlecht sei, ich erbrochen hätte und die Tüte durchgeweicht sei ... und wir hier deshalb kurz hielten. Mein Gesicht war kalkweiß. Aus der Entfernung hatten die sicher gedacht, mein Freund wolle eine Leiche entsorgen.

Ob er mich in meiner Schwäche nicht richtig verstanden oder einfach ein Kontrollzwang hatte ... Er kontrollierte die Kotztüte, sein Kollege warf ebenfalls einen ausgiebigen Blick hinein.

Sie ließen uns ziehen. Ich hatte sie ja gewarnt … Sie hatten es nicht anders gewollt.

Wäre mir nicht so schlecht gewesen, hätte ich trotz peinlicher Berührung lachen müssen. Tat ich eigentlich auch, doch meine Laune relativierte sich auf dem geschlängelt, kurvenreichen Highway One … wunderschön…, unter normalen Umständen.

Ich spülte die teuren Elefantentabletten die Toilette runter.

# Römische Klo-Männer

Die Misere ging weiter. Rom – tolle City, keine Frage. Ich hab's mir nicht ausgesucht, aber musste wieder mal meine Auslandskrankenversicherung in Anspruch nehmen.

Der Cheeseburger (dies ereignete sich während meiner früheren Fleischeszeit) zum Frühstück am Frankfurter Flughafen war mir wohl nicht so ganz bekommen. Hatte der blöde Futzi vielleicht draufgespuckt, weil ich die Cola mit Eis, beziehungsweise das Eis mit Cola, zurückgehen lassen hatte? Ich wollte ausdrücklich Cola ohne Eis. Nun bin ich bestimmt HIV und Hepatitis verseucht. Na toll!

Kaum in Rom gelandet, ging's schon los. Der Flughafen schien so unüberwindbar. Wir warteten noch am Gepäckband auf unsere Koffer. Als wäre der normale Stress am Kofferband nicht schon genug, bis man endlich sein Gepäck wieder in den Händen hält! Ich konnte mich kaum mehr aufrechthalten, mir war hundeelend und total schwindelig. Ich hetzte in Richtung Toilette, so schnell mir das auf wackeligen Beinen eben möglich war.

Der Klo-Mann war gerade fertig mit Putzen und verwehrte mir den Zutritt. Ich gestikulierte, kalkweiß im Gesicht, versuchte ihm mit Händen und Füßen klarzumachen, wie schlecht es mir gehe und dass ich mich übergeben müsse – dringend.

Der Italiener blieb stur. Ich schlich gebeugt die WC-Treppe zurück nach oben und legte mich flach auf eine Bank. Mein Freund war mit dem ergatterten Gepäck im Anmarsch. Ich lag quasi im Sterben. Mehr als dumm glotzen konnte das Flughafenpersonal nicht, Hilfe war da nicht zu erwarten. Erst nach mehrmaligem Bitten verständigten diese Fuzzis die Flughafenambulanz.

Währenddessen unternahm ich einen zweiten Versuch, die ewigen Treppen runter, in Richtung Toilette. Die Sache war unaufhaltsam. Tja, das hatte der italienische Klo-Mann nun davon, als er mir den rettenden Zutritt auf seine Toiletten verwehrt hatte.

Ich taufte erfolgreich die besagten ewigen und geputzten Treppen auf dem Weg zur Keramik, stürzte resolut an dem fuchtelnden Typen vorbei und übergab mich ein weiteres Mal dezent neben die Toilettenschüssel.

Selbst schuld.

Meinen Platz auf der Flughafenbank wieder eingenommen, kam endlich die Ambulanz, allerdings in Zeitlupe und hochmotiviert mit einer Trage. Die Ärztin, what ever, tippte auf akuten Blinddarm. Ich eher auf Lebensmittelvergiftung. Nach ihrem Druckpunkttest direkt auf meinen Blinddarm war ich fast geneigt, ihr zuzustimmen. Wenn er vorher noch in Ordnung war, war er es jetzt nicht mehr. War das eine Ärztin oder eine Metzgerin? Wäre das ein akuter Blinddarm gewesen, wäre er jetzt mit Sicherheit geplatzt wie ein Ballon und ich so was von hinüber.

Iberogast oral. Sollte das ein Witz sein? Ich lag doch nicht meine kostbare Urlaubszeit auf 'ner Liege der Ambulanz, wegen leichter Übelkeit. Iberogast blieb natürlich nicht drin.

Ein Krankenwagen wurde verständigt, die Ambulanz war wohl überfordert. Mein erstes Mal mit Blaulicht durch die kaputten Straßen Roms. Da kotzt selbst ein Gesunder! Kein Erlebnis.

In der Klinik angekommen, war ich vorerst erleichtert. Hier würde mir sicher geholfen. Hier waren Profis. Pustekuchen. Ich wurde auf meiner Liege vegetierend im neonbeleuchteten Wartebereich, das heißt unter etlichen wartenden Leuten, gelagert. Ich winkte mit letzten Kräften, dass es wieder mal soweit sei ... Irgendsowas vom Personal brachte mir einen großen Pappkarton, der mit Verbandsmüll und blutigen Injektionsnadeln bestückt war und wohl als Mülleimer genutzt wurde. Er stellte mir das Teil vor die Nase. Es schauderte mich. Hätte ich mich nicht sowieso übergeben müssen, wäre es beim Anblick meiner Zuschauer und des Eimers ohne Zweifel soweit gewesen.

Ich hoffe, dass mir beim Aufprall meines Erbrochenen in die Kiste kein infektiöses Partikel in die Atemwege geflogen ist. Na toll!

Was blieb mir anderes übrig. Vor all den Leuten ...aber dabei blieb es leider nicht. Mein Darm kündigte sich nun an. Kraft war ein Fremdwort – ich hatte ja nach der ganzen Übergeberei kaum Luft zum Atmen. Auf dem Klöchen angekommen ..., zierte ein Loch die halbe Tür, und das von erheblicher Größe ... Abschließen war eh nicht drin, Schloss kaputt. Ich war damit beschäftigt, mit einem Fuß die Tür zu- und mit den Händen meinen weißen Rock hochzuhalten – wen kümmert es da, wenn man nicht ganz trifft? Die hätten mich in meinem Zustand gar nicht alleine aufstehen lassen dürfen.

Die Klospülung funktionierte sowieso nicht, ebenso wie der Wasserhahn zum Händewaschen. Na toll! Ich fühlte mich nicht wie in einem zivilisierten Krankenhaus in Rom, ich fühlte mich Wilden in der Pampa ausgeliefert.

Ich schwankte zurück auf die Liege im neonbeleuchteten Wartebereich. Benebelt, wie ich war, waren meine Beobachter mir mittlerweile so was von Schnuppe. Hauptsache mein Rock war noch weiß ... So hatte das Personal hier wenigstens mal Grund zum Putzen. Wenn es vorher offensichtlich nicht genug war, hatte ich wohl jetzt gute Arbeit auf dem „Plumpsklo“ geleistet.

Irgendwann bequemte sich so ein Praktikant, mir ein Butterfly mit einer Infusion zu legen. Ich war ja komplett ausgetrocknet, vertrug ja keinen Schluck Wasser.

Eins der wenigen Details, die ich noch vor Augen habe, war der Chefarztsessel vor mir. Die Armlehnen bröckelten auseinander und wurden mit Tapeband und Pflaster zusammengehalten. Wahrscheinlich schon seit gut zehn Jahren und so was von beschmutzt und abgegriffen. Das Polster des Sessels war befleckt, vergilbt und zerrissen.

Bin ich hier in den Slums oder im Krankenhaus von Italiens Hauptstadt?!

Ich wurde in einen gefliesten Kellerraum geschoben, ebenfalls neonbeleuchtet, obwohl es schon ein Uhr nachts war. Um mich rum lagen mindestens vier italienische Omis, die krakelten und jammerten, als würden sie allesamt im Sterben liegen. Vielleicht war ich in einem Hospiz für akut Sterbende gelandet, oder war das schon der Leichenkühlraum? Nein, dafür jammerte es viel zu wehleidig um mich herum.

Es war eiskalt, ich zitterte. Decke bekam ich keine. Ich lag auf einer harten Pritsche. Kissen gab es auch keins. Die Infusion war seit zwei Stunden durchgelaufen. Das Einzige, das meine Psyche vor dem Verdurstungstod bewahrte, war diese Infusion. Meine Klingel war kaputt. Es kam keiner.

Ich flehte vergebens. Meine Nachbaroma verließ jammernd den Raum, dem Tod wohl von der Schippe gesprungen. Sie hatte Mitleid und hinterließ mir ihr Bettlaken, mit dem sie mich zudeckte, bevor sie den Raum verließ. Da ich so was wie Ekel oder Hygiene schon gar nicht mehr kannte, nahm ich dankend an, denn ich war so ausgekühlt, als wäre ich von Alcatraz aufs Festland geschwommen. Man freut sich unter Umständen auch über Kleinigkeiten. In diesem Fall über ein beschmutztes Bettlaken. Ich war schwach, aber ich wusste eins: Ich muss hier raus, weg von der Freakshow. Raus aus dem Irrenhaus, hier werd ich nicht alt. Hier hat sonst bald mein letztes Stündchen geschlagen. Soweit sollte es nicht kommen.

Mein Freund, gänzlich überfordert mit der Lage, erhielt von mir die Anweisung, ein Taxi zu bestellen. Ich wollte ins Hotel. Er gab mir die Anweisung, mich nicht mehr zu übergeben.

„Sonst lassen die dich nicht gehen!"

„Ha, ha, ich tu mein Bestes."

Leider konnte ich der Anweisung nicht Folge leisten, die Übergeberei war nicht aufzuhalten. Zwei Stunden später kam das Taxi endlich, mit südländischem „Tempo" natürlich. Ich war mehr tot als lebendig. Aber mein Zustand interessierte ausnahmsweise und glücklicherweise das Personal nicht im Geringsten. Da kannste mitten auf'm Gang abkratzen und kein Schwein merkt es! Dann lieber tot im Kofferraum eines Mafia-Bosses.

Wir fragten, ob wir noch eine Tüte bekommen könnten, falls ich mich im Taxi natürlich noch weiter übergeben müsste. Daraufhin kam die Antwort, man könne doch das Fenster runterkurbeln und raus ... Na toll! Der Taxifahrer freute sich auch. Aber was sollte ich tun? Er bekam ein extra Trinkgeld für die anschließende Autowäsche.

Was soll ich sagen ... Eine Stunde Taxifahrt später, im Hotel angekommen, verbrachte ich den Rest der Nacht damit, mich zu übergeben. Zum Glück war das Badezimmer annehmbar und machte das Übergeben zumindest angenehmer als in diesem versifften Krankenhaus. Wenn man da vorher gesund war, war man es nach einem Toilettengang nicht mehr. Ich bin da eh bisi penibel. Auf Raststätten-WCs fasse ich generell nichts an. Ich öffne die Tür mit eigenen Tempos und schließe sie auch genauso ab. Die Spülung betätige ich höchstens mit dem Fuß und den Wasserhahn und die Klinke nach draußen betätige ich auch nur mit einem mitgebrachten Tempo.

Zwei Tage später hatte ich meinen Haushalt mit Elektrolyten wieder aufgefrischt und konnte, mit dem Leben gerade so davongekommen, die Stadt Rom unter Vorbehalt genießen. Die ganzen Piazzas waren umwerfend, beeindruckend, und wenn man dann den *Da Vinci Code* und *Illuminati* sieht, wird einem doch unheimlich, wenn man diese Plätze wiedererkennt.

# Zitronenkuchen und Milch …

Diese Angewohnheit hatte ich von einem Freund übernommen. Statt Aspirin und Rollmöpsen am Morgen nach der Party quasi. Ich lag im Bett, mit Zitronenkuchen und Milch. Meine Wärmflasche, die eben noch meinen Bauch verbrannt hatte, wurde langsam lau.

Eigentlich wollte ich baden … zu schwach. Es reichte nur noch zur Wärmflasche.

Gucke ich 'ne Wiederholung von *Super Nanny* – mit Psychos einzuschlafen ist immer so ne Sache, hab schon genug hausgemachte Paras zu bekämpfen, oder gucke ich wieder *Friends*? Was Leichtes fürs Seelchen oder schmeiß ich mir ein Schlaftablettchen und dämmere beim Lesen so dahin? Les ich noch 'ne Runde … 'nen kitschigen Frauenroman, etwas über NLP, Neurologisches Programmieren, oder, als drittes Buch im Bunde, *Die Piraten der sieben Weltmeere*. Ich lese immer um die drei Bücher in Kombi. Was Leichtes für die Seele, was für die Bildung und was für die psychische Selbstanalyse, zur Geisteserweiterung. Die Bücher liegen unter meinem Bett in Schlange.

Ich habe einen harten Tag hinter mir. Heute Morgen stand ich fälschlicherweise eine Stunde zu früh auf, da fings schon an. Kommt eher nie vor, hab wohl irgendwas beim Weckerstellen verpeilt. Ich nutzte die frühe Stunde und widmete sie meinem unausgelasteten Hund. Wir gingen joggen, mein Hund wusste gar nicht, wie ihm geschah.

Wunderschön, so in aller Frühe den Tau in der klaren frischen Waldluft zu inhalieren, die unheiseren Vogelstimmen, die Bienchen erwachen, und wir mittendrin, wie romantisch. Is ja gut … also, es war echt schön.

Als Langschläferin und Nachtmensch kenne ich mich eher mit dem reizüberfluteten Empfinden in den Abendstunden aus. Morgendlicher Glanz, atemberaubende Schönheit, aber ich schlaf trotzdem lieber aus … Liebe auch die laue Sommerabendluft, Glühwürmchen, Eulen und Fledermäuse, die mich begrüßen.

Gegen Falter hab ich Fliegengitter, die lieb ich ja auch – beide, und wenn die Uhus zu gruselig rufen, mache ich das Fenster zu.

Nein, ich gehe natürlich gerne abends spazieren. Auch allein, denn allein ist man nie. Macht mal die Augen auf. Dabei denke ich an ein bewegendes, zauberhaftes Buch das ich als Kind bekam und immer noch besitze. Es handelt von Pit.

Pit ist allein. Nein … Pit ist nicht allein. Er streift zu jeder Jahreszeit vorerst deprimiert, mit Abwehrhaltung und Händen in den Hosentaschen, destruktiv durch den Wald. Pit ist eben allein.

Nein … Pit ist nicht allein.

Auf jeder Doppelseite lässt sich eine dritte Extraseite aufklappen, auf der versteckte Tiere, große und klitzekleine Tiere, überall um Pit herum zu finden sind. Er muss nur die Augen und sein Herz öffnen.

Zauberhaft!

Ich war Pit. Nein, ich bin Pit. Nicht zu glauben, aber wahr. Ich mochte Pit ja früher nicht. Er hatte für sein unsympathisch breites Gesicht eine unvorteilhafte Beatles-Pilzkopffrisur. Natürlich dachte ich damals nicht so detailliert und auf die Optik bezogen. Aber darum ging's nicht. Die Geschichte ist toll und ich war schon immer tiefgründig. Schon als Kind lag mir Oberflächlichkeit fern. Ich wusste nicht, was es war.

Pit glotzt halt so dumm.

Ich mag Pit heute wirklich in seiner Gesamtheit.

Die Firma, die mich aus dem Sumpf der Trennung gezogen hat, ist insolvent.

Die Dramatik war unbeschreiblich.

Wir waren ein sehr familiäres Unternehmen, ein Großteil von uns arbeitete ungelernt, aber wir gaben unser Bestes. Unser Chef gab uns diese Chance und die reine Elite kristallisierte sich schnell raus. Wir kämpften, hofften, bangten.

Für natürliche Energien geben die Leute sogar in Wirtschaftskrisen noch Geld aus. Ist eben die Investition der Zukunft.

Unsere Idee war perfekt, nur leider erbrachten wir nicht die versprochene Energie. Wir schufteten und tüftelten. Dann wurden die finanziellen Mittel zur Weiterentwicklung knapp. Manchmal kam es einem auch so vor, als würde man regelrecht von den großen Energiekonzernen boykottiert. Gerade wenn es um Lieferengpässe ging … Immerhin ging es um viel Geld und ein weltweites Vertriebsnetz, das sich schon im Aufbau befand. Somit konnten wir schon zur Konkurrenz werden. Nicht ungefährlich so was.

Mein Dozent sagte mal, dass es gewiss schon Mittel gegen Krebs und Aids gäbe, die Pharmaindustrie aber an Kranken, nicht an Gesunden verdiene und interessiert sei, so dass jeder, der seine Erfindung gegen diese Weltkrankheiten kund tun und öffentlich machen wolle, beseitigt würde.

Es gibt immer zwei Seiten. Wir hatten volle Auftragsbücher, konnten aber die Schulden nicht mehr stämmen, zum Heulen. Zur Weiterentwicklung, Auslieferung beziehungsweise Fertigung der angepriesenen Produkte fehlte Geld. Schon verkauft, doch nicht genügend ausgereift und getestet, da lag der Fehler. Die Kunden wollten natürlich ihr Geld zurück, drohten uns nicht nur mit ihren Anwälten, auch mit persönlichen Besuchen, die nicht verbal verlaufen sollten, vermittelten lautstark ihren Hass, schimpften uns als Betrüger. So was geht nicht einfach an einem vorbei. Wir waren keine Betrüger! Fehler wurden gemacht. Folgenschwere. Leidtragende waren die Kunden und Vertreter, aber auch wir, denn unsere eigene Existenz war ebenso zerstört … Herzblut, das Lebenswerk unseres Chefs.

Klar standen die Geschädigten wie übers Ohr gehauen da, und in solch sensationsgeilen Sendungen wie *Explosiv* etc. werden dann so Leute wie wir als Halsabschneider vorgeführt und der Hass der Leute auf uns geschürt. Bringt nur nichts. Klar, das Geld der Kunden war weg. Ich, wir alle bedauerten das zutiefst … standen selbst ohne Job und Mittel da, bereicherten uns ja nicht an fremdem Geld und setzten uns schick ins Ausland ab. Wir wollten damit, wie versprochen, ein Ergebnis erzielen. Leider schlugen jegliche Versuche fehl. Klar, das ist keine Entschuldigung … Nächtelang zerbrachen wir uns über eine Rettung den Kopf, hielten etliche Krisensitzungen ab, beteten, meldeten Kurzarbeit an, steckten all unsere Energie rein, fuhren Schrott weg, damit Geld rein kam, verkauften sämtliches Zeug, um weitere technische Komponenten zur Entwicklung bezahlen zu können, und doch verloren wir. Wir hielten zusammen und arbeiteten drei Monate umsonst … tragisch, das Ende war unaufhaltsam. Der Druck kaum zu ertragen. Das ist die andere Seite.

Was man schmerzlich erfahren muss: Bei Geld hört die Freundschaft auf. Wir hatten dennoch alles in unserer Macht stehende getan und niemanden hinhalten wollen, wie es uns vorgeworfen wurde. Klar hatten wir Zeit schinden wollen. Aber warum? Ja, um das Ruder rumzureißen natürlich!

Es war einer meiner schönsten Jobs, solange es lief … Er gab mir Halt, Verantwortung, Freude und tolle Kollegen mit toller Arbeitsatmosphäre.

Ich betete, und als eines Abends eine Sternschnuppe über die Firma huschte, war das mein Zeichen, und mein Wunsch war nur der eine … Vergebens, irgendwie hab ich wohl falsch gewünscht … Alles hat einmal ein Ende.

Wirklich alles? Ich glaube nicht. Es gibt ewige Liebe, ewige Freundschaft und es gibt ewiges Leben. Ganz sicher sogar.

Wir räumten unsere betrieblichen Räumlichkeiten unter Wehmut – vorher hatte ich noch 'ne Laserbehandlung von gut 1,5 Besenreißer für einen Fuffi –, danach war ich bei meiner schwangeren Freundin zum Sektnachmittagsfrühstück eingeladen, allein trinken ist blöd … Noch sechs Wochen und ein halbes Jahr Stillzeit anschließend, dann ist sie back im Partylife! Juchu! Ihre kleine zweijährige Tochter singt jetzt schon in voller Betonung Heintje nach: „Maaaamaa, du musst doch nicht um deinen Jungen weinen …" ☺

Zur Weheneinleitung hatte sie eine Akupunkturbehandlung angestrebt. Sie hatte die Sache hinter sich bringen wollen und das Baby war bei vier Wochen zu früh wohl nicht in Gefahr gewesen.

Anschließend tanzten wir zu Daft Punks *Around-the-World*-Oldskool!

Wiederum anschließend hatte ich einen Banktermin und zur seriösen Glaubwürdigkeit extra meinen schwarzen Blazer angezogen. Mein Chef ermutigte mich mit den Worten: „Das lässt die erfahrungsgemäß völlig kalt und unbeeindruckt."

Na toll! Angekommen teilte ich der guten Bankfrau mit, dass das Insolvenzgeld noch komme und mich schon die gute Frau vom Arbeitsamt demütige. Verstehe ja, dass die auf'm Assiamt einen harten Job mit krassen Fällen haben, aber diese Schikane muss doch nicht sein. Kontoauszüge und Sparbücher wollen die sehen.

„Haben Sie Bargeld?" Frech.

Ich benutze fünflagiges WC Papier, ernähre mich von Trüffeln und mein fünfter Name lautet Agatha-Jonathana, mit dreizehn bekam ich meine Periode. Sonst noch was?

„Haben Sie Bargeld?“ Sehe ich so aus?

Ja, ich weiß. Aber das sieht halt nur so aus … noch.

Dreist sind die Leute, die es wagen, sich mit 'nem 150-Euro-Ed-Hardy-T-Shirt aufs Hartz-IV-Amt zu setzen und sich nicht mal blöd vorkommen …

… und das war keine Fälschung.

Ich hab vergessen, Stella gute Nacht zu sagen. Ich schlürfe ins Bad und nehme auf dem Weg eine Weintraube aus der Küche mit. Ich rufe: „Stella, komm!“ Ich habe sie nach dem Roman von Sergio Bambaren benannt, da ist Stella allerdings kein Hamster, sondern eine Taube.

Stella kommt. Sie hört aufs Wort, hat für einen Hamster eine herausragende Persönlichkeit. Sie läuft nachts frei im Badezimmer – es ist groß und fast artgerecht, außerdem kann sie dort nichts anstellen. Sie bunkert dort ihr Futter in sämtlichen Ecken.

Einmal vergaß ich, nach einem wankenden nächtlichen WC-Besuch die Tür zu schließen … Am nächsten Morgen lag Stella brav in ihrem Häuschen, hatte allerdings den Freigang genutzt, um ihre Vorratskammer zu füllen, meine Ferrero Küsschen hatten auf einem Regal in der Küche gelegen. Dann nicht mehr. Die komplette Jumbopackung war Stück für Stück in die Vorratskammer verlagert worden, inklusive einer Tüte Müslix und einem Aufbackbrötchen. Wahnsinn, die kann ja richtig rackern.

Zum Glück hatten die Küsschen sie kalt gelassen, denn Süßigkeiten bringen Hamster um, können sie schlecht verdauen und führen zu Verklebung ihrer Backentaschen, was zu Entzündungen führt.

Die Reichweite von Hamstern ist groß. Anfangs hatte ich immer Paras, sie zu zertreten, aber mittlerweile bin ich wie neurologisch programmiert. Die Waschmaschine steht zum Glück in der Waschküche, was 'ne Horrorvision …

Ich gab Stella die Weintraube und wünschte ihr eine gute Nacht.

Beim Müllraustragen habe ich vorhin entrüstet entdeckt, dass eine Grabschändung vorliegt: Mein gestern beerdigter Buntbarsch ist verschollen – seine Seelenruhe entweiht, dem Todesschlaf beraubt. Sein Grab unter dem Bambus ist leer, gut, es war nicht besonders tief … Aber wer könnte nur ein Motiv haben? Doch nicht etwa der Zeitungsjunge? Oder wurde die Leiche meines Barsches von einer Katze gefressen?

Der Übriggebliebene meiner beiden Barsche betrauert den Verlust sehr. Seit Missieus Tod frißt Madame nicht mehr. Sie hatte seine Leiche angestubst, sich neben ihn gelegt, als wolle sie solidarisch mit ihm gehen beziehungsweise ihm folgen, um bei ihm zu sein. So ein Fisch hat nicht mal die Möglichkeit zum Suizid. Aber Madame ist ja gottesfürchtig wie ich und wirft ihr Leben nicht weg. Es muss weitergehen, auch ohne Missieu. Männer sterben ja meistens früher. Ich wollte Missieu eigentlich im Bachlauf um die Ecke beisetzen, aber um es mit den Brennnesseln aufzunehmen, war mein Rheuma noch nicht ausgeprägt genug.

Mein geliebter, gut ein Kilo schwerer Barsch wäre im WC auch nicht runterzuspülen gewesen. Nicht dass ich es in Erwägung gezogen hätte … aber ein Fisch braucht 'ne Wasserbeerdigung. Wenn das Madame wüsste … ich litt mit ihr …, aber sie weiß es ja nicht. Was man nicht weiß, macht einen nicht heiß.

Ich ließ Missieu extra bis zum Abend im Becken, so dass Madame Zeit zum Begreifen und Abschied nehmen hatte und ihn nicht verzweifelt suchte. Außerdem hatte er noch diese lebendige Ausstrahlung und lebendige Augen, eine Aura. Bei einem Menschen wartet man auch, bis er kalt und seine Aura verflogen ist, bis man ihn unter die Erde bringt, mal ganz plump ausgedrückt.

Ich habe für Madame einen neuen Gefährten besorgt.

Amigo soll sie trösten. Natürlich kann er Missieu niemals ersetzen. Soll er auch nicht, keine Frage. Aber lassen wir verletzende Vergleiche. Das wäre unfair Amigo gegenüber. Er verdient eine reelle Chance. Obwohl, man vergleicht Partner doch immer irgendwie unbewusst, ob Fisch oder Mensch, oder?

Anstatt meine Auftragsarbeit fertig zu malen, male ich mir einen Abe (Playstationfantasyfigur) an die Wand – ein Wesen, deren Feinde ihm und seiner Gattung den Mund zugenäht haben, aber süß ist er trotzdem. Er kämpft um die Befreiung seines Volkes. Ein Freund bemerkte dezent: „Bei Dumbo heulste, aber zugenähte Münder von außerirdischen Kreaturen sind ok – und das noch im Schlafzimmer, alles klar."

Ja, am Fußende meines Bettes bewacht er meinen Schlaf. Wer braucht schon veraltete Traumfänger? Meinen Albträumen hält eh keiner stand …

Auf meiner Staffelei klemmt eine Leinwand in Arbeit, mit der Cover-Krabbe von einem alten Prodigy-Album, und morgen ist schon Freitag.

Ich schließe die Schlafzimmertür hinter mir ab. Das mache ich immer, hab eine übelst ausgeprägte Einbrecherphobie. Das erste und einzige Mal zu viel XY-Trauma. Schon als Kind traf ich Vorsorge und entwickelte Fluchtpläne und Wege aus jedem Zimmer des Hauses im Falle eines Einbrechers. In jedem Raum des Hauses befand sich eine Fluchtausrüstung in Form von Taschenmesser, Seil und Taschenlampe. Jahrelang saß ich nachts steif, atemgebannt, bewegungslos und zitternd in meinem Bett und mir schossen die wildesten abstraktesten Gedanken durch mein Hirn.

Wer schleicht denn jede Nacht zwischen drei und viertel nach drei durch das knarrende Gartentürchen auf mein Grundstück um circa fünfzehn Sekunden später wieder durch das selbige zu verschwinden. Was ging da vor sich? Zermürbend, regelrecht zermürbend.

Immerhin fühle ich mich heute in den etwa fünfzehn Sekunden, in denen der Zeitungsbote die Tageszeitung einwirft, vor Einbrechern sicher. Aber dieses Geheimnis lüftete sich erst nach ewigen Zeiten, ich meine, dass der ominöse, allnächtliche Besucher lediglich der Zeitungsjunge war.

Mein Hund Luisa bellte. Es war 1:12 Uhr. Normalerweise lag sie um diese Zeit längst schnarchend schlummernd in ihrem Körbchen im Wohnzimmer. Sie war nicht der typische, aufgeweckte Wachhund – sensibel ausgedrückt. In solchen Momenten bereute ich es, in einem schönen großen Haus mit knarrenden Balken am bei Tage schönen und bei Nacht dunklen Waldrand zu wohnen, und die Laterne vor der Tür war kaputt … Sie bellte und bellte. Sollte ich meinem geliebten Hund die Stimmbänder veröden? Beschützen würde sie mich eh nicht, sondern den Einbrecher freudestrahlend und mit offenen Armen beziehungsweise Pfoten empfangen … Dann sollte sie bitte schön auch meine Nerven nicht mit ihrer Meldung strapazieren. Öl ins Feuer oder in die offene Wunde, what ever, gießen?

Für den Zeitungsjungen war es definitiv zu früh.

Das Bellen verstummte. Oh je, lebte sie noch? Hatte der Einbrecher jetzt Luisa die Stimmbänder verödet?

Verdammt!

Das wollte ich doch tun … Nein, jetzt mal im Ernst.

Es muckste sich nichts mehr, ich wurde ganz flatterig … Hund bitte, bitte bell doch mal.

Ich rief meine Freundin an – zum Glück liegt mein Handy immer griffbereit am Bett. Man könnte ja wichtig sein …

Es tutete … Komm, geh schon ran, bitte!

„Hmpff", hörte ich in der Leitung

„Sorry Liebes!" (Ich mag diese „Hallo Süße" oder „Liebes" nicht, zum einen ist sie aber durchaus ein Liebes, zum anderen musste ich mich gut mit ihr stellen, dass sie mich nicht mit dem Gedanken eines angetrunkenen nächtlichen Durchschnittsdeprianruf abwürgte).

„Liebes, wenn ich in fünf Minuten nicht wieder anrufe, ruf umgehend die Polizei. Hier ist ein Einbrecher, oder vielleicht eine ganze Bande! Nein, sagen wir zwei Minuten, in fünf hat er mich längst gekillt. Ach was, bleib einfach dran, ich steh das alleine nicht durch!"

„Na toll, jetzt willst du auch noch zu einem zusätzlich lebenslangen Trauma in meinem Lebenslauf beitragen, Emely! Ein Livekill am Telefon! Na toll, hatte ich auch noch nicht."

Unbeeindruckt bewaffnete ich mich mit meinen Zwei-Kilo-Hanteln rechts und links und nahm mein Handy, natürlich unter Aufrechterhaltung der Leitung, in den Mund. Ich schlich zur Tür, ich öffnete sie langsam, sie knarrte, es kam mir vor wie Stunden (warum hatte ich sie nie geölt, jetzt hatte der Einbrecher mich sicher gehört ...).

Um das Desaster zu beenden, schlug ich mit der linken Hantel auf den Lichtschalter – er hatte mich ja sowieso gehört – und es wurde Licht.

(Zum Glück, denn ich war zeitweise geplagt von Albträumen, die mir das Blut in den Adern erstarren ließen: Ich war auf der Flucht vor dem Einbrecher ... natürlich ... es war eine regelrechte Hetzjagd durch das dunkle Haus. Kein Mondschein erhellte auch nur im Geringsten den dunklen Gang. Ich eilte von Lichtschalter zu Lichtschalter und kein Erreichter spendete rettendes Licht.)

Ok, Licht rettet nicht, dann seh ich halt das Antlitz meines Mörders noch bevor ich sterbe, ob das besser ist? Egal. Licht ist immer gut, beendet das Ungewisse im Dunklen.

Aber ich werde immer total panisch bei dieser lichtlosen Vorstellung, ein echt übler Film.

Eines Nachts nach einer Party war ich in so einer dunklen Situation. Ich war froh, endlich das Schlüsselloch gesichtet und nach mehrmaligem Versuchen auch noch getroffen zu haben, und wankte angetrunken Richtung Lichtschalter – nichts. Na toll!

Leicht ernüchtert, mit unruhigem Herzrasen in die Realität zurückgeholt, tastete ich schnell weiter zum Nächsten, tippte ihn an – nichts! Oh je, mein Albtraum wurde wahr.

Es blieb dunkel, oder war ich so benebelt? Nein, es war kein Traum, es war eiskalte Wirklichkeit. Eiskalt lief mir mittlerweile auch ein Schauer über den Gänsehautrücken. Was war bloß los hier?

Nur den Kopf behalten. Ich fühlte schon blutig warme, triefende Hände nach mir greifen und einen stumpfen Atem im Nacken.

Ich kroch in Richtung Taschenlampe. Bitte, bitte, bitte, bitte Gott, lass sie unter dem Schuhschrank liegen.

Yes! Es wurde Licht. Ich orientierte mich. Hm, alles ok soweit. Ich checkte die Lage, aber ruhig würde ich erst, wenn die Störungsquelle beseitigt und ertappt war. Ich öffnete den Sicherungskasten – klar war sie draußen. Aber warum? Wieder drin, wieder draußen. Wo lag die Quelle? Als Aquarianerin mit jahrelanger Erfahrung suchte ich den Übeltäter im Aquarium … Heizung geplatzt, Bingo!

Bin ich gut? Und da heißt es, Frauen hätten kein technisches Verständnis. Aber es ist ja noch mal alles gut beziehungsweise hell ausgegangen.

Mein Herz, mein Adrenalinspiegel und pulsierendes Blut in meinen Venen stieg mir zwar bis zum Hals und fast darüber hinaus …, aber als der Übeltäter von Aquarium-Heizer beseitigt war und es Licht wurde, bewegte sich auch mein Blutdruck wieder.

Aber zurück zur Geschichte … Würg …

Aus meinem Handy schrie es panisch: „Emely, was ist passiert, Emely, Emely, lebst du? Was war das für ein Geräusch? Oh Gott, Emely bitte sag doch was."

„Alles ok, keine Panik, hab mich nur fast auf dich übergeben …"

„Ok, gute Nacht."

„Neeein. Das Handy hat mein Brechzentrum gestreift – Sorry."

„Hä? Oh je, ach Emely, ich dachte du verträgst so viel … Trink nicht so viel Alkohol, außerdem denk an deine Bank beziehungsweise dein Minus auf'm Konto. Exzesse sind teuer, erst recht wenn man so viel verträgt wie du, na ja, in der Regel, ich mache mir ernsthafte Sorgen um dich, Emely!"

Oh je, ohne Punkt und Komma. So kannte ich sie. Ich hatte meine Freundin Nelly aktiviert – kein Kunststück. Sie war nun wach und voll und ganz in ihrem reingesteigertem Element … Das hatte sie von mir. Das Patent auf einen Ausschalter allerdings besaß ich noch nicht.

Werd ich wohl auch nie. Weder für sie noch für mich. Schicksal.

„Sorry für die Störung, Nelly. Falscher Alarm, kein Einbrecher oder Mörder in Sicht. Vielen Dank. Hab dich lieb und Nachtchen."

Man soll den Tag beenden, wie er begonnen hat. Besser ein Ende mit Schrecken als ein Schrecken ohne Ende (wie in meinen dunklen Träumen) – aber das sicher abgeschlossene Schlafzimmer verließ ich in dieser Nacht nicht mehr, auch nicht um aufs Klo zu gehen. Sollte kommen was wolle, und wenn's ne Flasche wär …, oder ich's mir aus den Augen schwitzen müsste …

Insgeheim vertraue ich dann doch auf meine Kürbiskerne – immerhin mehr als auf meine Zielkünste …

Aber trotzdem. Der kleine Vampir fesselte mich heute auch nicht relativ. Ich konnte einfach nicht einschlafen.

Der Grund meiner Schlafstörungen – dass ich nicht hirntot bin, verdammt, nur ein bisschen hirntot nachts verspräche schon Linderung beziehungsweise etwas Schlaf. Mein ewig und rund um die Uhr ratternder Kopf treibt mich noch in den Wahnsinn.

Ich entschloss mich spontan, noch etwas an meinem Roman zu arbeiten. Nur ein paar Ergänzungen. Daraus wurde dann ein Fluss aus zehn der besten Seiten des Buches … Das Handy klingelte. Ein Kumpel fragte, was gehe … „Nicht mehr viel, ich arbeite konzentriert", und beendete das Gespräch relativ abrupt. Leicht bis mittelschwer panisch stellte ich fest, dass die Kapitelüberschrift gespeichert war, aber der Rest … weg, einfach weg. Ich war den Tränen nahe. Falsch, sie ließen mich in meinem Bett mit dem Laptop auf dem Schoß fast ertrinken.

Wut stieg in mir auf. Was für ein Tag … Da brachte ich nachts sogar noch zehn Topseiten zu Papier, und plötzlich alles weg. Hatte mich so gut danach gefühlt. Mit stolzen Kopfschmerzen lässt sich leben … aber ohne Ergebnis … übel.

Ach, was soll's. Ich rief Aaron an, einen nächtlichen Hacker. Wenn man mal überlegt, wie viele Menschen außer mir ebenfalls nachtaktiv sind, ob freiwillig oder gezwungenermaßen …

Aaron ging tatsächlich ans Telefon, aber über die Entfernung war da nichts drin von wegen Wiederherstellungsprogramm.

Alles umsonst? Nein, ich war im Fluss, schon mal dort angekommen, oder drin geschwommen, nahm ich das bisschen, was ich noch im Hirn hatte, und schrieb alle zehn Seiten, relativ wortgetreu neu und noch besser als vorher. Happy und meinem Herzenswunsch, ein bisschen hirntot zu sein, kam ich nun sehr nahe und schlief endlich mal zufrieden gegen fünf Uhr ein.

## Das schwere Leben leben lassen

Eigentlich verschwendet man sein halbes Leben mit Grübeln und Ärgernissen. Brauchen wir das oder ist das einfach so?

Man trifft beim Einkaufen einen Bekannten und fragt: „Na, wie geht's denn so?" „Danke, ganz gut, und selbst?" „Danke, auch. Tschüss."

Ärgere ich mich über die Floskel an sich, dass man sagt: „Danke, gut", und es den anderen eh nicht wirklich interessiert, wie es mir geht, oder darüber, dass ich so unehrlich „Danke, gut" antworte, obwohl es mir hundsmiserabel geht ...? Na ja, geht auch einen flüchtigen Bekannten nicht wirklich was an. Also bleibe ich bei „Danke, gut", und ärgere mich weiter.

Zusätzlich ärgere ich mich über die Kassiererin bei Lidl, die es nicht nötig hat, kundenorientiert zu arbeiten und mich zu grüßen. Vielleicht sollte sie einem auch leid tun, sie hat sicher einen schlechten Tag und kann sich heute selbst nicht leiden. Menschen, die mit sich im Reinen sind, erweisen sich meist als freundlich und umgänglich.

Dann geht's weiter in der Freakshow. Der Opa im dicken BMW schleicht vor mir rum, eine echte Behinderung, und der Banker im dicken BMW fährt wie 'ne gesenkte Wutz – viel zu schnell ... Und überhaupt ärgere ich mich vielleicht auch, dass ich keinen dicken BMW fahre und die Wutz raushängen lassen kann ... Nee, ich bin kein neidischer Mensch, außerdem stehe ich sowieso eher auf Benz und sämtliche Ami-Schlitten von Mustang bis Corvette – was juckt mich da die BMW-Wutz.

Anstatt jedem, dem ich begegne, ausführlich zu erzählen, dass der BMW-Assi Nummer zwei, also der Banker, mich geschnitten und fast das Leben gekostet hat, sollte ich mich lieber über meine gute Reaktion der Unfallvermeidung und mein Leben freuen. Was macht man mit seinem neu geschenkten zweiten Leben? Sich über ne BMW-Wutz ärgern. Na toll! Viel dazu gelernt. Dann hat sich's ja gelohnt.

Ist meine gute Reaktion und die Unfallvermeidung etwa zu unspektakulär, um davon zu erzählen? Scheint fast so. Sensationen sind meist negativ.

Eines Tages auf der Bundesstraße … Ich war in meiner Mittagspause einkaufen und auf dem Weg zurück zur Arbeit. Natürlich war ich schon zu spät dran … Na toll! Ich hackte um die Kurve und … na toll, Stau. Auch das noch … Verkehrsfunk eingeschaltet … Einige Meter weiter sei ein Geisterfahrer in mehrere Autos gerast und habe ein paar Personen mit in den Tod gerissen … Na toll!

Ich schaute nach links und erblickte einen guten Freund im Nachbarauto, der gleich ausstieg und aufgewühlt zu mir ans Fenster kam …

„Weißt du, was wir gerade für ein Glück gehabt haben??? Zehn Minuten früher und wir hätten es sein können …"

Wir schwiegen kurz, gedachten der Opfer und ließen das Drama, soweit möglich, sacken …

Warum halten wir uns nur allzu oft an negativen Geschehnissen fest und die guten verblassen im Hintergrund? Warum haben die guten Sachen keine so anhaltende Wirkung? Brennt sich das Schlechte so viel tiefer und nachhaltiger in unsere Seelen und beherrscht unseren Alltag? Warum lassen wir das zu?

So kommt eine Blockade nach der anderen aus jeder der schlechten Erfahrungen hinzu und wir fragen uns tatsächlich, warum wir zu seelischen Krüppeln mutieren. Weg mit dem Ballast! Dinge sind passiert und unabänderlich. Wenn möglich, bereinigt sie, wenn nicht, beißt euch nicht darin fest wie ein Epileptiker in seine Beißstange. Er, beziehungsweise sein Umfeld, will, dass er seine Zunge behält, und worauf wollt ihr hinaus? Viele brauchen negativen Müll, wie manch Kranker seine Krankheit.

Ich behandelte mal ein manisch-depressives Mädchen, vollgepumpt mit Lithium usw. Medikamente, die ihr Erscheinungsbild veränderten, wie man es sich nicht vorstellen kann … Sicher keine Ursachenerforschung, sondern nur Symptombekämpfung, die da ans Tageslicht trat. Zumindest sprang sie nicht mehr aus dem Fenster – und ich rede nicht vom Erdgeschoss … Sie war reizüberflutet, die Geräusche bei einem ruhigen Waldspaziergang bedeuteten fast ihr Ende und zwischen unseren Gesprächssitzungen begann sie manchmal zu singen … Ich besuchte sie in der Geschlossenen.

Sie zeigte mir vorerst antriebslos Fotos aus vergangenen Tagen, plötzlich wurde sie typisch euphorisch in ihrer Manie und schwärmte, wie hübsch sie doch damals gewesen sei, in der Blüte ihrer Erkrankung. Ihr Stolz ließ sich kaum übertrumpfen. Sie brauchte ihre Erkrankung, durch sie sei sie schön geworden. Sie sah ihre Krankheit als Chance.

Ich nicht.

Sie hatte eben ihre Karriere als Azubi am Frankfurter Flughafen über den Haufen werfen müssen. Ich gab ihr meine Telefonnummer. Ich weiß jetzt, warum Abstand und gefühlsmäßige Distanz zwischen Therapeut und Patient bestehen müssen. Aber ich war jung, hatte zu viel Herz und Emotionalität im Leib und somit auch Angst, wenn nachts das Telefon ging, mal nicht ranzugehen. Ich wollte nicht den Artikel vom toten Mädchen, das aus dem fünften Stock gesprungen war, zu verantworten haben.

Ich gab ihr Kraft, solange ich konnte. Dann konnte ich nicht mehr. Ihre Eltern waren wohl überfordert, ich drängte auf eine betreute Einrichtung. Sie zog in eine solche Einrichtung, das Klammern ließ nach und der Kontakt erlosch. Ich war wieder frei.

Ich hoffe, es geht ihr gut. Hochintelligente Menschen kommen eben auch manchmal in Lebenslagen – ob durch offensichtliche Aspekte oder eben nicht –, in denen ihre Psyche ihnen nicht mehr die Herrschaft ihrer Sinne überlässt.

Ich kannte einen Obdachlosen, mit dem ich öfter Schwätzchen in der Stadt hielt. Ich fragte ihn, um ihn aufzuwecken, welcher Weg einen auf die Straße führt und in solch ein Leben, wie er es führte? Er hatte doch Potenzial. Er antwortete, er sei in seinem anderen Leben Professor gewesen, erfolgreich, reich, glücklich. Bis zu diesem Tage, als ihn die Nachricht erreichte, dass seine Frau mit den zwei Kindern bei einem Unfall ums Leben gekommen war.

Es war die Wahrheit. Seitdem kaufte er von seinem erbettelten Geld Rosen und verschenkte sie an Menschen auf der Straße, um ein Lächeln der Freude zu ernten. Leider hatte er Krätze. Er erzählte mir einmal, dass er sich vorkomme wie eine reudige Straßentaube, da die Ärzte im Krankenhaus sich weigerten, seine Krätze zu behandeln. Er war ja nicht versichert. Aber da muss ich doch erst mal eine Lanze für die armen Tauben brechen, bevor wir das Thema Krätze weiter ausführen.

Das Stadttaubenproblem wird unter anderem auch in Frankfurt sehr gut durch das „Augsburger Modell" gelöst. Ich liebe Tauben und will das mit dem „reudig" nicht so stehen lassen. Eine zeitlang war ich so etwas wie eine Auffangstation für verletzte Tauben. Außer ihrem sagenhaften Orientierungssystem besitzen sie noch die Fähigkeit, Menschen, Männer und Frauen, auf Fotos zu unterscheiden. Man sollte diese Tiere nicht unterschätzen! Viele Stadtmenschen erzürnen sich regelrecht, wenn ihnen auch nur eine „Ratte der Lüfte", auf Deutsch Taube, entgegenfliegt. Sie gelten als Plage in den Straßen der Großstädte, als unhygienisch und nervtötend.

Leider zählt die Taube dadurch schon gar nicht mehr als Vogel des Friedens und als Lebewesen an sich.

Dagegen soll das Augsburger Modell Abhilfe schaffen. Das Konzept, Tauben außerhalb der Stadt in gewissen Räumlichkeiten gezielt zu füttern und ihren Bestand durch Austauschen der Eier in Gipsei-Attrappen zu regulieren, hat sich auch schon in anderen Großstädten wie Wiesbaden und Karlsruhe bewährt. Die Population ist deutlich gesunken und kontrollierter, so dass es den Tieren an nichts mangelt und sich auch die Menschen durch die Abwesenheit der Tiere und dem damit verbundenen Taubendreck nicht mehr so belästigt fühlen. Mittlerweile existieren in Frankfurt drei solcher Taubenhäuser. Die Deutsche Bahn AG plant künftig noch weitere betreute Taubenhäuser.

Aber zurück zu dem Rosenkavalier – der ist jetzt bei seiner Familie.

Es gibt immer zwei Bewertungen: Entweder die Tasse ist halb voll oder halb leer. Positive oder negative Form. Wohin tendieren wir?

Ist die Suppe zu salzig? Warum fährt die Sperrmüllabfuhr als erstes bei mir vorbei? Die wollen mich anscheinend extra morgens um 6:30 Uhr aus'm Bett schmeißen. Die Bobbycargang aus der Nachbarschaft in meiner Einfahrt, Entschuldigung, ich meine natürlich Rennpiste, betreibt ebenso Psychoterror, aber es ist eben meine Rennpiste, und die ist seit meiner Existenz stillgelegt.

Ein anderer Nachbar weckt mich jede Nacht mit seiner Bassröhre im Auto, die auch noch mehr Leistung hat als meine … Falsch, ich vergaß, ich habe ja gar keine Bassröhre mehr im Auto – seit alle Einbrecher der Welt sich auf mein Auto fixiert haben (was ich durchaus verstehen kann bei diesem Antlitz, hab ja nur noch ein einfaches Radio eingebaut und der Kofferraum wäre frei für einen Kinderwagen, wie mein Umfeld meint – wie gesagt, mein Umfeld).

Vorhin habe ich meinen Hund im Garten gebadet. Danach buddelte er ein Loch unter der Fichte, wälzte sich noch feucht in der Erde, raste durch mein frisch geputztes Wohnzimmer und meine Nichten im Garten drehten den Wasserschlauch auf. Als ich mich zu ihnen umdrehte, gaben sie mir unter kicherndem bis quietschendem Gekluckse eine Ladung und nötigten mich unentwegt, klatschenass zum Trampolinspringen – wozu da noch einen eigenen Kinderwagen?

Soll man sich ärgern, dass man den Zeitpunkt zum Profifußballer verpasst hat, zur Tänzerin, Journalistin oder das Grafikdesignstudium? Oder es hinnehmen und sich über die Freiheit zur Vielseitigkeit freuen, für die man sich irgendwann, ob gut oder schlecht, bewusst oder unbewusst, entschieden hat? Fragen über Fragen. Wenn ich mein Hobby zum Beruf mache, also meinetwegen Profisportler werde, bleibt für andere Möglichkeiten nicht mehr viel Zeit. Manchmal zweifle ich, ob es richtig war, sich für die Vielseitigkeit zu entscheiden. Ich bin in nichts ein Krack, kann nichts wirklich perfekt. Aber ich habe vieles kennenlernen dürfen!

Ich kann ein bisschen Golf spielen, kann recht gut Ski fahren, kann bisschen gut fotografieren, kann ein bisschen reiten, ein bisschen Bootfahren, ein bisschen gut malen, ein bisschen Englisch, ein bisschen gut tanzen. Entweder ein bisschen oder ein bisschen gut, aber eben nicht perfekt. Reicht das? Oder tötet der Drang zum Perfektionistischen langsam aber sicher? Hätte ich meine Talente ausbauen, mich spezialisieren oder einfach vieles und ein bisschen von allem mitnehmen sollen? Eigentlich ist es gut so. Ich bin frei, nicht vereinsgebunden, und ich mache das, wonach mir ist. Eine meiner Erfüllungen ist nun mal das Schreiben und dazu muss ich mich nie selbst zwingen und überwinden. Die Gedanken fließen in der Geschwindigkeit eines reißenden Flusses, überschwemmen meine Ufer in einer Geschwindigkeit, in der ich nicht in meinen kühnsten Träumen tippen könnte, nicht mal mein Kumpel mit seinen Rekordanschlägen in der Sekunde.

Kennen wir nicht diese unproduktiven Tage, arbeitslos, sinnsuchend, komplett unproduktiv, von Gedanken zermürbt, handlungsunfähig und blockiert, zu keiner Bewegung fähig, auf der Couch vegetierend, und die Glotze läuft nur als Geräuschkulisse, um sich zumindest einzubilden, man nehme am Leben teil? Man kriecht zum Kühlschrank, holt sich Oliven und Schokolade, tut sich weiterhin leid, nimmt alle anderen Menschen viel zu ernst und wichtig … – oder nimmt man sich selbst vielleicht viel zu ernst und wichtig?

… und kriecht wieder zum Kühlschrank, um reinzugucken, aber aus Appetitlosigkeit nichts rauszuholen. Zurück auf der Couch 'ne Runde Wut im unschuldigen Couchkissen abbauen, da der bestellte Boxsack leider noch nicht eingetroffen ist, danach aus Langeweile wieder zum Kühlschrank, um sich dann doch den Himbeerjoghurt zu holen, den man schon drei Gänge vorher grübelnd in der Hand hatte und doch nicht wollte, weil er light ist, sich zurück auf der Couch befindend, zwei Löffel angewidert runterzuschlucken, um ihn auf den Wohnzimmertisch neben die Heizung zu stellen und darauf zu warten, bis er ebenso sauer ist wie man selbst. Wenigstens ein Gleichgesinnter, der einen versteht.

Mein Handy piepst, es ist ein Uhr nachts, ich wusste, dass meine Freundin sich muckst, sofern sie noch wach ist. Ich hatte ihr vor ungefähr einer Minute gesimst, ob sie schon wisse, was mit den drei verschwundenen Tschechen aus unserem Nachbarort passiert sei?

Seit Tagen stellten wir Thesen auf: abgesetzt, ermordet?

Auf jeden Fall waren die Drei spurlos verschwunden, inklusive Fuhrpark. Man kannte sich ja immerhin vom Sehen, da wird einem schon mulmig, bei solch mysteriösem Verschwinden. Das perfekte nächtliche Thema, um anschließend schön schlafen zu können.

Auf ihre SMS hin rief ich sie an. Beim ersten Klingeln hob sie ab.

„Hi, wie geht's? Was gibt's denn Neues?"

„Ich hab beim Einkaufen von 'nem kleinen Haschverkäufer an der Ecke, mit dem ich mal in eine Klasse ging, erfahren, dass die Drei tot seien. Die Polizei weiß es noch nicht, von den Leichen fehlt jede Spur, aber er hat sichere Connections, die drei seien zerstückelt in einem Waldsee in unserem Ort!!"

Na toll! Ein Bekannter angelte dort immer! Selbst schuld, ich mag eh keine Angler.

Ein anderer Bekannter erzählte mir, sie seien im Hochofen beseitigt worden und eine weitere Freundin hatte eine Story mit Lauge auf Lager.

Wir versuchten uns runterzuholen, da quietschte mein Gartentor. Puuhhh, es war mittlerweile drei Uhr nachts und ich atmete auf … der Zeitungsjunge, oder war der ominöse Bote eine Zeitungsfrau oder vielleicht ein Mörder, der mich gleich zerstückelt …? Wir redeten uns in Rage. Aber sonst hörte ich das Türchen beim Rausgehen des Boten immer ein zweites und somit beruhigendes Mal. Das konnte nur bedeuten, dass derjenige mein Grundstück nicht wieder verlassen hatte … Oh je, womit wir wieder beim Einbrecher waren.

„Hör auf", sagte meine Freundin, der die Misere zwar schon bekannt war, aber die immer wieder flatterig wurde und sich mitreißen ließ, wenn wir nachts telefonierten und dann der Zeitungsjunge meine Schwelle überschritt. „Du hast die Tür beim Rausgehen sicher überhört!"

„Schwachsinn, ich überhöre nichts, die quietscht doch immer. Wahrscheinlich steht er schon mit dem Messer vor meinem Schlafzimmerfenster und belauscht unser Telefongespräch jetzt in diesem Moment, und wenn wir auflegen, schlägt er zu …"

Wir versuchten wieder mal runterzukommen und klärten nächtliche, entspannte, spontane Geräusche von Männern während des Schlafes. Sie warf ein, ihr Bruder mache solche Geräusche nicht unbewusst im Schlaf. Sie habe das Gefühl, manchmal komme er extra nur zu Besuch, um, sobald er sie erblickte, loszupupsen.

Möglich. Immerhin hatte sich ihr anderer Bruder mal nach einer Weineskapade mit mir in ihrem Bad übergeben: Er wohnte frisch geschieden ein paar Tage bei ihr und ihrem Mann. Ich telefonierte mit meiner Freundin. Er lallte schon im Hintergrund. Es war 22 Uhr und ich lag schon chillig im Bett. Er bekam einen bösen Anruf aus seiner Firma, er hätte wohl versehentlich den Schlüssel des

Notausgangs eingesteckt und solle ihn unverzüglich in die Firma bringen … Meine Freundin war krank, mit Baby zu Hause, und er war voll und nicht mehr in der Lage zu fahren. Nachdem er bei meiner Freundin, seiner Schwester, erfolglos gequengelt hatte, bettelte er mich an: „Bitte Emely, fahr mich hin, bitte. Ich bin blau, kannst du das verantworten???“ Na toll!

„Entweder fahre ich mich und/oder jemand anderen tot und verliere meinen Lappen oder meinen Job, wenn nicht gleich der Schlüssel am Start ist. Oder alles zusammen!“

Ich knatterte unwillig und lustlos: „Ich lieg schon im Bett …“

„Ach komm Emely, du bist doch eh frisch getrennt und hast nix zu tun.“ Sehr sensibel.

„Ja, ja, ich weiß, und keinen, der auf mich wartet. Na gut. Ich bin in ’ner halben Stunde da.“

Nachdem wir den Schlüssel erfolgreich in der Firma abgegeben hatten, lud er mich auf eine Weiterführung seines bereits vorausgegangen Weinexzesses ein. In der Küche meiner Freundin natürlich. Sie und ihr Mann schliefen schon und wir tankten und sprachen über blabla und Beziehungen, alles halb so wild. Wir kamen zu dem bedeutenden Ergebnis, dass einem einfach alles egal sein müsse.

Der Mann meiner Freundin musste zur Frühschicht und der Weinfanatiker vor mir wankend selbst auch. Vorher kübelte er aber eben noch mal quer durchs Bad, in rot versteht sich, und verschonte auch nicht die frischen Arbeitsklamotten, die meine Freundin ihrem Mann zur Frühschicht rausgelegt hatte … Na ja, so war das halt.

Aber lustig … Waren ja nicht meine Arbeitsklamotten.

Meine Freundin und ich beendeten unser Gespräch gegen vier Uhr und fühlten uns um Einiges an Last befreit. Meine Angst wegen dem Zeitungsjungen-Einbrecherzerstückler war verflogen, da es schon dämmerte.

Irgendwie muss er doch das Grundstück verlassen haben, aber sicher nicht auf normalem Wege durch mein quietschendes Gartentürchen. Ich könnte es nicht ertragen, es zu ölen und somit das zermürbend ängstliche Gefühl, wenn ich das Quietschen vernehme, nicht mehr zu spüren. Ich wäre zwar weniger adrenalingeladen, aber es wäre eine durchgehende Angst, da ich nicht wüsste, wann er, der Zeitungsjunge, kommt und vor allem wieder geht. Wahrscheinlich hat er mein Telefonat belauscht – ich schlafe ja immer mit gekipptem Fenster und dazu ebenerdig – und ist geflohen, beziehungsweise über den Zaun gesprungen, als ich meine erste These gegen drei Uhr über seinen Aufenthaltsort vor meinem Schlafzimmerfenster aufstellte.

Ich hatte schon immer feinfühlige Fähigkeiten.

Eigentlich sollte ich froh sein. Sämtliche Frauen jammern über die Bindungsängste von Männern, ich dagegen muss immer fürchten, dass man mich, leicht übertrieben, aber fast wahr, gleich nach Bekanntschaft ehelichen will und an Weitervermehrung denkt. Anfangs habe ich es noch als Kompliment genommen, aber so langsam wird es anstrengend. Und dann verletzt man noch die Gefühle seines Gegenübers, ist mit schuld, wenn die armen Kerl geschunden, traumatisiert und beziehungsunfähig sind und man sie mit ihrer narbendurchzogenen Seele der Zukunft überlässt. Man sollte sich nicht als Nabel der Welt sehen, ich weiß. Aber ich weiß auch, dass ich nach jeder meiner gewollten Beziehungen einen Hau weg hatte, ob bewusst oder unbewusst.

Viele Begegnungen prägen, und zwar im Positiven wie im Negativen. Und wenn es nur zu der Erkenntnis führt, was man auf jeden Fall nicht mehr will, ist es viel wert.

Es ist nicht immer so wichtig zu wissen, was man will. Ich finde, das wird überbewertet. Man geht seinen Weg und findet auch die Richtung, indem man weiß, was man nicht will! Spuren zu finden ist oft einfacher als sie zu behalten. Zu Beginn einer Beziehung wünschen sich viele Frauen oft, dass sich ihr neuer Freund noch anpasst und ändert. „Den biege ich mir noch zurecht", höre ich des Öfteren. Der männliche Part hingegen wünscht sich meist, dass die Partnerin „so bleibt" wie sie zu Beginn in Erscheinung tritt. So unterschiedlich sind die Erwartungen und Hoffnungen eben.

Die Frauen sollten ihre Männer einfach mal lassen – der freie Vogel kehrt zurück, Männer kommen von selbst, wenn man ihnen Ruhe lässt. Ich hab's doch auch nicht nötig, mich als Hauptpunkt in meinem Leben auf einen Mann zu fixieren und mich damit zu erniedrigen, indem ich ihn die ersten zwei Jahre dezent aufs Heiraten aufmerksam mache, die nächsten zwei Jahre ganz direkt darauf aufmerksam mache und die letzten zwei Jahre mit Verlassen drohe, sofern er mir nicht augenblicklich einen Antrag macht! Herzlichen Glückwunsch! Er hat sie aus Liebe geheiratet. Wie stolz kann man auf so was Erzwungenes sein? Kontrollierter Besitz einer Person kommt auch nicht mit der Heirat ins Haus geflattert. Ich habe überhaupt keine Zeit, jemanden besitzen zu wollen. Ich konzentriere mich jetzt mal auf mich. Klar ist die Liebe das wichtigste Lebenselixier. Nichts beflügelt mehr, allerdings bekommt man nur allzu oft und unverhofft die Flügel gestutzt. Und noch mal, wie stolz kann man sein, wenn man mit solchen Mitteln sein angebliches Ziel erreicht, den Fight gewinnt?

Ungefähr so stolz wie auf falsche Fingernägel, Push-Ups und Anabolika-Arme – die Armen.

Irgendwie begegnen mir immer wertvolle Personen. Ich sollte solche Erfahrungen mehr schätzen. Ich muss nicht alles selbst durchleben, ich lerne auch aus den Geschichten anderer.

Ein ehemaliger Kollege ist da mal in so eine, na ja, nennen wir es Pablo-Escobar-Sache (Spanischer Drogendealer) reingerutscht … Er befand sich in einer Wohnung in Frankfurt – wessen Wohnung es war, blieb unbekannt. Auf jeden Fall verkehrten dort seine, sagen wir, Geschäftspartner. Er betrat den Balkon, um an der Luft ein Kippchen zu rauchen, und fand dort einen leblos liegenden Körper am Boden vor, den Oberkörper samt Kopf in einen Sack gehüllt. Einer seiner Geschäftspartner kam ebenfalls auf den Balkon und forderte ihn auf, noch mal reinzutreten.

Ich war schockiert, konnte wochenlang kaum schlafen, eine Szene wie im Film. Ich, mit meiner Begabung zur naturgetreuen Vorstellungskraft … Na toll! Mein Kollege hat zwar nicht reingetreten, aber getan hat er sonst auch nichts. Natürlich aus Angst.

Er wollte nicht ebenso verschnürt neben diesem Opfer liegen … Aber mit dieser Schuld des Mitwissens und der Ungewissheit leben, das geht?

Nicht jedes Verhalten der Menschen ist zu verstehen, meines wahrscheinlich auch nur in den seltensten Fällen, aber so was …

Ich wollte nichts mehr hören und nahm Abstand, war froh dass die Story verjährt war und nicht 'ne frische Erzählung von vorgestern.

Aus dem Milieu halte ich mich raus. Wie gesagt, man muss nicht alles live erleben …

## Frei oder einsam?

War das konsequent? Bin ich jetzt aufrichtig?

Meine Eltern haben mir vor ein paar Tagen ans Herz gelegt, aufrichtig zu sein, so wie ich es auch immer war, und das Gefuddel, anders kann man es wirklich nicht nennen, aufzugeben.

Eben war ich aufrichtig. Es sind gerade erst ein paar Minuten vergangen nach dem Ausleben meiner geballten Aufrichtigkeit. Ich habe mich getrennt. Manchmal reicht Liebe einfach nicht. Es gibt so viele Stufen. Wir sind aneinandergewachsen und gerade fühl ich mich wie eine Trümmerfrau – und ganz und gar nicht befreiter als vorher.

Ich kann kaum atmen, ich fühl mich wie unter einer Stahlbetonplatte begraben, mein Herz so schwer, wie zerquetscht.

Liebe relativiert sich. Erst so stark wie ein Fels in der Brandung und dann …? Ich traue mir und meinen Gefühlen selbst nicht mehr über den Weg. Bin ich kurzfristig, sprunghaft, uneinschätzbar? Weiß ich etwa nicht, was ich will? Zumindest wusste ich, dass ich die Trennung wollte.

Wie sollen wir jetzt miteinander umgehen? Ich hatte den liebsten Menschen, wenn das nicht reicht?

Bin ich denn nie zufrieden? Bin ich einer dieser Menschen, der die eigene Unzufriedenheit auf andere projiziert? Was soll ich sagen, es gibt keine präzise Antwort. Es zerreißt ihn, macht ihn wahnsinnig.

Ich hinterlasse nur Trümmer. Ich kann die Fragen, die ich selbst auch fragen würde, nicht beantworten. Ich traumatisiere und schädige einen so wertvollen Menschen, den ich zuvor dazu gebracht hatte, wieder Vertrauen zu fassen, und jetzt? Aber wenn ich mich zu einem Zusammensein zwinge, ist der Ballast kaum zu stemmen. Ohne jeglichen Druck von ihm bin ich unausstehlich zu ihm und allen anderen. Das hat er nicht verdient. Er ist zu gut. Er hat nichts falsch gemacht. Es liegt an mir. Standardspruch. Nein, aber echt. Ich muss mit mir ins Reine kommen. Warum auch immer, Gefühle ändern sich, unbeeinflussbar. Nur ein kurzes Strohfeuer? Ich weiß nicht. Was weiß ich überhaupt? Ich weiß nichts.

Ich brauche Zeit für mich. Und schon fühle ich mich wieder einsam.

Haben, wirklich haben hat man nur seine Eltern und vielleicht die Familie, wenn man Glück hat.

Aber er hat, wie auch ich, etwas von unserer Beziehung mitnehmen können. Man soll nicht nur das Negative sehen. Er hat wieder gelernt sich zu öffnen. Das sollte er jetzt nicht als Rückschritt sehen, leider tun das fast alle in einer solchen Situation. Weiden sich in ihrem Leid.

Ich fühl mich taub, leider nicht taub genug … Kann man das in dieser Situation denn überhaupt? Na toll, und gestern hab ich die letzte Schlaftablette genommen. Nein, da muss ich jetzt durch. Und zwar ohne Mitleid, denn ich hab es nicht verdient. Das ist das erste Mal, dass ich ganz allein leide, ohne meine Schwester zu kontaktieren, meiner Freundin oder meinem Kumpel zu simsen, meine Mutter anzurufen, um Aufmerksamkeit, Trost und Mitleid zu bekommen. Ich hab es nicht verdient. Keins davon. Aber ich kann doch nicht aus meiner Haut, leide doch selbst so. Ich hab es nicht verdient, jetzt Trost zu erhalten. Das muss ich bei vollem Bewusstsein ertragen. Ich habe es angerichtet, wenn auch nicht bewusst, und muss es jetzt ertragen. Nein, Trost verdiene ich nicht.

Morgen vielleicht. Ich war noch nie wirklich allein mit mir. Jetzt bin ich es. Es war viel zu übergangslos von meiner letzten Beziehung. Ich lasse mir jetzt wirklich Zeit. Habe jetzt Angst, eine Bindungsangst zu entwickeln. War es die Bestätigung, geliebt zu werden, fragt er? Nein. Oder? Es kommt auf den Menschen an, der einen liebt. Es ist keine Bestätigung, von irgendjemandem geliebt zu werden, nur von einem besonderen Menschen.

Ich fühl mich so klein. So klein wie eine Ameise. Ich mag Ameisen. Sie sind beeindruckend. Bin ich beeindruckend? Nein, im Moment jedenfalls nicht. Ich fühle mich wie eine Schabe, so schäbig. Nur dass die arme Schabe ein liebes Tier ist, wenn auch ein

Schmarotzer, aber die Schabe kann nichts dafür, dass sie 'ne schäbige Schabe ist, ich schon! Ich soll die „Ich liebe dich"-Worte nicht so schnell sagen, aber wenn ich es in dem Moment doch fühle? Ich sage sie ja nicht gleich nach dem dritten Treffen …, aber …

Cut, cut, cut, cut.

Mein Traumseminar zur Seminarleiterin für autogenes Training, meine Perspektive, der Arbeitslosigkeit zu entfliehen, ist vorhin abgesagt worden. Einen Monat Ausbildung, Erfolg, neue Eindrücke, Tapetenwechsel, Zeit für Gedanken, um sich zu finden.

Alles hin. Was nun?

Ich sitze hier mit meinen Tränen alleine und verdiene es nicht besser. Aber ich kann gerade keine Beziehung führen. Er bremst mich nicht aus, ist kein Klotz am Bein, und doch beschwert er meine Seele. Er ist nicht unsensibel, unaufmerksam oder dergleichen, ganz im Gegenteil, aber ich kann gerade nichts von mir geben. Ich bin in meiner größten Schaffenskrise und muss vor der 30 noch was reißen, mehr als bisher.

Klar habe ich noch Gefühle, aber damit Hoffnungen zu schüren, bindet und fesselt schon wieder. Zuneigung vergeht nicht so schnell, aber Liebe ist es nicht mehr. Eine Zukunft nicht vorstellbar, dann ist es besser, es gleich zu beenden.

Aber ich bin jetzt ehrlich und aufrichtig. Gar nicht so einfach, wenn man die Gefühle des anderen nicht killen will. Aber das bleibt wohl nicht aus. Wir waren essen und dann habe ich's ihm gesagt:

„Ich kann nicht mehr. Es tut mir so leid, ich kann einfach nicht mehr …"

Er sagte: „Du bist alles für mich, ich hab nur dich, hab dir alles anvertraut, wollte mit dir ins Grab gehen und vorher bauen, heiraten, Kinder kriegen, den Baum pflanzen nicht zu vergessen." Die Liebe hat sich gewandelt.

„Wenn uns doch beiden kein Mensch einfällt, der die gleichen Interessen teilt, warum bleibst du dann nicht bei mir? Was hab ich falsch gemacht? Warum können wir nicht zusammen sein, hatten es doch so schön?" Stimmt schon. Trotzdem, es reicht einfach nicht.

Ich bin durcheinander. War das richtig? Jetzt fragt das Umfeld wieder so doof …

Keine Sorge, die Kraft, um jemand anderen kennenzulernen, habe ich jetzt gar nicht.

Der Mond weint, sieht aus, als würde er sterben, ist blutrot unterlaufen, so wie meine Augäpfel nach den ganzen Heulszenarien …

Mich zu lieben kann nicht falsch sein? Vielleicht doch … Ich hab ihn heimgefahren. Die Nacht hätten wir uns seelisch zerfleischt, die ganze Nacht diskutiert, erklärt, geheult, gehasst, von der Verzweiflung übermannt.

Fällt man nach so einer kurzen, aber intensiven Beziehung nicht so tief und hart, oder dann erst recht? Man soll sich über die schöne Zeit miteinander freuen und nicht darüber trauern und leiden, dass man sie nicht mehr hat. Leicht gesagt, ich weiß. Zu viele Fakten und zu viel Kälte für ein weibliches Wesen, aber ich bin nicht so hart gesonnen, wie es wirkt.

Es läuft einem nichts weg auf der Welt.

Ist die Schabe nun frei oder einsam, findet sie sich nun besser oder ist und bleibt sie vorerst einfach nur schäbig?

„Das Glück deines Lebens hängt von der Beschaffenheit deiner Gedanken ab"
(Marcus Aurelius – Römischer Kaiser)

Der letzte Batmanfilm, *Dark Knight*, ist echt düster, für mich kaum zu vergleichen mit den anderen. Batmans Charakter ist kühl und eigentlich hat man das Gefühl, Joker ist der Hauptdarsteller, mit seiner ausgeprägt skurrilen Persönlichkeit. Ich kann mich an Zeiten erinnern, in denen die Guten die Helden waren, und die Schauspieler, die das Böse verkörperten, Angst auf der Straße haben mussten, weil die Menschen nicht sie, sondern den Menschen in ihrer Rolle sahen. Sollten wir uns nicht eigentlich Gedanken machen, wenn das Böse überwiegt? Ich meine, wo sehen wir wirklich *Batman*-Werbung? Eigentlich sah man für diesen Film überall nur den Joker als Aushängeschild. Sogar über den Kinokassen nicht der gute Batman oder eine Fledermaus selbst, die dort baumelte, sondern Jokers Maske. Was eine Fratze – haben die echt gut hinbekommen, allerdings fehlte mir ein bisschen mehr Gekicher und Albernheit und vor allem Blöffs, die den Joker ausmachen. So was wie eine Pistole, die er seinem Opfer an die Schläfe hält – diesem tropfen natürlich schon vor Anspannung die Schweißperlen von der Stirn, die Todesangst steht ihm wahrlich ins Gesicht geschrieben. Nach qualvollen Sekunden, in denen, wie es scheint, kein Atemzug vollzogen wird, zieht der Joker ab. Es macht klick und aus der Pistole flattert ein Fähnchen im Wind mit der Aufschrift –

Päng! Haha! Gefolgt von psychopathischem Gelächter des Jokers. Psychopathisch war Heath Ledger im wahrsten Sinne des Wortes, ob sich er wirklich wegen der Verkörperung dieser dunklen Rolle über diesen langen Zeitraum das Leben nahm? Dass es Einfluss nimmt, wenn man ewig lang das Böse verkörpert, ist klar, und jemand, der seine Rolle so gut spielt, muss sie einfach leben. War klar, dass der Oscar ihm sicher ist, aber das wäre er sicher auch gewesen, wenn Heath Ledger noch lebte. Das hat wohl ausnahmsweise mal nichts mit Hochjubeln nach dem Tode zu tun.

Der Film ging an meine Grenzen, aber fesselte mich. Batman-Zeichentrick habe ich schon als Kind geliebt. Wie schon erwähnt ist mein Nervenkostüm nicht ganz so ausgeprägt, aber ich will ja auch nicht die Abstumpfung meiner Seele schüren. Obwohl es ihr manchmal nicht schlecht täte, denn ich sehe zwar keine toten Menschen, wie in *The Sixth Sense*, bin auch kein Medium, aber ich spüre den Schmerz und das Leid gequälter Wesen. Durch meine intensive Vorstellungskraft kann ich Schmerzen von anderen fühlen oder auch wie es sich anfühlt, selbst abgestochen oder überfahren zu werden. Solche Gedanken und Schmerznachempfindungen verdränge ich aber dann schnell wieder, um genau solche Situationen nicht durch Angst und Kraft meiner Gedanken in mein Leben zu ziehen. Das ist nicht übersinnlich gemeint. Ich fühle es einfach, aber man lebt damit, auch wenn man manchmal wirklich denkt, es geht nicht mehr, kommt von irgendwo ein Lichtlein her. Da bekomme ich gleich Panik, dass die wahnsinnigen Jokerallüren doch auf mich übergreifen. Nein, was ich sagen will, man kann das Leid nicht immer ausschalten. Ich rede nicht von sich darin weiden, ich wünschte nur, Verdrängung wäre meine Devise. Wenn man sich doch sowieso nur im Kreis dreht, ist diese Methode durchaus akzeptabel. Alles Mitleid und alle Loyalität bringt den Opfern nichts, warum sich also damit quälen? Ich esse Haribo Colorado strategisch. Ich werde doch wohl eine Strategie entwickeln können, rein lebenstechnisch, das Glück überwiegen zu lassen. Wie gesagt, dieser Batmanfilm ist echt eine Steigerung, und dennoch ist er in Sachen Brutalität und Psycho in der mittleren Kategorie einzustufen.

Die Freaks hinter uns im Kino waren sichtlich andere Filme gewohnt, für die war Gothams Unterwelt ein Kinderspielplatz. Die Leute sind gesättigt und ausgehungert, zugleich wollen sie aber immer mehr. Mehr perverse Aktionen, kranke Ideen und Ekelhaftigkeiten, um sich und ihr tristes Dasein aufzuwerten. Nur irgendwann gibt es keine Steigerung mehr, oder doch? Ich sage nur Nachahmer, und die Autoren, Regisseure, und selbst die kleinen Schauspieler, die ihre Rollen nur ausführen, um wegen der krassen Rolle endlich mal wieder in aller Munde zu sein, sind eigentlich als potenzielle Gefahren einzustufen. Ok, ich schweife ab, vielleicht sehe ich das zu eng? Aber eigentlich ist es doch so.

So ist es auch bedenklich, dass viele Leute – hauptsache sie haben einen ungewöhnlichen Namen für ihren Nachwuchs – ihre Kinder nach *Star-Wars*-Figuren benennen. Nichts gegen *Star Wars,* aber beim Einfallsreichtum mancher frischgebackener Eltern lässt der Geschmack doch manchmal zu wünschen übrig. Frauen haben wenigstens die Entschuldigung „Hormone", aber womit rechtfertigt der männliche Part seinen namenstechnischen Patzer? Tatsächlich las ich mal 'ne Story, in der Eltern ihr Kind Verleihnix nennen wollten, à la Asterix und Obelix. Zum Glück des Kindes wurde dieser Namensvorschlag von der Gemeinde abgelehnt. Das waren sicherlich Eltern, deren Weitervermehrung dem Wohle der Allgemeinheit dient ... Ob das Kind jemals in eine Rentenversicherung einbezahlt, ist bei einem Start mit solch scheinbar gebildeten Eltern fragwürdig. Verleihnix hin oder her. Allerdings kommt auf der Rankingliste danach gleich der „kleine Eduart", der seine Mama suchte und sie in einem Einkaufscenter ausriefen ließ. „Der kleine Eduart" klingt doch einfach super. Mit dem Namen musste er doch verloren gehen, oder wie in *Family Guy,* wo der kleine Tyrann von einem Kind seine Eltern Tag für Tag um die Ecke bringen will. Nichts gegen den Namen Eduart an sich, aber das „kleine" davor machte ihn in diesem Moment einfach zum Brüller.

Meine Freundin Cornelia und ich kauften zur Weihnachtszeit unserem Metzger zwei Enten ab, um sie vor dem Schicksal des Weihnachtsbratens zu bewahren. Batman und Robin waren back! Allerdings waren die lebenden Enten teurer als die bratfertigen gerupften, obwohl diese ja weniger Arbeit, also weniger Kosten, bedeuteten. Eine kostete damals 25 DM. Meine hieß Lala Jonathana, meine Freundin Conni nannte ihre Tapsi. Da saßen sie nun bei mir im Gartenteich. Lala Jonathana und Tapsi und erfreuten sich ihres Lebens. Noch. Sie fühlten sich in der Teichmitte sehr sicher und weigerten sich, sich zu Abendzeiten in ihr extra von meinem Papa erbautes, isoliertes Schlafhaus mit Designerspitzdach treiben zu lassen. Erwachsene Enten mit anderen Gewohnheiten lassen sich eben nicht so einfach einfangen. Sie waren ja sicher auf ihrem Teich – bis dieser eines Nachts im Winter zufror, und der Fuchs diese Gelegenheit im wahrsten Sinne des Wortes beim Schopfe packte.

Unser Schock war maßlos und die Tränen über Lala Jonathana und Tapsi rollten endlos. Batman und Robin hatten verloren. Aus den Händen der Menschen gerettet und in den Klauen eines hungrigen Tieres geendet. That's life? Ich verzieh dem Fuchs, er hatte Hunger und ist ein Tier mit Instinkten, doch niemals den Menschen, denn die haben ein Bewusstsein. Ausgenommen zerstörte Existenzen wie obdachlosen Penner. Zur Winterzeit ziehe ich los in die Städte, um Decken, Socken, Brötchen und Hundefutter – natürlich für die Hunde der Obdachlosen – zu verteilen.

Von Zigeunern sollte man sich allerdings fernhalten. Die setzen ihre angeblich beinlosen Omis gerne auf die Gasse und holen sie nach fünf Stunden mit einem dicken Benz wieder ab, oder sie schicken ihre handaufhaltenden Kinder, die einen mit ihren treuen, armen, falschen, verlogenen, zum Klauen ausgebildeten, lieblich großen Augen ansehen und natürlich mehr nehmen als nur die ganze Hand. Nicht zu verachten sind auch die Zigomütter mit ihren Kindern, die wöchentlich mindestens zehn lebensnotwendige OP's benötigen, aber wegen Geldmangels wohl leider, leider sterben müssen. Damit belästigen sie dann treusorgende, gutmütige und warmherzige Tourimütter vom Land mit einem kleinen Mädchen an der Hand. Als diese Sorte ihren ersten Angriff auf mich startete, wollte ich so klug sein und bot ihnen an, etwas zum Essen zu kaufen. Diesmal wollte sie nicht die ganze Hand – nein, sie wollte mindestens ein McDonalds-Maximenü mit Cola und Pommes, aber nur ausnahmsweise, denn eigentlich wollte sie ja nur Geld. Der Dreistigkeit in Sachen Abzocke sind heute eben keine Grenzen mehr gesetzt. Dasselbe bei den Autoscheibenputzern vom Frankfurter Bahnhof. Jeden Tag dieselben Typen, jeden Tag zur selben Zeit und jeden Tag dasselbe Szenario, nicht dass ich die Typen hätte voneinander unterscheiden können, denn schmierig, aufdringlich und unbändig sind sie alle. Ich unterscheide sie anhand der Anzahl ihrer Goldzähne, die mich täglich anfunkeln, während ich zur Abwehr schnell alle Scheiben hochkurble und die Wischanlage einschalte, während einer der Typen mir ein Herzchen mit seinen siffigen Fingern auf meine noch saubere Windschutzscheibe schmiert. Das erste Mal gab ich noch zwanzig Cent, obwohl ich ja eigentlich nein gesagt hatte, wie die meisten – und für zwei Sekunden rumschmieren auf meiner eigentlich vorher sauberen Windschutzscheibe sind zwanzig Cent doch hochgerechnet ein Top 1 A Stundenlohn. Der Typ schmiss mir doch tatsächlich hochverärgert und hochkant meine zwanzig Cent zurück ins Auto! Ich hab mich zur eiskalten, knallharten Ampelsteherin entwickelt – sobald ein Goldzahntypi kommt, betätige ich die Scheibenwischer und die Waschanlage. Aus Fehlern lernt man eben doch manchmal. Nur die Fenster sollten schnell geschlossen werden, denn sonst bekommt man auch mal einen

Schutt aus der siffigen Wischwasserflasche, die wahrscheinlich mit Klowasser gefüllt wurde, von dem einen oder anderen Goldzahntypi ins Gesicht.

Immer wieder gern gesehen sind auch die Zirkusleute. Zu meinen Einzelhandelszeiten beehrten diese mich öfter im Geschäft. Immer dieselben natürlich und immer dieselben vorwurfsvollen Sprüche: „Eure Vorgänger haben uns doch auch immer was gegeben!"

„Wir geben euch auch was." Ich schickte meinen Azubi in die City, Hundefutter kaufen. Für die Zirkushunde natürlich. Die sammelten ja angeblich für die Tiere. Also. Statt Dank erblickte ich nur lange Gesichter. Ich erlebte wohl ein Déjà-vu – und täglich grüßt das Murmeltier. „Eure Vorgänger haben uns auch immer was gegeben!" Immer dieselbe Leier. Wer gibt mir denn was? Ich bin zwar eigentlich nicht auf dieser Egoschiene, aber abziehen und betrügen lassen muss ich mich auch nicht. Ich drücke gern mal einem abgerissenen und besoffenem Obdachlosen zwei Euro in die Hand, selbst wenn er sich Schnaps davon kauft, aus dem Dilemma rauszukommen gelingt eh den wenigsten. Irgendwie müssen sie es ja ertragen. Ich kann es zwar nicht nachvollziehen, aber so ist es halt. Ich muss ja nicht alles verstehen. Warum dem armen Teufel nicht einen kleinen Funken Lebensqualität schenken?

Aber bei Betrügern bleib ich hart. Sie sahen sich weiter im Laden um, und es ist keine Unterstellung wenn ich sage, sie warteten auf den Moment, um mir was zu stehlen. Diesen Moment ließ ich nicht zu. Dann wurde gehandelt, mit dem Erlös, der sich im Spendensack befand natürlich. Eben sollte ich ihn noch für die armen Tiere auffüllen, nun wurde der gesammelte Inhalt von acht Euro auf die Theke gelegt, um einen Rock zu kaufen der 129 Euro kostete. Sehe ich behindert aus, oder was? Was denken die sich nur?

In der Grundschule kam Jeanette, ein Zirkus-Mädchen, in unsere Klasse, die trainiert war, mit folgendem Vorwand zu locken: Wir sollten unseren Eltern Klamotten und Lebensmittel abschwatzen für eine Runde Ponyreiten. Das Zeugs schleppten wir freudig an, doch zum Ponyreiten kam es nie.

Ein weiteres Mal im Geschäft, eines der wenigen Male, bei denen ich mich wirklich ekelte, betrat eine dermaßen verdreckte, stinkende, zerlumpte Frau den Laden und erkundigte sich bei mir nach der Adresse des Roten Kreuzes. Ich forschte nach – natürlich. Allerdings hielt ich etwas Abstand, denn die Gute spuckte beim Sprechen, nicht wenig, und 'ne Hepatitis musste nun wirklich nicht sein. Ich suchte ihr die gewünschte Adresse aus dem Telefonbuch und schenkte ihr zusätzlich, mit selbst knurrendem Magen, mein Frühstück. Knapp zwei Stunden später fuhr die Polizei bei mir vor. Die Beamten betraten den Laden mit den Worten, sie hätten eine entflohene Irre gestellt und in ihrem Wagen sitzen. Sie wollten das ergatterte Diebesgut der Dame sämtlichen Geschäften wieder zuordnen. Drei Hosen und zwei Pullis. Ein Schlag ins Gesicht! Das alles, während ich ihr treudoof die Adresse vom Roten Kreuz rausgesucht hatte!? Na toll! Na ja, kein Grund zur Wut, war eine arme Person und ich nehm es mal nicht persönlich. Andere Diebe stellte ich gerne, bis vors Gericht. Denn meine Gutmütigkeit hatte sich wohl rumgesprochen und hatte nun endgültig ein Ende. Ich fasste sie alle, hatte im Anschluss nur die Befürchtung, von dem einen oder anderen Kleinkriminellen, die Schaufensterscheibe demoliert zu bekommen. Ein Bekannter, der mich mal gegen ein Rudel wildgewordener, nennen wir es Schurken, geschützt hatte, wollte als Dank, dass ich für ihn Drogen unter der Ladentheke verkaufe. Ich lehnte natürlich ab. Er nahm es glücklicherweise grummelnd hin, aber sein Schlusssatz, bevor er den Laden verließ, war kein geringerer als: „Schweig, sonst brennt dein Laden!" Na toll! Ich lass mich nicht einschüchtern … Na ja, aber vielleicht ist es klüger, sich mit Totschlägern aus dem Knast gutzustellen beziehungsweise sich von ihnen fernzuhalten. Wenn ein Junky kam, hatte ich generell Respekt, ob er, wenn es das überhaupt gibt, klarer Sinne war oder nicht. Das heißt geschäftstüchtig oder nicht. Ich verkaufte ihnen immer billig Pullis oder Hosen. Es ist doch immer vorteilhafter, sein Geld in was Warmes zum Anziehen zu investieren, als das Geld in den nächsten Schuss zu setzen. Ein Stück Pappe zum Draufsetzen für den kalten Winter draußen im Park gab es natürlich gratis obendrauf.

Juchu, ich hatte einen Job!!! Wieder mal.

Es lief wie in meinen Träumen. Meine Chefin bemerkte schon im Gespräch mein Potenzial und sah mich schon in zwei Wochen in einer Führungsposition. Ich arbeitete fortan in Europas größter Medienagentur, die wiederum für riesen Medienkonzerne arbeitete. Mir war bisher allerdings nicht bekannt, was die Stellung eines Kundenberaters bedeutete. Auch diese Stufe musste ich durchlaufen, um mitreden zu können und aufzusteigen. Ich gab alles und noch mehr. Callcenteragent durfte ich es nicht nennen, aber im Grunde genommen war es nichts anderes. Meine Aufgaben beliefen sich darauf, unsere Firma am Telefon vorzustellen und zu versuchen, mittelständigen Unternehmen, das heißt den Geschäftsführern oder Besitzern, einen Termin mit unseren Medienberatern in Sachen Präsentationswerbung zu machen. Leider nicht mit meinen eigenen Worten, da wir einen psychologisch einwandfreien Leitfaden und auch eine Einwandbehandlung für den Fall einer Ablehnung ablesen beziehungsweise auswendiglernen mussten.

Leider waren die Kunden vorgeschädigt – durch täglich circa zwanzig dieser Anrufe von ominösen anderen Firmen, die alle ihre Produkte an den Mann bringen wollten. Ich versuchte mich auszuschließen, denn ich hatte ein super Angebot und echt klasse Preise zu bieten. Allerdings fühlte ich mich um nichts besser als die Konkurrenz, die den Leuten letzten Endes nur was aufquatschen wollten. Meine Herren können schwule Friseure böse werden …

Ich bin mir sicher, die ganze Straße vernahm seine Schreie und seine Kunden türmten mit den Lockenwicklern auf dem Kopf. Obwohl er Zecheprellen sicher mit Todesstrafe ahndete … Der Gute steigerte sich vom Feinsten in einen Wutausbruch hinein, panisch japsend wurde er immer wütender. Eigentlich musste ich mir so einen schwulen Friseur nicht bieten lassen. Doch anfangs fand ich es noch amüsant. Meine einzigen Worte, die ich dazwischen werfen konnte, waren: „Regen Sie sich doch bitte nicht so auf, ich …" Da platzte der Gute vollkommen aus sich heraus, so dass ich am Ende des Gespräches doch soweit war, dass mir die Tränen in den Augen standen. So viel Geschrei und negative Emotionen war ich einfach nicht gewohnt. Wenn die Leute auflegen, kann ich damit leben, aber so was …

Konjunktive wie „wollte" oder „konnte" durfte ich nicht verwenden. Mein Auftreten musste bestimmt sein und durfte dem potenziellen Kunden durch Unbestimmtheit keinen Weg zur Ausflucht lassen. Ich musste immer mit dem Geschäftsführer sprechen, um den Termin fix zu machen, und um an der Sekretärin vorbeizukommen, die sich leicht übergangen fühlte und oft sehr trotzig, wenn auch natürlich nach Anweisung, reagierte, weihte ich sie ein und ließ meinen Standardspruch eben zweimal verlauten. So ergab sich zumindest manchmal ein Erfolgserlebnis. Die Gespräche wurden abgehört und alle auf Band festgehalten. Die Teamleiter trieben uns voran, um im Meeting keinen Stress wegen noch ausstehenden Terminen zu bekommen. Auch wenn die Stimme weg blieb, mussten wir unseren Medienberatern einen vollen Terminplan garantieren. Wir verkauften beispielsweise eine Viertelseite im Trend-Magazin *Elle* oder einen Werbespot auf dem Nachrichtensender N24. Fünf Minuten vor den Hauptnachrichten kosteten um die 6000 Euro.

Geht, oder?

Meinen Arbeitsvertrag musste ich gleich vor Ort unterschreiben. Meine Chefin war begeistert von mir, sie schmierte mir Honig ums Mäulchen. Erkannte natürlich gleich meine Kämpfernatur und Redegewandtheit und tat alles, um mich bei der Stange zu halten. Es war eine Vorstellungsrunde beziehungsweise ein zweitägiges Einarbeiten. Ich kristallisierte mich als Nummer Eins heraus, meisterte sämtliche Rollenspiele mühelos und mit Bravour. Wurde als Erste rausgepickt und zur Chefin befördert und ging stolz mit meinem Vertrag raus in die Welt. Ich war jetzt eine Karrierefrau und legte mir gleich drei neue Kostümchen zu …

Na toll, Nummer Eins von zehn weiteren Bewerbern, quasi Konkurrenzen, von einer Konkurrenz, die in ihrem Leben, zumindest großteils, noch nie wirklich was auf die Reihe bekommen hatte, so wie ich in etwa. Nee, Jesus sagte ja schon, Gott habe uns nach seinem Ebenbild erschaffen. Wir sollten unsere Welt nicht untern Scheffel stellen. Aber darüber vielleicht auch nicht … So bin ich, entweder extrem drunter oder extrem drüber … Na ja, nicht ganz, aber es kam zutage, dass wahllos sämtliche Bewerber eingeladen wurden, denn Schwund gab's durch das hohe Maß an Fluktuation immer. Die Fluktuation war so groß, weil die Bewerber nach der ersten Pause wortlos verschwanden und nie mehr gesehen wurden.

Meinen Vertrag versuchte ich verzweifelt und nervös innerhalb fünf Minuten nach Haken zu durchforsten. Eine dezente, aber gravierende Schwachstelle entpuppte sich in Sachen Überstunden, diese waren nicht gering an ihrer Zahl und galten mit Erhalt des Urlaubs- und Weihnachtsgelds, welches man erst nach einem halben – oder war es nach einem Jahr? – erhielt, als abgegolten. Na toll! Nicht die feine englische Art würde ich sagen …

Wenn es in der Telefonleitung hallte, wurde man von den Chefs abgehört, dann war es ganz besonders erforderlich, einwandfrei mit der Einwandbehandlung zu arbeiten, ansonsten stand die Chefin kurz darauf auf der Matte. Wenn der Kunde kein Interesse verlauten ließ, ließ ich dies einfach nicht gelten. Ich ging gar nicht weiter darauf ein und versuchte, ihn vom Gegenteil zu überzeugen. Natürlich mit den vorgegebenen Sätzen der Einwandbehandlung, ob diese passten oder nicht. Dass ich meinen Freunden und meiner Familie meine und die einzig wahre Meinung natürlich aufdränge, macht mich aus, aber Fremden, die unwillig sind, Termine aufzudrängen, war einfach nicht mein Ding.

Von rund 250 Telefonaten täglich, blieben, wenn ich Glück hatte, gerade mal zwei Termine hängen. Ab dem vierten Termin gab es sieben Euro Provision und bei einem Auftrag noch mal 1,5 Prozent des Auftragwertes. Als geeichter Mitarbeiter kam man schon kaum in diese Dimensionen, wie denn dann als Anfänger?!

Nach den Gehaltsvorrechnungen beim Einstellungsgespräch hätte ich somit auf ein Fixum von 840 Euro, plus Provisionen, auf ein Gehalt von 3160 Netto kommen können! Wie auch immer? Diese Zahlen der Aufrechnung funkelten natürlich wie Dollarzeichen in meinen Augen. Auch in denen der anderen Bewerber.

Nach einigen Tagen begriff ich, dass von zwanzig Neuen vielleicht zwei blieben … und das hatte seinen berechtigten Grund. Für dieses Geschäft kamen nur die Harten oder Skrupellosen in Frage. Ich begriff schnell, wie der Hase lief. Alles nur auswendiggelernte Masche. Von vorne bis hinten ein psychologisch ausgetüfteltes Spiel. Es ging um Motivation, deshalb auch diese Filme zur Einarbeitung von hochmotivierten Fischverkäufern aus Amerika, die das Beste aus ihrem Stinkejob machten. Klar, bemerkenswert. Wenn man auch sonst nichts gelernt hat, immerhin. Die Jungs meisterten ihren Job und versuchten quasi als Marktschreier, etwas Fun zu haben. Dieser Film wird oft bei Einstellungen vorgeführt. Der zweite Film zeigte die betriebliche Jubiläumsfeier, die wohl jeder der Anwesenden gerne miterlebt hätte. Wow, die Firma hatte ein Schloss am Rheinufer gemietet, mit Festessen, Gaukler und Feuerspucker, Lasershow und Feuerwerk, eigenem DJ, und jeder Mitarbeiter hatte ein Taxi ins spendierte Hotelzimmer bezahlt bekommen. Nicht schlecht. Nach diesem Film spätestens dachte jeder in meiner Bewerbungsrunde: „Den Job muss ich haben, koste es was es wolle", und gab noch mal richtig Gas. Alles falscher Zauber. Nicht nur die Sätze der Kundenberater waren auswendiggelernt, auch die Sätze meiner Chefin, außer wenn sie austickte natürlich. Erst zitterte ihr Kinn heulerisch und die Stimme wurde quietschig, wenn es darum ging, dass wir Überstunden schieben mussten, natürlich.

Aber wenn man schon ihre bebenden Stöckelschuhschritte auf dem Gang vernahm, konnte man sich auf eine Runterputzaktion und einen Ausraster vom Feinsten gefasst machen. Vor Anspannung und Stress war sie launisch und als unberechenbar einzuschätzen. Wie ein pubertierendes Kind oder eine Schwangere mit zu vielen Hormonen. Eine kuriose Persönlichkeit, die ihre Mitarbeiter klein machte und mit ihrer Dominanz fast jedes Gemüt und jede ursprüngliche Frohnatur zermalmte. In einem Moment launisch und unberechenbar, im nächsten Moment mit vor Anspannung und Stress zitterndem Kinn, obwohl sie gerade noch diejenige gewesen war, die einen Angestellten zum Wurm gemacht hatte. Ich sah harte Männer und starke Frauen den Tränen nahe, weinend das Büro verlassen. Nach zwei Stunden, nach zwei Tagen, nach zwei Wochen, und auf Nimmerwiedersehen. Sie wollte mich bei der Stange halten. Ich hatte mich bis hierher durchgebissen und wollte diesen Abteilungsdurchlauf der Akquise hinter mir lassen, wie besprochen. Ich ging aufs Toilettchen und heulte, kein Anruf mehr, sagte ich mir und anschließend auch ihr, als sie mir im Flur über den Weg lief.

„Klar, Frau Morgenstern, wenn Ihnen schlecht ist, gehen Sie heim." Welch ein Hohn, in dem ersten Teil des Teamleiterseminars lernte ich, wie man sich im Krankheitsfall eines Mitarbeiters zu verhalten hatte. Bloß nicht zum Arzt schicken, der schreibt mindestens drei Tage krank. Auf Hausmittel verweisen und nachmittags noch mal anrufen, um sich nach dem Wohle des Angestellten zu erkundigen – auf Deutsch: bedrängen und fragen, ob er morgen wieder zur Arbeit erscheine. Meist kränkelten die Mitarbeiter psychischer Natur. Genau das sprach ich ganz bewusst an. Ich erläuterte sachlich, dass mir wirklich schlecht sei, und ich diese Erscheinung psychischen Gründen zuordne. Kein Anruf mehr. Sie zickte leicht und ich schlug die Teamleiterbeförderung aus – ich war doch nicht des Wahnsinns, hatte sehr wohl beobachtet, wie die Teamleiter vor Druck auf dem Zahnfleisch gingen. So drückte ich mich zwar nicht aus, aber sinngemäß lief es auf das Gleiche hinaus.

Zu Hause angekommen legte ich mich erst mal ins Bett. Am nächsten Tag wurde ich am Empfang eingearbeitet. Meiner Kollegin durfte ich zumindest Fragen stellen, um weiterzukommen, ohne Furcht haben zu müssen. Meine Chefin schnauzte mich zwar nicht so forsch an wie bereits viele andere, aber dazu wollte ich es auch nicht kommen lassen. So einen Ton war ich einfach nicht gewohnt. Es reichte schon, mitzuerleben, wie sie die Kollegen runterputzte, und zwar nicht berechtigt. Ich entwickelte eine Abscheu gegen die Frau mit so gemeinen Charakterzügen. Ich bekam vor Angst Magenkrämpfe, wenn ich am Schreibtisch saß und nur ihren Stöckelschritt auf dem Gang vernahm. In diesen ließ sich, unglaublich aber wahr, schon eine geballte Ladung Zorn und Stress reininterpretieren.

Ich wurde nun als Personalreferentin eingearbeitet. Ich erwies mich als zäh und musste natürlich wieder mal alles auswendiglernen, was ich im Gespräch mit einem Bewerber zu sagen hätte. Na toll! Ich bin Autorin, ich liebe es, meine eigenen Worte zu verwenden. Es ging nicht um sinngemäßes, es ging um wortgetreues Lernen. Ich lernte an den Wochenenden, mit einer vom Druck herrührenden Disziplin, wie ich es seit den zornigen Schritten im Flur nicht getan hatte. Immerhin hatte ich einen ehrlichen Job, wie ich dachte, als Quereinsteigerin zur Personalreferentin. Das Einzige, wovor ich Skrupel hatte, war das Leuchten in den Augen der Bewerber zu sehen, wenn ich das Gehalt auf 3160 Euro ausrechnete. Die sie niemals auf ihrer Gehaltsabrechnung finden würden.

Ich erinnerte mich an mein Leuchten und das Suchen eines Hakens zwei Stunden nach dem Gespräch. Die Ernüchterung kam am ersten Tag, als mir bewusst wurde, dass es trotz Übung niemals möglich sein würde, diesen Betrag zu erreichen. Ich wusste nicht, wie es Kundenberater seit zwölf Jahren dort aushielten. Echt hardcore. Irgendwie bewunderte ich ja diese Leute, aber es war überhaupt nicht mein Ziel, es so lange dort auszuhalten. Vielleicht war es früher möglich, auf diese Gehaltsvorstellung zu kommen, bevor die Telefonaquisenabzocke begonnen hatte, die Menschen von allen Seiten zu berieseln. Ich verstand nun auch, dass ein Mitarbeiter, den ich von seinem Wesen her erst mal nur für durchgeknallt gehallten hatte, Teamleiter wurde. Er brachte das Großraumbüro zum Brodeln. Er brachte Stimmung und Motivation und zwischendurch grölte er wie im Fußballstadion „Schalalalaal", fiel auf die Knie, und betete wie ein Übergläubiger mit erhobenen Armen, wenn ein Mitarbeiter seines Teams einen Termin an Land gezogen hatte. Als ich mich an die Geräuschkulisse gewöhnt hatte – und es war sehr schwierig, sich neben „Schalalalalaa“ auf ein Kundengespräch zu konzentrieren – schmiss ich mich bei seinen derben Sprüchen fast weg. Er zauberte ein Lächeln auf die verhärmten Gesichter, und selbst wenn man sich bei diesem Lächeln nur dachte: „Der hat doch einen an der Klatsche“. Man kam sich vor wie auf der Bauernkirmes und auch die Kunden am Telefon fragten dahingehend, wenn wieder mal ein „Schalalalala“ im Hintergrund erklang.

That's life!

So ist das eben heute in der Geschäftswelt. Money, Money, Money! Oder liegt es an mir? Bin ich wirklich nie zufrieden? Nein, das ist es nicht. Ich habe einfach 28 Jahre meines Lebens mit Werten gelebt, und diese will ich auch nicht für einen Job an den Nagel hängen. Es muss doch einen Job geben, der sich mit meinen Werten vereinbaren lässt. Ich bin ja auch keine Heilige, aber Lug und Trug liegen mir nicht. Ein guter Chef, ein Topverdienst, angenehme Arbeitszeiten und erfüllende Aufgaben sind nebenbei auch nicht ganz unwichtig. Aber wer suchet, der findet. Ach ja, der Verdienst ... Sich einmal jenseits von Afrika leisten können, das wäre schon was. Natürlich mit Klimaanlage, am besten als Implantat, um die Hitze zu überleben. Die Hitze ist echt mein einziger Feind, der mich auch von den Tropen fernhält, mal abgesehen von meinem Freund, dem Geld, natürlich. Die Galapagosinseln zu bereisen, wie Darwin es einst tat. Tagelang als Biologin den Echsen folgen, um wissenschaftliche Erkenntnisse zu erlagen, das wäre auch eine berufliche Herausforderung. Ich habe schon als Kind Tiere und Pflanzen entdeckt und benannt, von denen ich meinte, sie stünden unentdeckt noch in keinem Buch, und habe Dokumentationen geschrieben. Eine Woche Echsen rund um die Uhr wäre schon ein Erlebnis. Ein Hotelchen mit Dusche wäre allerdings auch nicht übel. Bin nicht so der Zelt- und Moskitotyp. Allerdings würde mir nach mehreren Wochen Ruhe und Echsenexpedition trotz der Vielfalt sicher die Decke auf den Kopf fallen. Ein bisschen Trubel ist ja auch nicht verkehrt.

Da erinnere ich mich gleich an die Schranzzeit ... Die Loveparade war noch in Berlin und ihre Besucher mit Kuhfellmuster gespickt. Die Undergroundpartys in unserer Ecke ließen einem vor lauter Bassintensität den Magen erbeben, in manchen Fällen sich auch übergeben und die Sinne verwirren. Anders hätte man das monotone Schranzgewummer auch nicht ertragen können. Wir tanzten nicht, nein, wir sprangen uns im wahrsten Sinne des Wortes die Knochen aus dem Leibe, oder, wie man es nimmt, die Knie in den Bauch. Was sich dann am Mittag danach in unermesslichen Gliederschmerzen äußerte. Ich brauchte mindestens bis zum nächsten Wochenende, um mich auszukurieren, und dann ging die Misere von vorne los. Es war die Zeit der Buffalos und der unermesslich weiten und glänzenden Schlaghosen. Heute sagt wieder jeder: „Wie schrecklich", aber vor zehn Jahren hatte sie doch jeder an. Und in weiteren zehn Jahren dann tragen dann die nächste Generation und ein paar „Hängengebliebene" diese schreckliche Wear, entweder immer noch oder als Erinnerung an alte Zeiten oder weil es was Neues ist und die neuen Träger zur alten Zeit noch von Windeln besiedelt waren.

Unvergesslich bleibt sicher der Club *Omen* in Frankfurt seiner Zeit. Ich bin nicht wenig stolz, dass ich die Partys dort noch live miterlebt habe, denn ich lag ja zu dieser Zeit quasi fast selbst noch in den Windeln. Was ein bisschen Schminke doch ausmacht, sie ermöglicht einem den Eintritt in die Welt der Erwachsenen. Denn das *Omen* war kein Kindergarten, wie heute zum Beispiel der Club *U60*, in Frankfurt, quasi der Nachfolger des *Omen*.

Das *Omen*, sechzig Grad C Raumtemperatur, die Platten eierten und es tropfte von der Decke, zwanzig Mark Eintritt und fünf Mark für 'ne Cola. Den leeren, erworbenen Becher füllten allerdings die meisten mit Wasser aus dem WC-Waschbecken wieder auf, um die exzessive Tanznacht ohne finanzielle Ruinierung durchzuhalten.

Ich besuchte mal einen Tanzworkshop in einem Fitnessstudio. Ich war zu spät und die Türen waren bereits geschlossen. Die Trainierenden mit Mitgliedskarte hatten durchgehend Zutritt über ein

Drehkreuz, mit dem ich dann auch Bekanntschaft machte, denn meine Trainerin hatte keinen Schlüssel und auch keine Mitgliedskarte. Man kam zwar raus, aber nicht mehr rein um diese Uhrzeit. Sich die Mitgliedskarte von fest angemeldeten Besuchern zu leihen, funktionierte dank Scannung eben leider auch nicht. Also bezwang ich das Drehkreuz tatsächlich … Ich zwängte mich hindurch, leider waren lediglich mein Becken und Brustkorbknochen in der Höhe der Drehkreuzarme. Ich kam nicht wirklich vor und nicht wirklich zurück. Panik machte sich in mir breit – ich klemmte fest. Die Panik meiner Trainerin um meine verkeilten Wirbel und eine zukünftige Querschnittslähmung waren nicht gerade beruhigend. Ich hielt die Luft an, verbog mich noch ein wenig und entfloh aus den Fängen des Drehkreuzes ohne Rollstuhlfolgen.

Der nächste Tanzkurs fand mit 150 Teilnehmern statt, ein Workshop mit Castingshow-„D". Keine Sorge, kein Castingmist, nur ein paar Tanzstunden. Genauer gesagt waren es fünf Stunden, diese beinhalteten à la Castingshow-D, man kennt ihn ja, 50 Liegestütze und 250 Sit-ups zum Aufwärmen. Ich fühlte mich wie beim Bund. Funktionieren oder von Dee rund gemacht werden, das war hier die Frage. Als eine junge, schwächelnde Dame es wagte, statt normaler Liegestütze Frauenliegestütze zu machen, gab es gleich für alle 15 richtige Straf-Liegestütze extra. Keiner wagte es mehr zu fuddeln, aus Angst, von den anderen Mitgequälten bösartig funkelnde Blicke zu ernten. Alles in allem war das eine gute Sache, der Disziplin halber. Meine Freundin Julia, die ich zu der Sache überredet hatte, ließ sich anschließend erst mal eine Woche krankschreiben.

# Scream

Meine persönliche Horrorvorstellung ist es ja, mit dem Auto in einem dunklen, triefenden See oder ähnlichem zu verunglücken und unterzugehen, die Autoscheiben durch den Druck der Wassermassen nicht mehr aufzubekommen und in panischen Ängsten zu verenden. Ich weiß nicht, woher diese Phobie kommt – nur weil ich im Nichtschwimmerbecken mal fast unter meinem Surfsegel ersoffen bin, hab ich doch noch lange kein gestörtes Verhältnis zu Wasser, oder doch? Na ja, zu Wasser vielleicht nicht, aber zu versinkenden Autos, in denen ich eingesperrt bin eben doch. Am besten noch in einem versifften Hafenbecken mit Abwasser, Öl, Leichenteilen und toten Fischen. Zu Kriegszeiten hätte ich vor lauter Angst bestimmt nur im Bunker gesessen und mich keinen Meter mehr bewegt. Zum Glück ist der nächste Bunker nicht weit entfernt. Gut zu wissen, im Falle „Wenn". Nein, im Ernst. Ich habe mich öfter darin aufgehalten, um Schwingungen und die Atmosphäre längst vergangener Zeit wahrzunehmen. Das Colloseum besitzt für mich auch so einen negativen Schleier – alle Wege führen nach Rom.

Halloween in Movie World ist allerdings fast ebenso eine Horrorshow, wie sie sich damals im Colloseum abgespielt haben muss. Ich nahm die Sache vorerst nicht so ernst, als ich aber dann in der Dämmerung mit meiner Schwester das Tor zu diesem Event betrat und die filmreif geschminkten 150 angestellten Kreaturen die Augäpfel meiner Schwester wollten, umso mehr. Das hat mit reinsteigern nichts zu tun. Die kleinen Gruppen Besucher, die sich durch den Park drückten, wurden in Nebelschwaden wahllos von Vampiren, Wehrwölfen, what ever, auseinander getrieben. Als Hannibal entlaufen war, wurde uns klar, dass die Schreie nicht vom Band kamen, wie anfangs angenommen, und auch wir bekamen Panik. Wir waren in diesem dunklen unheimlichen Haus, Hannibal direkt hinter uns. Und mein größter Albtraum, neben einem Autounfall im See, wurde wahr. Von der Decke herab hingen milchige, große Plastiksäcke mit noch erkennbaren, aber vor sich hin modernden Leichen darin. Der Horror – einsehbare Leichensäcke. Uns lief die Zeit davon, entweder Augen zu und ohne Berührungsängste durch die Leichensäcke, oder von Hannibal, der uns verfolgte, selbst zu einem Leichensack gemacht werden. Ich weiß nicht wie, doch die Panik verlieh uns unverhoffte Kräfte und ließ uns um unser Leben rennen. Ein Ignorieren meinerseits ließen die Monster einfach nicht gelten. Voller Elan terrorisierten sie uns die ganze Nacht. Nirgends fand man einen geschützten Ort, sie waren einfach überall. Nichts für schwache Nerven. Nicht auszudenken wenn ein Psycho diese Chance, wie in *Scream,* genutzt hätte. Kein Besucher hätte es wahrgenommen, sondern nur für einen Trick gehalten, und sich, wenn überhaupt, höchstens selbst in Sicherheit gebracht.

# News von Astro-TV

Letzte Nacht hatte es mich dahingerafft ... Ich tippe auf Magenschleimhautentzündung. Ich lag auf der Couch und tat mir schrecklich leid.

Ich wollte doch nur meine Gesundheit und Lebenskraft zurück, ich litt immerhin schon seit mindestens sechs gewaltigen Stunden! Krämpfe und Übelkeit der übelsten Art. Wehleidig wie ein Mann betätigte ich mit letzter Kraft die Fernbedienung.

Grauenhaft, es gibt nicht nur Astro-TV, es gibt auch einen Astroshop! Vergleichbar mit den Superreiniger-Boogie-Woogie-Oxy-Foxi-Coolglanzreiniger-Verkaufssendungen. Wiederholungen ausgeschlossen und Déjà-vus natürlich auch.

Hier ging gerade ein Typ auf Astro-TV ab, das war der Wahnsinn!

Nuschelnd, als wäre er eben nach einer berauschenden Nacht aus der Kneipe an der Bahnhofsecke gefallen, lallte der, als ging's um sein Leben. Leute kauft den Beschützerring schlechthin. Ich glaub an Energien von Edelsteinen, aber Beschützerringe ... zudem noch angepriesen von Kneipentypen mit dermaßen entglittenen Gesichtszügen, nee.

Warum wir nur zugucken, nix annehmen und nicht endlich kaufen würden, obwohl er extra um acht Uhr aufgestanden sei, extra für uns, für uns Zuschauer. Er verstehe es einfach nicht. Er strahlte was aus, wir sollten das auch dürfen. Die Kunst des Reinsteigerns hatte er tadellos drauf. Den Missbrauch von Drogen scheinbar nicht.

Eben gab's das Loreley-und-Luke-Witchboard, das Handy zum Universum, um mit unseren lieben Toten zu kommunizieren. Was 'ne Freakshow! Am helllichten Tag dürfen die tatsächlich so was ausstrahlen, ist doch grob fahrlässig. Das ist doch höchstens Placebo-Effekt und der Wunsch nach Wirkung.

Die Toten sind tot, und das ist gut so. Man stelle sich vor, die müssten machtlos zusehen, wie zum Beispiel ihre Tochter dreimal nacheinander abtreibt und ihr Typ sie täglich klatscht, das Haus der Oma durch das vergessene Bügeleisen abfackelt oder der Bruder zum Junkie mutiert, mal leicht überzogen dargestellt. Wenn unsere Toten das tatenlos ertragen müssten, würde sie das garantiert ins Grab bringen.

Reaktionen auf Totenbeschwörungen sind doch alles Irreführungen der bösen, dämonischen Seite. Bevor es einen in den Wahnsinn treibt, halt ich mich lieber davon fern. Will gar nicht wissen, wie lange ich noch lebe, oder mit wem …

Reiki ist auch nichts anderes als Tiefenentspannung. Man ist an einem anderen Ort und konzentriert sich auf diese Entspannung wie sonst nirgendwo bei diesem Alltagsstress. Nach der Behandlung soll sich das ganze Leben ändern. Meins blieb dasselbe, nicht weil ich oberkritisch bin, ich bin nur realistisch. Auf jeden Fall, empfinde ich es als überheblich, sich anzumaßen, dass Gottes Kraft durch sie fließe, als Medium, und die Engel mit ihnen arbeiteten. Gehirnwäsche. Aber es gibt vielleicht auch am Boden Gebliebene, die Reiki praktizieren. Ich habe selbst den ersten Reikigrad und kann also mitreden. Bin ohne Vorurteile und offen für alles in dieses Seminar reingegangen. Autogenes Training ist trotzdem eher mein Fall, nicht so esoterisch, dafür aber erklärbar und feinstofflich so wirkungsvoll und tiefgehend, wie ich es mir nicht erträumt hätte. Welch ein enormer Wirkungsgrad und welch eine Erfahrung, sich total ausklinken zu können. Die Menschen unterschätzen diese Methode, neue Kraft schöpfen zu können. Erstaunlich, was beim Praktizieren und Anwenden zutage tritt, wobei das Praktizieren, wie bei allem, den Profis vorbehalten bleiben sollte.

Am Rhein, war ich übrigens auch letztens, an der Loreley. Da begegnete ich einem Paar kuriosester Art, etwa mittleren Alters. Es wirkte auf mich wie „Der Herr und sein niederes Hundchen", aber ganz nieder. Hundchen ist übertrieben, dieser Herr behandelte seine Frau wie Abschaum, wie eine Zecke oder dergleichen, vor sämtlichen Touris saute der Typ seine eingeschüchterte Frau runter. Seine Worte kamen wie aus der Maschinenpistole.

Ich war fassungslos. Er machte sich nicht mal die Mühe, vor all den Leuten seine Stimme zu senken.

Seine Zecke tat mir in der Seele leid … Sie trottete hinter im her, am Ufer entlang. Er keifte weiter: „Du lahme Sau, mach schneller, nicht mal Spazierengehen kann man mit dir, kannst du nichts richtig machen?“

Total krank der Freak. Ich wollte ihm sein demütigendes Maul stopfen, denn solange ich diesem Paar auf dem schmalen Pfad entlang am Wasser folgen musste, hatte ich auch nichts Entspannendes von dem Spaziergang. Also überwand ich mich. Vor so ’nem Sack hatte ich doch keinen Respekt, was dachte er, wer er sei? Also schrie ich mit all meinem zusammengenommenen Mut: „Wenn Ihre Frau zufällig auf die Idee käme, Sie den Abhang ins Wasser hinunterzustoßen, um Ruhe zu haben – ich hätte es nicht gesehen!“

Die beiden starrten mich an, die Frau sah verlegen hinunter und dem Typen hatte ich mit dem Spruch tatsächlich, immerhin kurzfristig, sein Maul gestopft. Leider befolgte sie meinen Wink mit dem Zaunpfahl nicht. Leider.

Solche Frauen geraten doch immer an denselben Typ Mann. Fühlen sie sich so wertlos, dass sie immer wieder die gleichen Arschis anziehen, oder wollen die tatsächlich ihr Leben lang von solchen faulen, untreuen und verletzenden Machos verprügelt und runtergeputzt werden? Manchen ist leider nicht zu helfen.

## Krasse und Kröten

Rettende Perspektiven zu schaffen, ist gar nicht so einfach, dazu müssen viele Faktoren übereinstimmen.

Um meinen Seminarleiterschein für autogenes Training machen zu können, brauchte ich eine Ferienwohnung im schönen München. Geld für die Wohnung, fürs Seminar und zum Leben. Einen passenden Termin und die anscheinend passende Teilnehmerzahl … Alles stimmte, bis auf letzteres. Das Einzige, das ich nicht beeinflussen konnte. Die Teilnehmerzahl kam doch nicht so ganz zustande. In vier Monaten würde das Seminar wiederholt … sofern die Teilnehmerzahl dann stimmte … und bis dahin??

Bewerbungen schreiben? Während der Wirtschaftskrise. Na toll!

Sechs Wochen auf Antwort warten. Wenn ich Glück habe, bekomme ich eine Zusage, von wem auch immer, arbeite ein paar Wochen und nehme mir dann sechs Wochen Urlaub, um das Seminar zu wiederholen, oder wie? Denn das Wiederholungsseminar sollte sogar zwei Wochen länger dauern.

Die Schule sagte mir sechs Tage vor Seminarbeginn ab und mich hatte wohl ein Engel geküsst, denn mein Vermieter war so kulant, dass er mir keinen einzigen Tag der Mietwohnung in Rechnung stellte – trotz Saison und obwohl er anderen Anfragen wegen mir Absagen erteilt hatte. Es gibt doch noch Menschen.

Vielleicht bewerbe ich mich bei der einen oder anderen Zeitung, gebe schwarz Massagen und Akupunktur und werde nebenberuflich Flohmärkte als Einnahmequelle aufsuchen.

Aber nur die Samstagsflohmärkte, denn auf das Partyleben jeden Samstagabend kann ich rein psychisch gesehen zurzeit unmöglich verzichten. Ein bisi Lebensqualität muss schon sein! Allerdings, ohne Job keine Finanzen, kein Geld, keine Erfüllung, keine Party, keine Qualität. Ein Teufelskreislauf (laut TV-Kaiser).

Samstag Weinfest, und der Wein war gut … Sonntagmorgen mit dickem Kopf auf dem Love Family Park mit 25.000 Leuten und

Sonnenstich. Warteschlange auf der Straße, Warteschlange am Eingang, Warteschlange zum Durchsuchenlassen, Warteschlange zum Parfumfläschchenabgeben, Wartenandeuten und sich langsam aber sicher mit Parfumfläschchen entfernen, Warteschlange am Bon-Häuschen, Warteschlange am Getränkestand, Warteschlange am Toi-Toi – welches man leider gelegentlich aufsuchen musste, da auch jeder Busch am Rande des Partygeländes besetzt und geruchsintensiv markiert war. Dank der Sonne hatte ich mir eh fast alles rausgeschwitzt, was an Flüssigkeit in mir zirkulierte. Wenn mein Kumpel sich nicht um meinen Wasserhaushalt gekümmert und sich dafür zuständig gefühlt hätte, wer weiß, wäre ich vermutlich nicht mehr am Leben. Genug Dramatik. Die Musik war top!

Ja, die Feiergeneration von heute nimmt schon so einiges auf sich, um entspannt feiern zu dürfen. Dafür zieht sie sich das Zeug schon öffentlich am Eingang durch die Nase. Ich wollte zielsicher auf die Kids zugehen, meinen Ausweis zücken und streng verlauten lassen: „Zivi Frankfurt, Hände hoch!“ Aber konnte doch nicht verantworten, dass die Kids hängenblieben. Obwohl, so wie die abgingen, waren sie das schon … inklusive Sonnenstich. Aber ich war zumindest unbeteiligt. Obwohl es schon lustig gewesen wäre …

Krasse Vögel gibt es … Ich kannte mal einen mit dem selbigen Namen – „Krass“. Er kam damals als Kunde zu mir ins Geschäft und textete mich ungeniert zu. Er war Patient in einer nahegelegenen Psychiatrie. Hatte bei einer Razzia in seiner Wohnung einem Polizisten 'ne Pistole an die Schläfen gehalten, der Kleingeist. Daraufhin war er mit immer noch sichtlich grünen und blauen Folgen im ganzen Gesicht von der Polizei außer Gefecht gesetzt worden. An diesem Tag hatte er das erste Mal Freigang und in Therapie anscheinend Dick und Doof kennengelernt. Diese beiden Kompagnons betraten wenig später das Geschäft und teilten Krass mit, dass sie ihren Auftrag erfolgreich erledigt hätten. Sie hätten es geschafft, ohne einen realen Wohnsitz anzugeben (denn sie hatten keinen), irgendwie in sämtlichen Läden der Stadt Handy-Verträge abzuschließen. Sie zückten stolz sämtliche frisch ergatterte Geräte. Krass lobte Dick und Doof, und die drei verabschiedeten sich glücklicherweise, um die Geräte in der Nachbar-City unter die Leute zu bringen. Beim Abschied bot Krass mir noch an, in seinen geplanten Escortservice einzusteigen. Ich lehnte dankend ab und verabschiedete mich dezent. Krass.

Wir fuhren von Frankfurt mit dem Taxi zum Love Park, sicher ist sicher, bei dem Aufgebot an Bullizisten. Hanau war komplett zu! Frankfurt auch, wegen Ironman, Baustellen und Wohnungsbrand …

Freitag Kino, Samstag Weinfest, Sonntag Love Park, Montag und Dienstag TOT.

Kaum zwei Tage unterwegs, ist der hart herangezogene Kräutergarten auf meiner Küchenfensterbank auch tot. Na toll! Im Schnittlauch scheint noch ein Hauch Leben zu stecken. Schnell mal gießen.

Nach diesem Sonntag fühlte sich der Montag an wie Sonntag. Gegen 12:45 Uhr aus dem Bett gekrochen, geduscht, um mich wenigstens halbwegs als Mensch zu fühlen, zum Chinesen gehetzt, um noch was vom 6,50 Euro Mittagsbuffet zu ergattern und, um meinen Pegel zu halten, ein Hefeweizen reinzukippen.

„Ich kann die Sonnenbrille nicht abnehmen … Wir setzen uns raus, ja?“

„Ok.“ Es herrschte Einigkeit. Es begann zu regnen, egal. Die Brille blieb.

Es gibt Themen und Situationen, da braucht es keine Worte.

Chinesisch liebe ich sogar zum Frühstück, trotz Exzess in der Vornacht und Übelkeit. Wenn nichts mehr geht, chinesisches Essen geht immer.

Zurück auf der Couch, vollgepumpt mit Hefeweizen und Glutamat, strebte ich ein Mittagsschläfchen an, das bis zum Abend anhielt, erwachte, ging baden und zur Abwechslung mal ins Bett. Dienstagmittag Frühstück, Simpsons, wieder Bett, eine schwarze Akupunktursitzung, zum Finanzensichern, und ab gings zu meiner Schwester, meine Nichten betreuen. Meine Schwester durfte sich ja auch mal ein Abendessen mit ihrer Steppaerobicgruppe gönnen.

Wir guckten zum zehnten Mal *Ice Age*, starteten Süßigkeiten-Fressorgien und machten Gymnastik. Hoppelten wie die Depp-chen in einer Reihe quer durchs Wohnzimmer, aßen, guckten noch mal *Ice Age* und knackten alle drei, plus Katze Molly, auf der Couch ein. Molly durfte ich seit ihrer Existenz höchstens dreimal vorbeihuschen sehen. Sie war äußerst ängstlich, stammte aus schlechter Haltung und ließ sich, wenn Fremde da waren, erst gar nicht blicken. In uns drei vollgemampften, trägen Kreaturen sah sie allerdings anscheinend keine Gefahr mehr und gesellte sich zu uns, sogar auf meinen Schoß.

Rechts neben mir Kröte Nummer Eins, links neben mir Kröte Nummer Zwei und Molly auf dem Schoß. Bei Kröten fällt mir wieder die Nacht der Kröten ein … Ich kam von einer Party, fuhr in unsere Straße und musste ungelogen fünfmal in 250 Metern halten, um eine nach der anderen wandernden Kröte vor meinen Autoreifen und den folgenden zu retten. Die Teilchen stapelten sich schon auf meinem Schoß.

Die rechte Hand am Lenker und die Linke sacht auf den Haufen Kröten gelegt, die sich zum schiefen Turm von Pisa wanden. Ich fuhr sie an einen autofernen Ort und entließ sie äußerst beglückt in die Freiheit. Äußerst beglückt stellte ich auch fest, dass meine Hosenbeine irgendwie nass waren. Dass die Kröten nicht vor Lebensfreude über ihre Rettung weinten, sondern mir zum Dank aus Angst auf den Schoß gepinkelt hatten, war zu vermuten. Ja, das tun Kröten, wenn sie Angst haben. Nur an diesem Tag hatten sie das Bläschen wohl extra voll, als hätten sie gewusst, da kommt eine, stapelt uns und der könnten wir ja mal aufs Höschen pinkeln. Bestimmt jede zweimal.

Na toll! Ach was soll's. Hatten halt Angst, die armen Teilchen. Gibt Schlimmeres. Erfüllt und extra gewaschen schlief ich ein.

Zum Glück war das Pipi-Problem meiner Krötchen schon gelöst, sie waren glücklicherweise mit dem Klöchen per Du.

Wieder erwacht, trug ich Nummer Eins ins Bettchen. Nummer Zwei wieder erwacht, wollte natürlich auf die Mama warten. Kurz darauf watschelte sie vor Übermüdung jedoch freiwillig ab in die

Falle und schlief mit *Tokyo Hotel* ein. Was mir allerdings unverständlich ist. Aber ich wollte das arme Kind ja nicht zu sehr in ihren Entwicklungsstufen einschränken und durch meine unfassbare Reaktion beeinflussen. Erste Klasse und schon chartsbegeistert, die Kinder entwickeln sich auch immer schneller. Sie wollen so schnell wie möglich erwachsen werden ..., wenn die wüssten ... Aber sie hat ja gute Gene. Ihr Geschmack wird erwachen und reifen, da mache ich mir keine Sorgen.

Zu meiner Zeit konnte ich noch allein zum Kindergarten gehen, auf dem Heimweg wurde ich höchstens von ein paar Schnecken aufgehalten, die meinen und den Weg meiner Kindergartenweggefährten kreuzten. Natürlich war es meine Aufgabe, die Schnecken in Sicherheit zu bringen. Das machte ich auch schnell meinen Weggefährten bewusst. Also dauerte der Heimweg tendenziell fünfzehn Minuten länger als der Hinweg.

Heute können nicht mal mehr die Schulkinder alleine zur Schule gehen, weil es keine Schnecken sind, die ihren Weg kreuzen, sondern Männer, die in grünen Bussen oder Ähnlichem auf sie lauern.

Ich würde ja einen Chip entwickeln, den jedes Kind bei der Geburt an eine unterschiedliche Stelle eingesetzt bekommt. So dass der Entführer ihn dem Kind nicht entfernen oder ihn orten kann. Hunde haben auch so was. Sobald das Kind verschwindet, wird der Chip aktiviert, und das Kind kann geortet werden, bevor es tot oder vergewaltigt oder verkauft ist. Zudem ist der Chip so abschreckend, dass vielleicht viele Entführungen im Kern erstickt und vermieden würden.

Hatte ich toll hin bekommen! Meine Schwester kam und alle Kröten schliefen, mit Gummibärchen bestochen, wie die Engel in ihrem Bettchen. Was für pädagogische Tantenfähigkeiten ich doch besaß.

Eben musste ich eine dicke fette Monsterspinne im Schlafzimmer fangen. Sie war zu aktiv, um sie an Ort und Stelle zu belassen und noch ein Auge zumachen zu können. Eine Freundin von mir hatte eine bei einer Rumdrehaktion im Schlaf nachts plattgemacht und sich am nächsten Tag beim Bettenmachen über diesen fetten schwarzen Fussel gewundert, der sich als plattgewalzte Spinne entpuppte … So was brauchte ich dann nicht wirklich. Also kroch ich elanvoll aus dem Bett und fing das Teil mit einem Glas ein. Sie war so länglich riesig, mit fettem Hinterleib, so olivbraun gefärbt, und richtige Klauen als Mundwerkzeuge hatte sie. Das war keine heimische Spinne. Das war so ein Ding wie die Spinne aus der Yucca-Palme! Ganz bestimmt sogar. Wie gefährlich die schon guckte … Nie im Leben war das eine heimische Spinne, an so eine Spinne könnte ich mich doch erinnern! Unmöglich. Das war eine Giftspinne! Keine Frage. Was nun, wenn ich sie raussetzte und sie am nächsten Tag meine Hunde bissen und diese an den Folgen erlägen. Ich kann ihnen nicht das Gift aussaugen oder betroffene Gliedmaßen abbinden und abhacken. Unmöglich. Außerdem bringen fremde Tiere den ganzen heimischen Artenhaushalt durcheinander. Genauso wie bei den Eichhörnchen. Irgendwann kommt das dicke, dreiste Ami-Eichhörnchen und vertreibt unser heimisches, kleines, schüchternes, dezentes, rotes Eichhörnchen.

Also suchte ich meine kleine Bibliothek auf. Im Laufe der Jahre hatte sich da ein Buch für jedes Fach angesammelt. Schnell hatte ich zwei Spinnenbücher in der Hand und bestimmte mein Glas-Exemplar in gut 1,5 Stunden als doch heimisches Exemplar und setzte es stolz, beruhigt und hundemüde gegen 3:18 Uhr vor die Tür. Man hat ja schließlich Verantwortung.

Ich mach mir jetzt noch mal den Mexiko-Fertigreis ohne Konservierungsstoffe und Glutamat von heute Mittag warm. Warum hab ich wieder vergessen, ihn abzudecken? Immer dasselbe mit mir. Ist schon etwas ausgetrocknet, die Pampe, sieht aus wie auf Pfeile aufgestochene und von Indios gegrillte Pfeilgiftfrösche, um mit deren Gift die Pfeilspitzen zu tränken. Bösartig, solche Leute. Schrecklich.

Mit etwas Wasser müsste der Reis noch essbar sein.

# Ethische Werte zwischen zwanzig und dreißig und Stöckel im Kopfsteinpflaster

Irgendwann in meinem schlichten Dasein zwischen zwanzig und dreißig (es gibt Menschen, die nennen diese Zeitspanne schon Anfang dreißig, ich sehe das allerdings erst mit Vollendung des dreißigsten Lebensjahres so), erwachte mein Interesse an Immobilien. Mich beschlich der Verdacht, es könnte ein Makler an mir verlorengegangen sein. Ich fand es hochinteressant, sich Objekte anzuschauen, Quadratmeter auszurechnen, sich im Geiste die Einrichtungsmöglichkeiten zusammenzustellen und über die Lage und Heizkosten zu debattieren. Ich suchte sowieso wieder mal nach meiner Erfüllung und brauchte Geld. Ich wollte einen Job, der etwas Spaß brachte, abwechslungsreich war und eine Herausforderung darstellte. Obwohl ich mich zu dieser Zeit ausnahmsweise nur nach etwas Routine, natürlich nur auf den Job begrenzt, sehnte. Immer dieser Neubeginn … Nervosität, Vorstellungsgespräch, unbekannte Aufgaben, neue Kollegen, und was eben alles so mit einem neuen Job verbunden ist – Aufregung!

Obwohl, eigentlich, sobald sich in etlichen meiner vorherigen Jobs die ersehnte, vertraute Sicherheit, eben Routine einstellte, wurde es mir langweilig und ich beschloss, es war wieder mal der falsche Job. Ich sagte mir: Versuchen wir es eben mal mit der Immobilienbrache. Das könnte was werden. Wieder mal als Quereinsteiger, sicher nicht so einfach. Aber man kann ja alles lernen. Es sollte ja auch seriös sein.

Heute muss ich bei diesem Satz mies lächeln. Ich suchte mir also den „Mercedes“ unter den Immobilienbüros aus. Natürlich. Knapp eine Woche nach meiner Bewerbung kam ein Anruf. Juhu, ich wollte es so sehr und ich bekam es, ein Vorstellungsgespräch! Gut vorbereitet, im Kostümchen, mit Notizen, sah ich mich schon am Immobilienhimmel blitzen. Gute Bezahlung, gute Aufstiegschancen, gute Arbeitszeiten, nette Kollegen, schicke Büros … tolle Arbeit …?

Es folgten zwei Probearbeitstage. Ich gab alles, inklusive Tränen, als ich das Büro am Abend verließ. Ich war für die Recherche zuständig, hörte sich erst mal gut an. Das hieß, mit diversen Computerprogrammen diverse Menschen ausfindig machen, um an Adressen zu gelangen, von Personen, die nicht zu googlen waren, um an gehobene Objekte zu kommen. Ach ja, klang ja interessant. Einarbeitung gab es nicht wirklich, ich litt unter einem hektischen, gestressten Oberbefugten, hatte aber dafür eine nette Kollegin. Sie erklärte mir wenigstens die grobe Fassung. Sie fand es ok, dass ich mir vor jedem Telefonat Notizen machte, da ich nicht so abgebrüht war, um zu verinnerlichen, dass ich ab heute nicht mehr Emely Morgenstern hieß, sondern am Telefon die Frau Hochstätt, frei erfunden, war. Mein ganzes Leben hatte ich mich mit Morgenstern am Telefon gemeldet, ganz automatisch. Nun war mein Name eben Hochstätt. „Haben Sie ein Problem damit?" „Eh ... nein." Natürlich nicht. Natürlich. Ich tu ja niemandem damit weh, dachte ich. Ich könnte mich ja hocharbeiten und dann andere Aufgaben erledigen und wäre dann wieder Frau Morgenstern, außerdem brauchte ich Geld. Immerhin konnte ich mir meine falsche Identität nach Belieben aussuchen.

Natürlich kam es noch besser ... Zur kurzen Voraberklärung: Meine Aufgabe bestand darin, Nachbarn von möglichen Objekten oder Makler der Konkurrenz anzurufen, und Adressen und Namen der Inhaber der Objekte zu erfragen. Da diese Leute, gerade Privatpersonen, oft schon von etlichen anderen Maklern heimgesucht und belästigt worden waren, legten sie oft entnervt auf, ohne Auskünfte an uns „Immobilienhaie" weiterzugeben.

Dann bin ich eben ebenfalls die unsichere Privatperson von nebenan, beziehungsweise aus Buxdehude, dachte ich mir. Das ganze lief in etwa so ab: „Schönen guten Tag, mein Name ist Hochstätt, verzeihen Sie bitte die Störung. Ich habe gehofft, dass Sie mir weiterhelfen können. Ich habe von der Schwester meines Friseurs gehört, die bei Ihnen um die Ecke, ich glaube in der Kreuzstraße, wohnt, bei Ihnen in der Straße sei ein Haus zu verkaufen. Wissen Sie da zufällig welches, oder können Sie mir einen Namen nennen?"

„Wie heißt denn die Schwester ihres Friseurs, vielleicht kenne ich sie ja"? „Ehh … Hoffer heißt meine Bekannte … eh Schwiegermutter … eh Freundin … eh Schwester meines Friseurs." Lügner brauchen eben ein gutes Gedächtnis.

„Ich komme leider nicht aus München, sondern aus Hamburg, und kann daher nicht so leicht vorbeischauen, um mich persönlich zu informieren, deshalb mein Anruf."

„Ach, und da wollen Sie jetzt umziehen?"

„Eh … ja, mein Mann wurde beruflich nach München versetzt und da suchen wir jetzt ein Haus."

Der Horror diese Lügerei. Und viele Leute waren auch noch so nett.

Ich sollte mich auf Arztfrauen und ältere Leute spezialisieren, da diese als auskunftsfreudig galten. Eine ältere Dame freute sich sogar, dass ich bald in ihre Straße ziehen würde. Sie lud mich schon zum Kaffee ein. Sie war sehr mitteilungsfreudig. Ihr Opa hatte damals fast jedes Haus im schönen Bergen in Frankfurt gebaut. Natürlich ging es bei meiner Recherche nur um Luxusvillen. Dass ich nebenbei noch zwei zusätzliche Objekte für jeweils 400.000 Euro an Land zog, kleine Fische, zählte nicht.

Beim ersten Anruf gab ich fehlerhaft bei der Eigentümerin preis, dass mir ein Foto von dem Objekt vorliege. Daraufhin sagte sie, dass der Verkauf noch gar nicht offiziell sei, woher da das Foto komme …? Upps, mein Chef und die Kollegin wedelten mit den Armen. Das Foto war nicht auf seriösem, sauberem Wege zu uns gelangt.

Ich geistesgegenwärtig: „Ach entschuldigen Sie, das ist ein anderes Objekt, war eine Verwechslung."

Die Dame, nun etwas skeptischer: „Dann maile ich Ihnen jetzt ein paar Fotos zu."

„Ich, ja eh, eine Sekunde bitte." Hielt den Hörer zu und erläuterte meiner Kollegin die Sachlage. Diese schrieb mir eine erfundene E-Mail-Adresse auf (ich bin halt im Lügen nicht so spontan, und somit reagierte ich auch nicht geistesgegenwärtig). Diese erfundene Adresse meiner Kollegin besaß zwei @-Zeichen. Die Frau am

Telefon stutzte, sie war Werbetexterin und meinte, eine E-Mail mit zwei @ gäbe es gar nicht … Ich total perplex.

„Eh ja, ich weiß auch nicht warum, ist aber so …"

„Aha …"

Nachdem wir uns fünfzehn Minuten nett über mein normal blaues Obi- und ihre weißen Villeroy-&-Boch-Marmorbäder unterhalten hatten, ihr Studio und das extra aus Tropenholz eingeflogene Parkett, mit mindestens 100.000 mm Dicke, glaube ich, durchschaute sie mich. Ich kam mir so schäbig vor. Hatte mir alle Gegenfragen, die hätten kommen können, aufgeschrieben und schon traumatisiert meine Kollegin gefragt, was ich sagen sollte, falls mich mein Telefongegenüber dies oder das fragte …

„Dann erfinden Sie eben was!" Das sagt sich so leicht … Trockenes, dreistes Lügen will gelernt sein, oder vererbt.

28 Jahre Erziehung umsonst … Mein Leben lang wurde ich so erzogen, dass ich auf Moral wert lege. In den Zehn Geboten steht: Du sollst nicht lügen! Meine Kollegin fand mich am zweiten Tag ganz gut. Oder war das eben auch erfunden und erlogen? Menschen, die abgebrüht den ganzen Tag andere belügen, lügen vielleicht gewohnheitsbedingt auch im Alltag, um es sich einfacher zu machen. Ich heulte. Mein Respekt schwand, vor dem Oberbefugten, vor meiner Kollegin, vor mir und vor der ganzen Immobilienbranche an sich. Ich wollte mein Geld nicht mit Lügenstorys verdienen. Ich bekam Bauchschmerzen, wenn ich nur daran dachte. Was für Methoden, so eiskalt hatte ich mir das nicht vorgestellt.

Eigentlich bin ich froh, im Nachhinein, diese Erfahrung gemacht zu haben.

Glücklicherweise bekam ich den Job sowieso nicht. Mit den netten Worten: „Es muss schneller gehen, Telefonieren liegt Ihnen wohl nicht so im Blut. Außerdem dachte ich halt, da Sie Autorin sind, Sie hätten Fantasie."

Wie frech! Telefonieren kann ich sehr gut, nur lügen eben nicht, und das soll auch so bleiben! Und Fantasie besitze ich mehr als dieser Wurm von Mann Träume in seinem kläglichen Leben hat! Für Diskussionen war mir meine Zeit allerdings zu schade. Ich denke, solche Methoden verfolgen wohl alle Immobilienbüros, um an ihre Objekte zu gelangen. Ich bin froh, mit dieser Erfahrung aus dem Immobilienhimmel beziehungsweise -hölle ausgestiegen zu sein, und auch darüber, dass ich mit der Überlegung, ins Immobiliengeschäft einzusteigen, abschließen kann. Nicht auszudenken, wenn ich mir in zwanzig Jahren heulend den Vorwurf machen würde, dass mein Glück mit Sicherheit in der Immobilienbranche gelegen hätte, aber es nun zu spät sei! So kann ich dieses berufliche Interesse von meiner Liste streichen. Mein Urvertrauen in die Menschheit kehrt so langsam zurück. Wie der gute Mann schon sagte: „Manche können es und manche halt nicht … Lügen halt!“ Andere können es, ich kann es halt nicht. Dennoch hoffe ich, nur diese Personen anzuziehen, die es mir gleich tun. Denn ich staunte Bauklötze, wie redegewandt und überzeugend Menschen in Rollen schlüpfen können. Manche sind eben mit Doppelmoral geboren und manche nicht. Sie sich anzueignen ist nicht erstrebenswert. Es ist wohl mit das Einzige, worauf man nicht stolz sein kann, wenn man es sich angeeignet hat.

Ich fühlte mich wieder mal, als ob ich mit dem Absatz zwischen dem Kopfsteinpflaster in der City hängengeblieben und mit Schwung zwei Meter ohne Schuh ins Leere weitergelaufen wäre, mich dann blöd und peinlich berührt dezent lächelnd umdrehte und versuchte, den Pfennigabsatz meines Schuhs dem Kopfsteinpflaster zu entreißen und weiterzukrakseln, auf Zehen versteht sich, als wäre nichts gewesen. Kennen wir solche Situationen nicht alle? Wie auch immer, Deutschland hat die WM 2010 verloren! So präzise wie mein Pumpsabsatz im Kopfsteinpflaster. Was soll ich mehr sagen ...? Der Lack ist ab ...

## Haribos nach System

Jemand, der systematisch Haribos verzehrt, ist wohl maßlos mit der Abwrackprämie und deren Folgen überfordert, obwohl man von allen Seiten genötigt wird, seinen polierten VW zu töten, da er wohl bald nicht mehr tragbar für die Gesellschaft sei ... Ob aus Gründen der Umwelt oder wohl eher als Hilfe für die Automobilindustrie? Das ist doch quasi Irreführung wie mit den ganzen „Möchtegerngewinnspielen", bei denen man brav seine Adresse weitergibt, um diese verscherbeln zu lassen, um anschließend von irgendwelchen Verkaufsaktionen und Werbung zugemüllt zu werden: Den Gewinn Auto oder Weltreise hat es nie gegeben.

Die Abwrackprämie ist verlockend, Prozente in Autohäusern sind es auch, dennoch sind sie ein Tropfen auf einem heißen Stein ... im Vergleich zu der Summe eines Neuwagens. Ansonsten wäre wahrscheinlich oft nur ein „Gebrauchter" in Frage gekommen.

Aber wie gesagt, man wird ja geradezu als verrückt erklärt, wenn man sagt, man möchte seinen VW weitere zwölf Jahre behalten, nachrüsten und ihn zum Youngtimer mutieren lassen, um irgendwann auch mal auf der Oldtimerausstellung in Wettenberg inklusive Petticoat mit dabeisein zu können ...

Zerquetschen, wie ein seelenloses Stück Blech wollen die mein bestes Stück! Er hat mich doch zu dem gemacht, was ich war und heute noch bin – frei, ungebunden, mit ihm war ich nirgends allein, egal in welcher ausweglosen Lage ich mich gerade befand oder mal eben nach Hamburg abhaute, ... was wäre ich für ein Mensch – undankbar und kalt ... Ode an meinen VW ...

... obwohl VW Scirocco, Jaguar, Audi und Benz an meinen Gedanken kratzten, blieb ich dir treu.

Von Super Soaker, My little Pony und den Knuffelbunts konnte ich mich ebenso wenig lösen ... Allerdings heißt es nach der Feng Shui-Lehre, das Zuviel an Hortung den Geldfluss und freie Gedanken behindern.

Und freie Gedanken behindern ... Ein Geldfluss wäre nicht unangebracht, von meinen Eigentumswohnungen in Frankfurt und Augsburg bin ich noch bisi entfernt und von meinem Benz – natürlich nur als Zweitwagen gleich nach meinem zukünftigen Youngtimer – leider auch ... Aber viel mehr will ich auch nicht, bisi Urlaub, paar Seminare, ein paar Klamöttchen, ob ich sie brauche oder nicht, und einen Gnadenhof für Tiere in Kombi mit Erschaffung von Arbeitsplätzen für ältere Menschen oder Gehandicapte und schwer Vermittelbare inklusive Tiertherapien für Behinderte ... Ist das denn zu viel verlangt?

Laut Tepperwein, Mohr, Hay und Pierre Frankh soll man seine Wünsche in der Gegenwart leben, das heißt, sie verinnerlichen und sich freuen, als wären sie schon wahr geworden (ohne Zweifel). Diese Freude setze wiederum solche Energien frei, dass man sein Ziel ins engste Resonanzfeld nehme und geradezu anziehe.

Und das ist die Wahrheit, leider zweifeln zu viele, wehren sich mit Händen und Füßen dagegen. Ich sage nicht: Schnipp mit dem Finger und du hast ein neues Auto oder bist Pilot. Aber ich stelle mir vor dem Einschlafen immer die schönsten Situationen vor … und des Öfteren sind diese auch genauso abgelaufen … Ich habe mich resonanzfähig gemacht. Mir steht eben nur das Beste zu. Warum sollte es anders sein? Wenn man kein Geld hat, warum auch immer, und täglich darüber jammert, wird es auch so bleiben. Erst muss man gedanklich in der Fülle leben und dann öffnet sich ein Türchen. Immer hab ich's auch nicht raus mit dem Wünschen, aber unrealistisch ist es nicht. Du kannst dein Leben jede Sekunde neu bestimmen. Natürlich sind auch andere Menschen daran beteiligt. Ich neide keine so genannten Glückspilze, die haben's raus, vermuten nur das Beste und lassen es walten, das wirkt.

Ich wollte ein Haus – ich hab's bekommen. Es heißt nicht immer, dass es perfekt und richtig ist, was man sich gerade so wünscht, aber Glaube versetzt Berge, wie bei den Placebos in der Medizin. Der erste Weg ins Grab ist, wenn der Arzt seinem Krebspatient mitteilt, „wie lang er noch hat" – grob fahrlässig. Der Patient richtet sich auf dieses Datum oder Jahr ein und befasst sich unweigerlich mit: „Ich muss sterben", zumindest besteht die Möglichkeit. Das nimmt so viel Kraft und macht es fast unmöglich, positiv zu sein – den Tumor als Symptom der letzten Stufe, aber immerhin als Warnung zu sehen, dass es im Leben Faktoren gibt, die der Körper nicht lange hinnehmen kann, die ignoriert wurden, ob körperlicher oder seelischer Natur. Lebensumstellung ist ohne Erkenntnis schier unmöglich.

Weiterhin bekam ich zwei Heiratsanträge, die ich mir gewünscht hatte – aber ich nahm sie nicht an.

Ich war nach Wunsch zweimal an der Westküste in Amerika.

Ich lernte in einem Club eine Motivationstrainerin kennen, die meine Freundin spontan mit anschleppte – Ich war übelst mies drauf und war froh, dass ich mich nicht unterhalten musste, weil die Musik so laut war. Irgendwie rückte diese ungewollte (nix Persönliches!) Person mir auf die Pelle und meinte, sie finde introvertierte Personen viel interessanter. Was ich wohl an diesem Abend definitiv ausstrahlte, eigentlich wollte ich ein „Sprich mich bloß nicht an – sonst TOT" verstrahlen – nicht mal das gelang mir, obwohl ich das fast ernst meinte. Da musste ich wohl noch üben … zumindest gelang mir ein introvertiert. Auf jeden Fall war diese Motivationstrainerin an diesem Abend meine Rettung! Sie verstand ihr Fach und nach einer kurzen Therapieeinheit zwischen Techno und Drogis war ich vorerst kuriert, wir besiegelten unseren Erfolg und unser Kennenlernen mit drei bis vier Ouzos und nahmen die Tanzfläche in unseren Besitz. Anschließend lernte ich noch einen Australier kennen und traute mich sogar an die Reste meines Englischwortschatzes ran … obwohl ich immer ewig brauche zum Abrufen der perfekten Vokabeln für den perfekten Satz – so ist das mit den Perfektionisten.

Die Grammatik halte ich für nicht so wichtig … Aber mit Simon, dem Australier aus Perth, habe ich noch heute guten Kontakt.

Der nächste Abend im *Cocoon*, ich depri, verabredet mit jemandem, den ich vor wenigen Tagen im *Monza* kennengelernt hatte … Er versuchte mich den ganzen Abend zu überreden: „Auf, komm ins *Cocoon*, bitte, bitte, bitte" – endlos SMS (machte jeder Frau Konkurrenz). Ich fuhr also hin – warum nicht …? Im *Cocoon* angekommen, suchte ich und suchte ich – leicht säuerlich –, denn er war nicht am Ort der Verabredung. Endlich gefunden war seine Freude, mich zu sehen, begrenzt. Er stellte mich halbherzig seinem Kumpel vor. Wir standen kurz rum, jeder tanzte fünf Minuten, ebenso halbherzig, und er verschwand mit den Worten, er müsse mal aufs Klo … Kurz darauf war sein Kumpel auch weg … Ich wartete circa fünfundvierzig Minuten, fühlte mich total veräppelt und überlegte, ob ich meine Wut und meinen Stolz überwinden, noch wütender werden und ihn suchen sollte, um zu fragen, was eigentlich abging! Nach kurzem Überlegen und einer Runde durch den Club fand ich ihn draußen im Raucherbereich, samt Kumpel und leicht „Fresse ziehend …". Ich trabte auf ihn zu und fragte: „Was geht? Was ist los? Ich komme extra hier her, weil du den ganzen Abend gebettelt hast, und du lässt mich da stehen. Das hab ich nicht nötig!" Er stammelte. Sein Kumpel sagte: „Sag's ihr doch!", und irgendwas in schnippischem Ton von wegen, er teile nicht gerne Frauen … oder so was … Ich: „He? Raus mit der Sprache!" Er: Zerknirschtes Gemurmel ... Sein Kumpel: „Dann sag ihr doch, dass du schwul bist!!!" Baff! Ich, geistesgegenwärtig (bevor meine Naivität peinlich wird): „Wenn's weiter nix is ..., war doch eh klar, sieht und merkt man doch!" Mit dieser Antwort war „ER" gar nicht so zufrieden: „Wie?" Ich: „Ei, das hab ich schon gemerkt, als du letztens im *Monza* mit mir getanzt hast ..." Damals dachte ich wirklich, was ein netter, leicht schwuler Junge – als dann aber Komplimente nach Nummernaustausch per SMS kamen, dachte ich: geirrt, doch normal – ich meine natürlich hetero. Ich kam mir vor wie ein Idiot und fragte: „Ach, du bist dir nicht sicher, was du letztendlich bist und ich bin ein Versuchskaninchen?!" Dämlicher kam ich mir selten vor ... bis zu dem Punkt, als sein vermeintlicher „Kumpel" brummelnd abdampfte ... „Ach, das auch noch, deshalb bist du so zurückhaltend zu mir ... Das war dein Freund?!" Er: „Hm joa, so ähnlich irgendwie." Es schien an ihm zu kratzen ... Ich jammerte, wie egoistisch er sei und mit den Gefühlen anderer spiele und es mir auch eh schon schlecht gehe und ich mir total vera... vorkomme etc. Er: total abwesend ... Ich: „Komm, is gut, lauf hinterher!" Er dampfte ab. „Vielleicht sehen wir uns später noch mal!" Ich: „Hmpf."

Ich wanderte ziellos durch den Club, war ja extra hergefahren ... Also hörte ich noch ein paar Minuten Musik und lehnte mich an eine Wand in Ausgangsnähe, bevor ich enttäuscht das Feld räumte ... Nicht dass ich ernste Absichten gehabt hätte – aber wer hat in schlechter Grundverfassung schon was gegen ein paar Komplimente und einen netten Feierabend einzuwenden? Ich stand recht verloren da, bis einer der sympathischen Österreicher auftauchte, die ich anfangs schon mal getroffen und leider abgewürgt hatte, als ich noch meine eigentliche Verabredung in den Kunstnebelschwaden, Blitzlichtern und äußerst kurzsichtig gesucht hatte. Die Dramatik dieser Situation ist kaum wiederzugeben. Also, da war er nun ein zweites Mal und sprach mich an. Ich war immer noch nicht so gut aufgelegt, aber ließ mich auf ein Bierchen einladen ... bei dem traumhaften Dialekt. In den nächsten Stunden durfte ich eines der unvergesslichsten Gespräche führen. Anfangs desinteressiert und oberflächlich, wuchs ich mehr und mehr in ein amüsantes, tiefgründiges Gespräch, das bis in die Mittagsstunden des nächsten Tages hinein dauerte. Zum Abschied fragte ich peinlicherweise noch mal nach seinem Namen – da es mir beim Kennenlernen nicht wichtig gewesen war, seinen Namen unter der Musiklautstärke nicht verstanden zu haben, interessierte er mich jetzt umso mehr. Wir sprachen also über dies und das. Er war zuvorkommend und charmant, aber nicht schleimig oder mit Absichten. Er fragte mit seinem schönen Dialekt: „Rat mal, was mein Kumpel dort drüben von Beruf is?" Ich: „PFF … keine Ahnung …

Er: „Schönheitschirurg – witzig gell?!" Ach was? Echt? Denn ich kannte bisher nicht so viele davon – genaugenommen gar keinen … „Witzig ja! Und was machst du so?"

Er: „Ich bin auch Schönheitschirurg …"

WOW! Ich war platt, man bekommt Respekt vor solch einem erfolgreichen Lebenslauf – war der Typ doch genauso jung wie ich … Es stellten sich schnell Vorurteile ihm gegenüber ein … wurden aber schnell entkräftet. Er blieb sympathisch, und war überhaupt nicht oberflächlicher Natur. Das war das Gespräch und die Bekanntschaft, die ich in dieser Nacht gebraucht hatte! Kurz vorm Resignieren hatte ich ihn in dieser Nacht ein zweites Mal unter all den Leuten im überfüllten Club getroffen, und es war ein voller Erfolg gewesen. Ich danke meiner Bi-Bekanntschaft im Nachhinein fürs Sitzenlassen, sonst hätte dieser Abend niemals solch einen Verlauf genommen.

Ich erzählte meiner neuen Bekanntschaft von der Misere, war angefressen und fühlte mich ohnehin wertlos (nur ganz grob zusammengefasst). Er meinte, ich solle es doch als Kompliment sehen, wenn ich sogar einen „Schwulen" zum Schwanken brächte! Wie auch immer, das war meine rettende Überzeugung. Schönheitschirurg hin oder her. Diese Nacht war heilend, insofern dass wir uns über „Äußerlichkeiten" überhaupt nicht unterhielten. Ich dachte fast den ganzen Abend, er habe eine Freundin, so korrekt verhielt er sich. Er hatte keine, aber wie gesagt, eine Einwicklung durch Komplimente, um was zu erreichen, erfolgte nicht. Ziemlich gegen Ende, zum Abschied, teilte er mir mit, dass er mich quasi menschlich schätze und ich äußerlich quasi perfekt sei – ich stammelte nur: „Wenn du das sagst …" Ich freute mich enorm. Wann bekam man schon ein solches Kompliment – und dann noch vom Fachmann?!

Ich fühlte mein schwaches Ego wachsen …, nein – mein totes Ego auferstehen!

Die nächsten Tage lebte ich von der Erfahrung dieser besonderen Begegnung, aber Selbstvertrauen kommt nicht durch äußerliche Komplimente allein. Um es stark zu erhalten, musst du dich selbst finden. Und das Ego ist eh nur ein Hauch von oberflächlichem Blöff – nix realistisch „Echtes."

Bevor ich Starallüren entwickle, wie Falco und Elvis (die ich ganz toll finde) und unter all dem Ruhm einbreche beziehungsweise abstürze, wenn ich keine Aufmerksamkeit mehr bekomme und ins Dschungelcamp muss, um Schaben zu fressen … komme ich schnell wieder auf den Boden der „Tatsachen". ☺

Das waren kleine Beispiele, dass mir, vielleicht sogar unbewusst, doch immer die richtigen Menschen und Situationen begegnen. Wertvoll und rar. Manches geht nicht ohne das andere, auch wenn es was Schlechtes war, ist es vielleicht notwendig zum Übergang in das Gute. Oder man weiß nicht, wofür das eine oder andere gut war und irgendwann erkennt man, dass es doch nötig war, um gewisses zu erlernen, um dies als Erfahrung in einer neuen Situation anzuwenden.

Als weiteres Beispiel habe ich einen Verlag gefunden! Schwierig heutzutage. Ich schrieb zwei, nein drei Verlage an. Bekam Absagen. In der letzten stand aber ein Hinweis auf einen Verlag, der eventuell Interesse haben könnte. Ich klatschte meine Absagen mindestens für zwei Jahre in die Ecke. Drei Absagen sind nichts, aber ich war bereits entmutigt. Was hatte ich denn erwartet?

Ich kramte sie irgendwann wieder raus und schickte meine Manuskripte an die mir vor über zwei Jahren empfohlene Adresse. Einiges an Wartezeit später bekam ich positive Post!

Eine Tür schließt sich, viele andere gehen auf – man darf sie nur nicht blockieren. Wenn sie nicht aufgeschlossen ist, lässt sie sich nämlich nicht öffnen. Das Gleiche gilt für uns.

Sogar der Weidner (Gruppe Böhse Onkelz) versucht, seinen Einfluss zu nutzen, und appelliert an unseren Verstand … mit Hass und Schlägen füge man sich nur selbst Leid zu. Warum jemanden hassen und sich selbst schaden, nur weil jemand 'ne andere Hautfarbe, Religion hat oder ein Freak ist! Recht hat er und leider versucht er immer noch, vom „rechten" Ruf wegzukommen. Leute, das war eine Phase, die Onkelz haben sich weiterentwickelt, und was sie eben ausmacht, dass sie niemals ein Blatt vor den Mund genommen haben. Also, lasst sie aus der rechten Szene raus. Jeder hat Chancen zur Weiterentwicklung verdient und wenn diese erfolgt, sollte man sie auch erkennen. Lasst Vergangenes ruhen …

Das Weidner-Konzert in seiner Heimatstadt Frankfurt war übrigens beeindruckend und sehr ergreifend. Man spürte und hörte in seinen Texten die Verarbeitung der Onkelztrennung. Dramatisch … „Der Traum ist ausgeträumt, keine Sekunde habe ich bereut … Es geht von Anfang an dem Ende zu … Doch ein Anfang ist gar nicht schlimm …" – echt ergreifend. Der Gastauftritt von Kevin wurde allerdings abgeblasen, da, nachdem offiziell bekannt geworden war, dass sich zwei der ehemaligen Onkelz quasi im Publikum aufhielten, der entsprechende Rang von den Fans gestürmt wurde und die Security wortwörtlich alle Hände voll zu tun hatten.

Immerhin hat Hitler die Autobahnen gebaut. Obwohl ich eigentlich überzeugt bin, er wollte die alleinige Weltherrschaft wie der Pinky beziehungsweise der Brain! Erst wollte er uns alle erblinden lassen, indem wir seine Autobahnen nutzen, und, ich kann nur sagen, auf dem Weg nach Polen war es fast soweit … Den Trip hätte ich mir fast sparen können, weil meine Augäpfel wegen den huppeligen Autobahnplatten fast geplatzt wären und ich das Land fast nicht hätte erblicken können. Das war sicher auch sein Plan gewesen. Statt direktem Starkstromzaun in diese Richtung, indirekte Erblindungsmaßnahmen und dann um die Ecke bringen und verschwinden lassen …

… oder so ähnlich jedenfalls …

Hab seinerzeit wohl zu viel *Der Pinky und der Brain* geguckt … na ja.

# Ein Hoch aufs Tal

Eine Woche Österreich-Zillertal mit Freunden stand bevor. Man warnte mich vor, doch ich blieb standhaft, unbeirrt, und sollte es nicht bereuen.

Zillertal war „Ausnahmezustand", das wusste ich schon aus Erzählungen, denn die Jungs und Mädels fuhren jedes Jahr nach Österreich.

Wir waren zu acht und fuhren mit drei Autos. Treffpunkt war 5:45 Uhr bei Dirk. Damit wir nicht einschliefen – denn die Nacht vorher hatten wir kein Auge zugetan – gab's quasi erst mal 'nen Begrüßungsschnaps (außer für den Fahrer natürlich).

Das erstreckte sich über die gesamte Fahrt. Angekommen nahmen wir dankend den Begrüßungsschnaps im Waldcafé von unserem Vermieter Martin an. Anschließend feierten wir erst mal in Toms Geburtstag rein, Tom ist Dirks Papa. Mehr tot als lebendig fiel ich gegen fünf Uhr in mein Bettchen, um zehn gab's schon wieder Frühstück.

Betäubt, mit dicken Glupschern, nahmen wir unseren ersten Urlaubstag. Es ging in die Kristallwelten von Swarovski – eine beeindruckende Welt für sich, muss ich sagen.

Es begann der sieben Liter Schnapsmarathon – Marille versteht sich – nicht mit inbegriffen die Spirituosen außerhalb. Bin sonst nicht so der Fan von Hartsprit und sinnlosen Besäufnissen. Aber der Sinn fand sich schnell, nachdem ich spürte, wie gut ich den Sprit doch vertrug – großmäulig verkündete ich: „Ich merk gaaar nix!"

Ok, es wurde ein Wässerchen nach dem anderen nachgelegt und ein bis zwei Biergläschen Sekt wurden hinzugefügt …

Am nächsten Morgen musste ich mich in die Dusche setzen und meine Aussage: „Ich merk gaaar nix" korrigieren. Und wie ich was merkte, jedes einzelne Haar tat weh! Die Halterung vom Duschkopf war kaputt und ich, um die Brause zu halten, allerdings viel zu schwach … Ich klemmte das Teil also mit letzter Kraft zwischen Wand und Duschstange. Was konnte schon passieren, außer dass mir das Teil aufs Hirn klatschte … Ich bekam einen Allergie-Niesflash, beim dritten Niesen – Zack, Wirbel draußen – na toll! Nun saß ich im Schneidersitz in der Dusche, auf mich prasselte ein unbeständiger Wasserstrahl, mal mehr, mal weniger, mal heiß, mal kalt – egal.

Nun ging auch noch das Licht im Bad aus … Bewegungsmelder … Na toll!

Ich saß nun im Dunkeln unter einem unbeständigen Wasserstrahl, Wirbel draußen, und sollte mich auch noch bewegen, damit das Licht wieder anging? Das war nun wirklich zu viel verlangt! Immerhin taten sogar meine Haare weh!

Irgendwann schaffte ich es wohl doch, mich aus der Dunkelheit zu erheben, das Licht in Gang zu setzen und mich ins Bett zu schleifen. Mein Zimmernachbar kam rein, um mich zum Frühstück abzuholen. Ich weiß nicht mehr, was ich laberte, aber er verstand wohl, dass ich außer Gefecht gesetzt war. Er brachte mir Frühstück aufs Zimmer und ich pennte noch 'ne Runde. Freitag war nun Toms richtige Party, mit Vier-Gänge-Menü und allem drum und dran, sogar Erdbeeren in Pfeffersauce und Wunderkerzen. Die Feier fand im Waldcafé statt, neben unseren Zimmern befand sich direkt die Gaststätte, im selben Haus quasi (immerhin waren es nur drei Meter zu meiner Toilette – Heimvorteil quasi). Da außerhalb der Saison, machte Martin – unser Vermieter – den Laden nur wegen uns auf und heuerte extra Koch und Belegschaft an. Christine, Toms Frau, schmiss sich in Dirndlschale, ich flocht mir zwei Zöpfe, mit Dirndl hab ich's nicht so, und die Feier nahm ihren Lauf. Es gab ausnahmsweise Schnaps … Ich teilte der Bedienung bei deren Getränkenachfrage mit, ich wolle es langsam angehen lassen … Sie schmunzelte und sagte: „Joa, i weiß scho!" Na toll!

Da bleibt auch nix geheim … sogar die Bedienung kennt meine Exzess-Storys.

Na ja, eine Nacht kämpfte ich quasi mit Windmühlen, wie einst Don Quijote …

Die Nachttischlampe segelte mir entgegen, als ich gerade in Begriff war, mir einen Lichtschutzbunker aus Kissen und Handtüchern rund um meinen Kopf zu bauen, da es morgens um fünf Uhr durch die gelben Vorhänge glockenhell im Zimmer war – und das geht ja nun gar nicht … Aber das mit dem Lichtschutzbunker und dem Lampenunfall glaubt mir ja doch kein Mensch.

Immerhin wusste die Bedienung auch von Chris' Stuhlabsturz im Café in Mayrhofen, direkt an der Fahrradrennstrecke des Giro d'Italia. Ein Riesenaufgebot an Polizei und Aufwand für ein paar Minuten Biker durch die City. Aber der Hammer war's trotzdem, die Sponsorenkarawane fuhr mit 150 Werbefahrzeugen, lauter Partymusik und Werbepräsenten, wie Mützen, Oliven, Kullis, Kreide, Kaffee, Fähnchen, Waschpulver, Legosteinen, Lollis und was das Herz begehrte, die Strecke ab. Man muss dabei gewesen sein!

Thorsten bestellte ein Fan-Paket bei einem vorbeifahrenden Fanartikelbus – geistesgegenwärtig in korrekter Sprache: „UNO, UNO!"

Na ja, auf jeden Fall war die Feier in vollem Gange, als der Schürzenjäger Peter Steiner mit neuer Ehefrau und Tochter die Location betrat. Dirks Eltern waren Fans und kannten ihn schon lange.

Das Waldcafé war früher wohl auch Schürzenjägertreff gewesen. Es war sehr interessant. Steiner erzählte viel von seinem Leben, von Produzenten, Sponsoren, Enttäuschungen, die aus Kommerz resultierten, von Texten und seinem Wohnsitz in Kanada, in den er Dirk sogar einlud. Seit Steinis Ehefrau vor vielen Jahren an einem Herzinfarkt gestorben war, weil das Zillertal keinen Krankenwagen besessen hatte und Hilfe zu spät gekommen war, besaß das Zillertal einen von ihm gesponsorten Krankenwagen.

Er sang Tom anschließend noch ein Ständchen und feierte redegewandt schön mit.

Chris und er sprachen darüber, dass er Botschafter der Caritas war und wir heute noch unter Hitlers Herrschaft bluteten, aber es in jedem Volk Grausamkeiten gab, egal wie lange diese zurückliegen.

Irgendwann, der Theke gute Nacht gewünscht und im Bettchen angekommen, fühlte ich mich vom Bass belästigt, aber die Feier war zu Ende und außer Sam und mir wohnte niemand im Waldcafé. Die anderen wohnten neben dem Schwimmbad in zwei Ferienwohnungen. Sam schlief sicher auch schon, woher kam also der f... Bass, der mir die letzten Minuten Schlaf vorm Frühstück raubte? Ich vergaß, stimmt, für eine Nacht hatten sich ja doch One-Night-Party-Gäste einquartiert ... Der Mann ratzte konstant die ganze restliche Nacht durch, in einer Regelmäßigkeit, von der ein Bass nur träumen kann ...

Am letzten Tag – wir hatten uns gerade eingelebt und hätten echt gerne verlängert – hatten wir wohl unseren „aktivsten Tag". Für'n Gletscher wars leider zu trüb, Sam hatte wohl seine zwei Snowboards umsonst mitgebracht. Also besuchten wir die Erlebnissennerei und deckten uns fett mit dem besten Käse Österreichs ein. Anschließend kletterten wir steil bergauf auf eine Alm, schossen uns oben bisi ab, und der Abstieg war umso heiterer ... danach 'ne Runde Minigolf (der Loser musste im String aufs Trampolin) und bisi dinnieren – zum Glück hatten wir Domingo dabei – so kam nix Essbares um ☺, er besiegte erfolgreich auch den fünften verschmähten Nachtisch. Der letzte Tag war leider schon am Ende.

Tiefgründige Gespräche gab's trotzdem ebenfalls ohne Ende. Jeden Abend begossen wir den Tag auf dem Balkon, belästigt von der Maikäferplage ... Anschließend ließ ich den Tag mit meinem Zimmernachbarn in tiefsinnigen Gesprächen ausklingen. Echt bereichernd!

Ich philosophierte, ob man sich überhaupt selbst noch trauen könne, nach zwei langjährigen und dennoch gescheiterten Beziehungen. Man schwört sich die ewige Liebe und ist von nichts mehr überzeugt als dem Zusammensein bis zum Lebensende ... und so schnell kann's doch vorbei sein ...

Die Kunst liegt im „sich zusammen weiterentwickeln und sich gleichermaßen lieben".

Meist liebt der eine bisi mehr und gibt und gibt und klammert, während der andere sich in Sicherheit wiegt, sich weiterentwickelt, sein Ding macht und einfach lebt.

Vielleicht gibt es ja doch so was wie Lebensabschnittsgefährten – auch wenn ich dieses Wort unmöglich finde und bisher immer mit „alt sein" in Verbindung gebracht habe.

Eine Beziehung läuft harmonisch einige Jahre, doch dann trennen sich die Meinungen und somit oft auch die Wege.

Früher erklärte man eine Ehe nicht ganz so schnell als gescheitert. Es wurde oftmals zusammengeblieben, ob es sich wieder kittete oder nicht.

Traue und glaube ich mir selbst noch, wenn ich von der ewigen Liebe rede?

Ich glaube, dass es so etwas gibt, sicher! Aber ob es hält, wenn ich in diesem Moment sage: „Ich liebe dich für immer und ewig", wird sich erst mit der Zeit rausstellen, auch wenn es augenblicklich meine tiefste Überzeugung ist.

Der Urlaub war insgesamt der Hammer. Wenn man dann wieder nach Hause kommt, ist es zwar auch schön, aber man fällt wie in ein Loch, wenn man sich nicht schön mit Arbeit ablenkt. Wenn man 'ne Woche fast ununterbrochen mit Freunden zusammen war, hat man sich an sie gewöhnt und vermisst sie zu Hause enorm.

Natürlich kann man solche Exzesse nicht länger als eine Woche durchhalten. Mich wundert's sowieso, wo ich die Kraft hergenommen habe … Warum war der Rum immer alle? Wie Jack Sparrow mussten wir nicht fragen … Tom und Christine hatten ganze Kanister am Start …

Das vorletzte Mal in Österreich war ich noch mit meinen Eltern im Urlaub, ebenfalls in Mayrhofen. Irgendwie dachte ich mit meinen dreizehn Jährchen, Österreich sei so gut wie Deutschland, von der Sprache und vom Lebensstandard her gesehen … also dacht ich mir auch nichts dabei, bisi rumzutelefonieren (nach Deutschland), wenn ich alleine in der Wohnung war. So dass meine Eltern bei einer Telefonrechnung von 500 DM fast dem Jenseits nahe waren … verstand ich dann aber doch … erschüttert und kleinlaut trat ich den Rückzug an – aber sie fanden mich … was soll ich sagen – ich leb ja noch. „Das ziehen wir dir die nächsten fünf Jahre vom Taschengeld ab!"

## Bananas, Bibel und Gruftischuppen

Eines Abends saß ich leicht frustriert in einem „Gruftischuppen" zwischen „Fegefeuer" und „Schwarzem Schaf" in der schwarzen Szene in Augsburg. Ist eigentlich nicht so meins, aber da mein Navi mich unverblümt in ein Bordell statt in den von mir heiß begehrten House Club geführt hatte, hatte ich das Weite gesucht und die naheliegendste Ecke war die schwarze Szene gewesen. Egal, für ein Hefeweizen erfüllt fast jeder Schuppen seinen Zweck, von diesem Bordell abgesehen.

Ich belegte in Augsburg ein Psychosomatikseminar und wollte mich lediglich bei einem Bierchen regenerieren.

Der Schuppen war brechend voll, kein freier Platz weit und breit in Sicht. Ich teilte zwei dezenten Jungs, die vergeblich auf Platzsuche waren, mit, dass sie meinen Tisch haben könnten, sobald ich mein Bierchen gekippt hätte. Erfreut und schüchtern setzten die beiden sich an meinen Tisch. Vorsichtig kam man ins Gespräch, natürlich über Gott und die Welt.

Die Location war nett dekoriert. Natürlich mit Särgen, die als Tische dienten, Grabsteinen und jede Menge Totenköpfen. Wie das in Gruftischuppen eben so üblich ist.

Irgendwie kam ich auf den Trichter, über Gott zu philosophieren. „Ich weiß nicht, inwiefern ihr euch mit der Bibel auskennt", und zitierte eine zum Thema passende Bibelstelle: „‚…und der Tod wird nicht mehr sein, noch wird Trauer, noch Geschrei, noch Schmerz mehr sein, die früheren Dinge sind vergangen … und das Kind wird auf dem Loch der Cobra spielen, das Lämmchen neben dem Löwen verweilen' … weiter weiß ich gerade nicht."

Ich erwartete an dieser Stelle skeptische und verwunderte Blicke.

Thh… und tatsächlich … die Blicke existierten, aber eher meinerseits. Ich muss wohl ziemlich verblüfft aus der Wäsche geschaut haben, als Dave, der offensichtlich etwas von der Punkszene angehaucht war, sagte: „Warte, ich habe meine dabei", und rasch seine Bibel zückte.

„Was, wie, ernsthaft? Ist ja nicht gerade alltäglich heutzutage, oder sehe ich das falsch?"

Ich hatte wieder mal die richtigen Gesprächspartner zum genau richtigen Zeitpunkt in mein Leben gezogen. Dave und Pablo waren eine echt geistige Herausforderung auf das schnell gekippte Hefeweizen, nein, natürlich auch ohne.

Nun saß ich also in einem Gruftischuppen, was auch so schon absurd genug für mich war, und las mit zwei hochintelligenten, liebenswerten Freaks zwischen Särgen und Grabsteinen in der Bibel. Kurzfristig schossen mir Gedanken durch den Kopf, dass diese Bibellesung nur das Vorspiel beziehungsweise Bestandteil der gleich folgenden schwarzen Messe sei, und das Opfer, welches gefesselt am Grabstein endete, mir recht ähnlich sehen könne … Ich verwarf meine Fantasien recht schnell, aber man muss ja heute auf der Hut sein und mit vielem rechnen. Aber spinnende, überschäumende Fantasien müssen von Grund auf eliminiert werden.

Es war wirklich eine sehr tiefgründige Begegnung und wir philosophierten noch bis in die späte Nacht auf höchster Ebene, auch wenn das nach dem zweiten Hefeweizen auf leeren Magen meine ganze Konzentration erforderte.

Dave erzählte von seiner Tansaniatour, die er mit einem Kumpel und einer Hilfsorganisation mit nur 100 DM in der Tasche gestartet hatte. Er war dort einige Wochen lang gewesen und hatte geholfen, ein Kinderheim zu errichten. Ich war beeindruckt. Die meisten Leute reden ja nur, Taten beeindrucken mich dann immer.

Dave hatte eine gesunde Selbstironie und erzählte eine lustige Story.

Also, in Polen stehen die Kinder an der Straße, um die ohnehin schon sauberen Scheiben der deutschen Autos gegen etwas Geld noch sauberer zu waschen. In Tansania stehen sie eben mit Bananen am Straßenrand.

Dave hatte mitleidig natürlich gleich dem ersten Kind an der Straße Bananen abgekauft und winkte dem nächsten Bananenkind freundlich mit seinen Bananen zu, mit den Worten: „I hate

Bananas!" Natürlich meinte er, dass er schon Bananen *hatte*, und wunderte sich über die verschreckten Kinderblicke, als er freundlich, mit Bananen winkend, verkündete, wie sehr er Bananen doch hasse! Englisch war noch nie seine Stärke …

## Adventures auf der Autobahn oder im Marioland

„Sind wir schon da?" Aus jeder langen Autofahrt baute ich mir als Kind einen Adventurepark zusammen. Viel besser als bei Super-Mario-Land und mit ausgereifter Farbe. Nicht wie beim einzig wahren Gameboy Nummer Eins zu meiner Zeit. Der Auswurf eines Atomkraftwerks auf der rechten Seite wurde zur reißenden Windhose. Verkehrsstreifen mutierten zu bissigen Riesenschlangen, Bäume des Fahrbahnrandes wurden zu mörderischen Schlingpflanzen, Getreidesilos zu Mafiabunkern und einfache Straßenschilder zu Guillotinen. Und ich fuhr aus einem Mix von Batmanmobil und Ghostbustersauto allem Bösen einfach auf und davon. So kompensierte ich lange Autofahrten.

# Wahrheit

Wahrheit und Wahrheit sind zweierlei.

Jeder hat seine eigene Wahrheit. Wahrheiten können verschieden und dennoch jeweils richtig sein, selbst wenn es um dieselbe Sache geht, what ever. Wahrheit ist Ansichtssache.

Der eine empfindet dreißig Grad C als angenehm. Andere, so wie ich, gehen bei dreißig Grad C vor Hitze zu Grunde. Für den einen ist die Suppe versalzen, für den anderen ist sie zu lasch. Das sind nur banale Beispiele. In zwischenmenschlichen Beziehungssachen werden empfundene Ansichten der Wahrheit weitaus komplizierter.

Wahrheit ist Empfindungssache. Allerdings ergibt drei plus drei unweigerlich sechs. Da beißt die Maus kein Faden ab, hätte mein Lehrer jetzt gesagt. Für ihn war Adam Riese der Größte. Für mich war Mathe nur ein notwendiges Übel, unser Verhältnis war zeitweise dementsprechend …

„Frühling läßt sein blaues Band / Wieder flattern durch die Lüfte / Süße unbekannte Düfte / Streifen ahnungslos das Land / Veilchen träumen schon, / Wollen balde kommen / Horch, von fern ein leiser Harfenton! / Frühling, ja du bist's! / Dich hab ich vernommen!" (Eduard Mörike), das war eher mein Element – Deutsch. Allerdings habe ich mir an Goethes *Zauberlehrling* dann doch die Zähne ausgebissen. Das war etwas zu viel des Guten …

# BITTE FOLGEN!

Ich kam gerade von einer Weinsession bei Freunden. Es war zwei Uhr nachts und ich rauschte in Richtung Heimat, war doch keiner mehr auf der Gasse. Nur so ein Prolo wollte es wissen. Ich ließ mich zwar nicht drängen, aber herausfordern ließ ich mich irgendwie schon, fuhr ihm fast auf und davon. Er sollte meine Rücklichter kaum mehr von hinten sehen. Dachte ich …

Er fuhr fast genauso gut wie ich, das war doch unmöglich. Er heftete sich an meine Fersen und ließ sich nicht abhängen, dieser Rowdy. War denn das zu fassen! Ich fuhr Landstraße. Siebzig waren angegeben, ich fuhr etwa gute 120. Ich fuhr in die City rein und ließ ausrollen – soll der Depp mich doch hier überholen! In der City halt ich nicht mit (an genau diesem Ortseingang wurde ich damals schon mit dem Fahrschulauto geblitzt – mein Fahrlehrer war begeistert).

Der Typ setzte tatsächlich zum Überholen an. Ich würdigte ihn keines Blickes, er war doch nur auf Aufmerksamkeit aus. Ich starrte also stur geradeaus, bis mir der Gedanke wie ein Blitz einschlug, wie witzig es doch wäre, wenn der Rowdy, der mich gerade überholte, ein Bulle wäre …

Witzig.

In diesem Moment setzte er sich vor mich und ein Schild auf seinem Dach leuchtete auf: „BITTE FOLGEN!“ Na toll! Mir verging der Witz in der selbigen Sekunde.

Dann noch diese harte und unausweichliche Wortwahl: BITTE FOLGEN!

Mir blieb mein Herzchen stehen, das konnte ja wohl nicht wahr sein … Ich kam der unausweichlichen Aufforderung nach und folgte der Polizei brav in die nächste Seitenstraße. Ich traute mich nicht auszusteigen und kurbelte zaghaft mein Fenster runter. Da kamen sie schon, bedrohlich schritten sie auf mich zu …

Erstaunt, dass sich eine Frau als skrupellose Raserin entpuppte, schauten sie mich an. Schuldbewusst und äußerst kleinlaut piepste ich: „Guten Abend …, da war ich wohl etwas schnell …?"

„Wohl eher guten Morgen", ließen die Bullizisten grummelig verlauten. Ich zog meinen Kopf ein und drückte mich in meinen grauen Sitzbezug. Zum Glück hatte ich meine seriöse weiße Bluse an.

Die zwei, drei Gläschen Wein über den Abend verteilt durften wohl nicht ins Gewicht fallen. Zum Glück übersahen die beiden jungen Beamten die zwei Flaschen Schnaps auf meinem Beifahrersitz – noch geschlossen, natürlich, aber was hinterlässt das denn für einen Eindruck bitteschön! So was animiert dann vielleicht doch noch zu einem Alkoholtest. Dabei hatte ich in meinem Leben selbst kaum Geld für Rauschzustände ausgegeben. Ich hatte genau zweimal zwei Flaschen Schnaps in meinem Leben gekauft. Das erste Mal mit fünfzehn, zu einer Schulparty. Allerdings hatte ich von dem guten Stoff, Blue Curaçao und Himbeerlikör (Sprit, den nur ein Teenie kaufen kann) weder etwas gesehen noch gespürt, denn ich war schon vom vorherigen Bierkonsum dermaßen außer Gefecht gesetzt beziehungsweise meine Wachsamkeit so stark beeinflusst worden, dass mein Stoff schon längst die Sinne der anderen Partygäste beherrscht hatte. So ist das Leben.

Die Polizisten forderten resolut meinen Führerschein.

„Ihr Rücklicht ist auch kaputt, wissen Sie das?" Ich stammelte: „Eh ja …, ich weiß", und erklärte sprudelnd und aufgeregt, dass ein Pfuscher vor zwei Tagen mein Heck lackiert hatte und seitdem das Rücklicht nicht mehr funktionierte…, mein Kofferraumdeckel komme mir auch entgegen und das Nummernschild habe der Typ auch nicht richtig festgeschraubt!

Ich hielt inne, schließlich war das eine „schwarze Angelegenheit". Ich hatte damals sogar den Bruder meiner Freundin beauftragen wollen, für Drohgebärden, oder falls nötig auch für mehr, zu sorgen, man hätte sich ja mal im Dunkeln begegnen können oder so … damit der Pfuscher problemlos korrigierte.

„Ok, ok. Hätten Sie wenigstens einmal zwischendurch die se angetippt, dann hätten wir quasi guten Willen gesehen."

Ich: „Eh ja, es tut mir leid ... Es war ja (fast) niemand auf der Straße ..." Ich gab mich äußerst einsichtig. Stelle sich einer vor, die ließen mich laufen! Keine Mängelanzeige, keine Geldstrafe, keine Punkte oder gar Führerscheinentzug. Nichts! Ich bin ein Glückskind! Den Schock im Nacken tuckerte ich mit flotten, überschaubaren 30 km/h verantwortungsvoll nach Hause ... Bin ja lernfähig. Kurzfristig zumindest.

Eines Nachts wurde ein Freund von mir von der Polizei angehalten und samt Auto gefilzt. Die Polizei fand zwar nichts aber hielt es trotzdem für notwendig, meinen Kumpel aufs Revier zu verfrachten und mit Handschellen an einen Stuhl zu fesseln. Man konnte es schon als Psychoterror bezeichnen. Sie verhörten ihn stundenlang. Warum auch immer? Sein Auto musste er an einer Bushaltestelle stehen lassen und der Schlüssel wurde von der Polizei einbehalten. Er rief mich nachts vom Revier aus an, bat mich, ihn abzuholen beziehungsweise die Autoschlüssel an mich zu nehmen, um das Auto umzuparken und sich die Abschleppkosten zu sparen. Auf dem Revier angekommen, fand ich einen aufgewühlten Kumpel vor und fragte die Polizisten, was das für Foltermethoden seien, denen sich ein Unschuldiger unterziehen müsste. Ich bekam den Schlüssel ausgehändigt und wurde mit den Worten: „Mach dich raus", zur Tür verwiesen. Ich erwiderte ruhig: „Wir sind noch lange nicht per Du". Einer der Polizisten kam auf mich zu, um mich nun persönlich zur Tür zu geleiten. Ich sagte weiterhin in ruhigem Ton vor mich hin: „Na ja, Kleinstadtpolizisten eben." Da wurde mein Begleiter natürlich fuchsteufelswild. Aber ich hatte ja recht. Es waren ja Kleinstadtpolizisten. Natürlich war es beleidigend gemeint, das hatte der Polizist schon richtig verstanden. Da ich aber Kleinstadtpolizist statt Kleinstadtbulle sagte, konnte mir ja keiner was.

In Frankfurt, nach einer erfolgreichen Nacht-„Sound of Frankfurt"-Aktion und einem Abgestochenen in der Bahn, neben einem schwarzen Sweatbox-Tänzer, der ebenfalls schwarzfuhr, befanden wir uns auf der Suche nach einer Afterhour an einem Weinberg. Wir saßen zu fünft auf der Rückbank eines alten Mercedes. Die Haare der Fahrerin waren nicht gerade dezent blau und wir wirkten nicht gerade seriös. Die Gemüter zitterten, als die Polizei uns anhielt. Das zweite Auto unserer Clique hatte nicht gerade funktionierende Bremsen. Kurz vor den Lkws auf der Autobahn wurde es öfter mal eng, aber der Fahrer besaß Routine. Der Mangel bestand ja nicht erst seit gestern. Die eine oder andere Hosentasche der Insassen war mit Hasch, Pilzen oder dem einen oder anderen Pillchen bestückt, welch jugendlicher Leichtsinn. Wir zitterten, aber die netten Polizisten erklärten uns nur den Weg zur Afterhour und wünschten uns noch viel Spaß. Tja, seriös, wie wir eben nun mal waren, trübten wir nun mal kein Wässerchen.

# KOMA

Ich hatte ihm versprochen, dass alles gut werde. Wie hätte ich ihn sonst beruhigen sollen? Einen Menschen in meinem Leben, der integriert war und doch einsam wie kein anderer, oder dachten wir nur, er sei integriert?

Ich versprach es ihm. Was sollte ich sonst tun, um ihn zu beruhigen und ihm Zuversicht zu geben? Ich stand ja selbst noch schockiert neben mir nach der wilden Verfolgungsfahrt, um den Krankenwagen nicht zu verlieren. Nicht alltäglich und so einfach wie man denkt, die Verfolgung eines Krankenwagens und die Gedanken, die einem währenddessen durch den Kopf schießen. Dann der Vorwurf des Einsatzleiters, dass es unvernünftig war, mich dem Krankenwagen dermaßen an die Fersen zu heften, dass ich ebenfalls, sogar an der großen Kreuzung, die rote Ampel mitgenommen hatte. „Hmm, joa. Der Bus war ja noch so weit weg … Ich wollte halt dran bleiben …"

Es wurden Aneinanderreihungen von verkannten Schlaganfällen festgestellt, wie der Arzt sie, laut seiner Aussage, selbst noch nie gesehen hatte.

Ich konnte mich nicht abfinden, hatte die ganze Reha schon geplant. Nun, da alle sein Schicksal kannten, sollte er noch einmal eine Chance bekommen. Hauptsache, sein Geist war noch klar. Maßte ich mir an zu entscheiden. Wir verschaffen ihm neue Lebensqualität, dachte ich mir. Sofern man es wagen darf, solche Entscheidungen über einen Wehrlosen zu treffen …

Sprücheklopfer – „Vielleicht ist es besser wenn … wenn er es nicht schafft …"

Na toll! Ihr habt leicht reden, ihr seid ja nicht in seiner Lage. Von heut auf morgen. Oder war's doch ein ungeahnt schleichender Prozess gewesen? Eine Qual zu Lebzeiten, Verzweiflung, ein Abschiednehmen. Ich brauchte eine Weile zum Begreifen, zum Loslassen.

Seine Lage war folgendermaßen: Er hatte enorme Sehstörungen, konnte nicht mehr sprechen und sich nicht mehr bewegen, konnte kaum noch atmen – sein Kleinhirn war nekrotisch, das heißt durch Blutunterversorgung abgestorben. Die Arterien zu seiner Hirnversorgung waren nicht wieder herstellbar verstopft. Die Atmung quälte ihn zusehendst, er röchelte, rang um Luft. Jedes tröstende Wort, was ich ihm entgegenbrachte, zeichnete sein Gesicht mit Panik, Verzweiflung, purer Angst. Seine Emotionen ließen Tränen über sein verkrampftes, verzehrtes, verwirrtes Gesicht kullern.

Aufgelöst versuchte ich mich zu beherrschen, meine Tränen zu unterdrücken, um ihm Kraft und Sicherheit zu geben. Und ich sagte nur: „Mach dir keine Sorgen, alles wird gut."

Man stelle sich seine Lage vor: Körper und Geist sind da, doch er kann nichts mehr. Nichts. Nicht körperlich und nicht geistig.

Er wollte sicher fragen: „Was ist los mit mir? Helft mir doch!" Konnte er aber nicht.

Also blieb uns die präzise Frage und somit auch die Antwort erspart: „Du hast etliche Schlaganfälle hinter dir." Heutzutage weiß man, was das bedeutet …

Er wollte sicher sagen:

„Helft mir, ich bekomme keine Luft!"

Asthmapatienten wissen, wie panisch man wird, wenn man unter Luftnot leidet. Aber die wissen wenigstens warum, oder können sich mitteilen, mit den Armen fuchteln. Er war allerdings gelähmt. Handlungsunfähiges Opfer. Auf das Wohlwollen und die Kompetenz seiner Versorger angewiesen.

Er wusste ja nicht, dass die Ärzte seine Atemnot unter „Kontrolle" hatten.

Das Letzte, was wir sagten, bevor er ins künstliche Koma verlegt wurde, um beatmet und entlastet zu werden, war: „Alles wird gut".

Wenigstens war er von seiner Verzweiflung vorerst erlöst und wir mit ihm. Der behandelnde Arzt – ein sehr guter muss ich sagen – musste uns trotzdem darüber aufklären, dass es keine Chancen gab. Entscheidung zwischen Tubus-Luftröhrenschnitt-Beatmung oder aus dem Koma erwecken und loslassen.

Beim Aufwachen würde er seine Atmung ohne künstliche Beatmung nicht lange halten können, da sein Atemzentrum zerstört war. Das hieß, er würde an Sauerstoffunterversorgung sterben, förmlich ersticken. Der Arzt versprach, es würde ihm nicht bewusst, er sei vielleicht etwas nervös, aber doch noch benommen. Er würde ansonsten nie wieder irgendetwas können. Gar nichts. Nichts! Klar, am Tubus konnte er nicht bleiben.

Ich hatte Angst vor dem Moment, in dem er aufwachen würde. Für uns waren einige Tage und Nächte mit Bangen und Kämpfen vergangen. Ein quasi Anfreunden und Darangewöhnen, mit dem was uns und ihm bevorstand.

Ich glaube an Selbstheilung. Aber selbst wenn er gewollt hätte, war sein Körper, waren die zu durchblutenden Strukturen abgestorben, eben unheilbar zerstört.

Wenn er aufwachen sollte, würde er genau an dem verzweifelten Punkt aufwachen, an dem er eingeschlafen war. Das Zwischenstück seines Aufenthaltes in der Klinik, sämtliche Aufklärung fehlte durch das Koma ja in seinem Bewusstsein.

Ich betete.

Er blieb vom Aufwachen und der bewussten Angst verschont. Sein Kreislauf verabschiedete sich, nachdem sämtliche wichtige Menschen sich von ihm verabschiedet hatten. Darum hatte ich gebetet, die Entscheidung nicht treffen zu müssen, obgleich es nichts zu entscheiden gab. Es gab keine Rettung, auch kein Wunder.

Ich dachte an den Zusammenbruch des Herz-Kreislauf-Systems, der Arzt hielt es für nicht wahrscheinlich – zu stabil.

So schnell kann's gehen.

Frage: Lebt das Bewusstsein bei einem eingeführten Koma auch mit? Oder ist das nur der Fall bei Patienten, die von selbst ins Koma fallen? Ich glaube, da gibt's einen Gefühlsunterschied bei den Betroffenen. Dass Komapatienten empfinden und erleben, ist sicher nicht abzustreiten.

Als sein Schicksal besiegelt war, wollte ich ihm sagen: „Du kannst jetzt gehen, du hast's geschafft, das Leben überwunden." Aber was war, wenn er in seiner Welt lebte und gar nicht gehen wollte. Was, wenn er sich seines Zustands nicht bewusst war, sich nicht rühren konnte, aber das „Du kannst jetzt gehen" – also sterben, hörte und innerlich panische Ängste empfand und sich fragte: „Wie? Ich muss sterben?“ Hörte er mich überhaupt? Er lag so friedlich da, seine Gesichtszüge so entspannt wie nie zuvor. Sollte ich bei der Schonungslüge – „Alles wird gut“ – bleiben?

Also gab ich ihm nur unsere Wertschätzung mit auf den Weg.

Da ist 'ne Lücke. Durch niemand anderen zu schließen.

Die Zeit heilt vielleicht nicht alle Wunden, aber sie macht den Schmerz erträglich. Und dem ist so.

Leidet man unter dem Verlust einer Person oder weil er/ sie nicht mehr am Leben teilnehmen kann? Lasse ich mich auffressen? Verweigere ich mein Leben und somit zugleich das meiner Mitmenschen, die noch da sind? Kann ich ihn/ sie dadurch zurückholen? Irgendetwas ändern?

Nein.

Aber ich kann seine Stimme und die schönen Erinnerungen weiter in mir existieren lassen und versuchen, zermürbende Gedanken einzudämmen, und mich mit den Menschen befassen, die noch da sind, die ich mit quäle, wenn ich mich aufgebe, weil sie mit mir leiden. Weil sie mich lieben und brauchen.

Ein ehemaliger Partner feierte immer den Geburtstag eines geliebten, verstorbenen Menschen, gedachte aber niemals seines Todestages, warum auch? Man denkt ja ohnehin immer an das Unglück … Sich im Todestag zu weiden, ist pure Qual! Man kann nur helfen und geben, wenn man selbst gefestigt, stark und standhaft ist. Ich rede nicht von Verdrängen, nur von damit zu „LEBEN“.

## Und ich habe gesagt: „Alles wird gut!“

Es war sechs Tage vor meinem achzehnten Geburtstag, in der ersten Woche meiner Ausbildung zur Einzelhandelskauffrau. Ich wollte gerade zur Arbeit, als meine Schwester einen Zeitungsartikel vorlas, der mich erschütterte. Es ging um vier Jungs, die eine Bergtour bei Unwetter komplett unterschätzt hatten. Ich war schon an der Tür, auf dem Weg zur Arbeit, kam allerdings schnell zurück, als meine Schwester den Ort des Geschehens vorlas. Ich hatte sofort einen Kumpel und meine erste Beziehung vor Augen. Ja, ich traute ihnen diese Idee zu.

Den Namen meiner ersten und ehemaligen Liebe, Beziehung, schlug mir aus der DIN A4-Seite des Zeitungsberichtes sofort entgegen …

TOT.

Er wurde als Erster tot geborgen.

Meine Träume von Leichen durchzogen.

Mein Kumpel war noch nicht geborgen. Hoffnung loderte, ich schaltete das Radio ein. Doch, er war geborgen!

TOT!

Der Dritte im Bunde wurde geborgen. Ebenfalls tot.

Der Vierte hatte sich an einen Baum geklammert und konnte lebend von einem Hubschrauber geborgen werden.

Mein einziger Trost ist heute, dass ich hoffe, dass den Jungs in diesem Moment nicht bewusst war, dass sie sterben und dies die letzten Sekunden ihres jungen Lebens sein würden.

Die Sache ist ein Jahrzehnt her, doch es fühlt sich an wie frisch passiert, drei Jahre her oder so.

So langsam fasste ich, dass die Menschen, die für mein Leben recht einflussreich waren, nicht mehr da seien. Der Gedanke war so quälend, dass sie nicht mehr lachen, quatsch machen, Party machen, schlafen gehen, morgens nicht mehr aufwachen und den nervigen Wecker an die Wand klatschen … nie mehr … sich nicht mehr freuen können.

Nur die Besten sterben jung.

Statt Telefonzellen abzureißen, was die heutige Jugend gern zur Befriedigung ihrer Langeweile ausübt, wollten diese Jungs 'ne erhebliche Bergtour bewältigen. Coole Idee, nur nicht im Winter bei Unwetter.

Ich hasste die Berge, wo es geradezu passierte, ebenso wie Regen. Das Mordinstrument schlechthin.

Obwohl ich das Element Wasser an sich liebe. Fische, Korallen, 'ne ganz andere Welt. Leicht, frei, glücklich, fantasievoll, vollkommen.

Ich steh nicht unbedingt darauf, wie die Sardinen in der Dose am Touri-Strand in der Hautkrebssonne zu bruzzeln und nach fünf Hardcore-Sonnen-Bruzzel-Sommern über ein Hautbild von einer zwanzig Jahre Älteren zu heulen. Aber Unterwasserlebewesen haben schon was Faszinierendes an sich.

Einige liebe Menschen sind durch Autounfälle aus meinem Leben getreten. Ein alter Bekannter setzte seinem Leben ein Ende, indem er sich vor einen Zug warf. Zwei weitere sprangen von der Brücke, einer hängte sich auf.

Wie verzweifelt muss man sein?

Vor allem seine Familie zurückzulassen, mit diesen Gedanken an die Art der Todeswahl, ist enorm hart. Aber in dieser Situation ist man wohl nicht mehr Herr seiner Sinne.

Der Beschluss ist endgültig.

Ob gut überlegt oder nicht. Kann man so einen Schritt überhaupt überlegen? Unter Kurzschluss, nicht Herr seiner Sinne?

Der Schlüssel heißt Vergebung. Für alle Beteiligten, nur das führt zur Ruhe.

Frauen versuchen es öfter und Männern gelingt es öfter, laut der Suizid-Statistik.

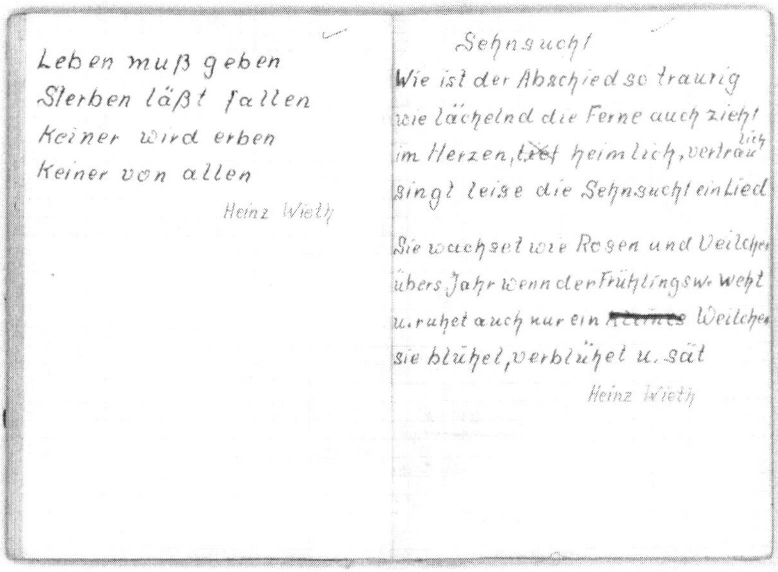
Leben muß geben
Sterben läßt fallen
Keiner wird erben
Keiner von allen
Heinz Wieth

Sehnsucht
Wie ist der Abschied so traurig
wie lächelnd die Ferne auch zieht
im Herzen, ~~tief~~ heimlich, vertraulich
singt leise die Sehnsucht ein Lied

Sie wachset wie Rosen und Veilchen
übers Jahr wenn der Frühlingsw. weht
u. ruhet auch nur ein [redacted] Veilchen
sie blühet, verblühet u. sät
Heinz Wieth

Lassen wir das Thema.

Es sind zehn Jahre vergangen seit dem Bergunglück der Jungs. In wenigen Tagen werde ich 28 … Wow, ein ganzes Jahrzehnt ist vergangen, kaum zu glauben. Wo ist die Zeit nur hin? Und wieder mal habe ich fast vergessen, nein verdrängt, wie es sich anfühlt. Die ersten Sekunden, wenn man erfährt, dass eine weitere unschließbare Lücke entstanden ist … Die Fassungslosigkeit, Hilflosigkeit, man weiß gar nicht, wohin mit sich und seiner Trauer, seinem Schmerz. Bis man es letztendlich begriffen hat.

Ich saß gut gelaunt auf der Arbeit. Mein Handy klingelte und kurz vorher hatte ich schon eine SMS erhalten und eine Mailboxnachricht von einem Freund, es sei dringend.

Ich ging ran, ein weiterer Freund fragte ohne Vor-Floskeln, wie lange ich noch arbeiten müsse. Ich antwortete: „Bis sechzehn Uhr, warum?"

„Kommst dann mal vorbei, ja!"

Ich wurde flatterig, diese ernste Tonlage, kein ‚Hallo, wie geht's …'

Oh, oh … ich hyperventilierte langsam aber sicher. „Sag schon, was ist passiert? Es ist doch was passiert?!"

Mein Kumpel stammelte: „Komm vorbei, das is nix fürs Telefon …"

Ich antwortete wie hypnotisiert: „Ja gut, bis gleich."

Mir schwante Übles, wer war es? Wem war was passiert? Wer von uns war tot? Ich wusste es, jemand war tot. Und mir drehte sich der Magen so was von um. Mir war ganz kribbelig, ich setzte mich ins Auto und raste los. Die Fahrt war die Hölle. Sie zog sich ewig, und die ganze Zeit diese Gedankenkreise … Wen hatte es jetzt schon wieder erwischt …? Ich ging gedanklich den Verlust und das Leben ohne jeden Einzelnen der Clique durch. Horror.

Ich klingelte mit Herzklopfen. Krisensitzung. Mein Kumpel öffnete ernst, zermürbt, die Haustüre. Ein toter Blick, ein totes „Hi". Im Wohnzimmer saß noch ein Kumpel, weitere folgten.

Wir wussten nur so viel: Jannik war tot … Autounfall, Drogen, Selbstmord, Hirninfarkt, Treppensturz … Es kursierten viele Gerüchte.

Wir saßen da wie benommen und jedem war klar: So ist das im Leben, es wird nicht besser. Der Kreis wird stetig abnehmen … Uns wurde bewusst, dies würde nicht der letzte Verlust sein, den wir verkraften und hinnehmen müssen. Grauenhaft.

Jannik hatte Frau und Kinder, ein neues Haus.

Jannik war einer der „Alten". Mit vierzehn hatte ich die Jungs kennengelernt.

Eigentlich wollte er damals mit den Jungs auf Tour, die in den Bergen verunglückt waren. Glücklicherweise hatte er zu diesem Zeitpunkt einen Termin. So blieb er verschont. Er war danach der letzte Ansprechpartner, der mir geblieben war. Wir pflegten unsere Freundschaft und schätzten uns die letzten zehn Jahre.

Er war ein außergewöhnlicher Mensch.

Drei Tage zuvor war zehnjähriger Todestag der Jungs, die in den Bergen verunglückt waren. Fünfjähriges Jubiläum meiner Beziehung, die vor einigen Wochen kaputt gegangen war. Nun zog Jannik seinen Jungs nach.

Was war nur los hier? Ich verstand die Welt nicht mehr …

Nun fand ich mich in einer kleinen Kapelle wieder, mit einem Häufchen von weinenden Leuten, deren Kreis immer kleiner wurde. Schon wieder in dieser Kapelle. Es war, als wäre es gestern gewesen.

Man wusste gar nicht, was man fühlte. Es war so kalt, so taub und doch so intensiv. Die Familie schluchzte, die Freunde wimmerten, die Musik, so ergreifend und ans Herz gehend, zerriss stärkste Gemüter.

Einer meiner Freunde, der sein Schicksal schon lange hinnimmt, sagt immer, er habe anscheinend ein Abo auf'm Friedhof.

Er war weg, einfach nicht mehr da. Man wußte noch nicht, wie man sich verhalten sollte. Die Familie trösten oder in Ruhe trauern lassen und nicht belagern? Kauft man Blumen oder gibt man Geld? Blöde Fragen, aber relevant, auch wenn einem nicht der

Kopf danach stand. Wir schritten wackelig, betäubt, wie in Zeitlupe und auf rohen Eiern laufend den ewigen Weg hinter Pfarrer und Familie her, in der Karawane Richtung Grab. Man wusste nicht, wo man hinsehen sollte. Überall leere Blicke oder mit Tränen gefüllte Augen, in schwarz, streng gekleidete, verpackte Besucher. In wenigen Sekunden sollte ich fassen, dass ein Mensch, der so viele Jahre ein wichtiger Teil meines Lebens war, dazu gehörte, nicht mehr unter uns war? Verfrachtet in ein kaltes Erdloch, in den Boden quasi unter unseren Füßen.

Wie sollte man diese Lücke überwinden, den Verlust verkraften?

Die Zeit … letzte Rettung.

Die Zeit und Familie beziehungsweise Freunde nicht zu vergessen. Wenn ich deren Halt nicht gehabt hätte, der so viel Kraft gab …

Die Gewissheit, da ist jemand da, Beistand, und das noch verlässlich. Nicht selbstverständlich so was.

Die Blume, die ich in diesem Zusammenhang sehr passend finde, ist das Vergissmeinnicht. Sie ist nicht prunkvoll, aber zart und fein. Nicht so zerbrechlich wie das Wiesenschaumkraut in zartem Rosé, worauf sich bestimmt alle Feen betten, aber verletzlich, bescheiden und doch bodenständig. Also einfach passend.

# Happy End …?

Heute ist es so und morgen ganz anders …

Geben lohnt sich. Man bekommt immer was zurück, wenn sich auch der Erfolg nicht immer gleich einstellt.

Lass den Vogel fliegen und er kommt von selbst zurück. Liebe muss von selbst kommen, ohne Druck: Vertraue erst dir, dann dem Objekt deiner Begierde. Einfach loslassen. Was kann einem schon passieren? Einfach von Verhaltensweisen und beengten Horizonten Abstand nehmen. Erwartungen sind gut, aber sollten nicht überbewertet werden. Ändere dich und dein Gegenpart hat die Möglichkeit, mit zu gehen und sich zu ändern, oder es passt halt einfach nicht. Manch einem bleibt gar nichts anderes übrig, als in seiner Beziehung zum Lügner zu mutieren, weil ihm vor lauter Druck, Fragen, Vorwürfen keine andere Wahl bleibt, um Stress mit dem Partner zu entgehen. Da kann man die einfache Variante „Lüge" kaum verurteilen. Diese Angst vor Stress ist Druck. Man ist in Not.

Heute ist es so und morgen ganz anders, das hat nichts mit Kurzfristigkeit zu tun. Es kommt, wie es soll. Mal ehrlich, man bewältigt so vieles, mehr als man ahnt, Revanchiert sich mit Situationen, Gegebenheiten, und bekommt es irgendwie doch auf die Reihe. Wenn es absolut nicht passt, muss man es eben abstoßen, bevor man krank davon wird. Aber zurück zum Bewältigen: Man muss nur versuchen, dass die hinterbliebenen Spuren nicht den Alltag einnehmen, ihn beherrschen und durch diese Vorbelastung somit zur Einschränkung werden. Wir laufen auf minimalstem Potenzial unserer Kapazitäten. Ob es nun die Hirnfunktion ist oder auf rein emotionaler Ebene.

Warum ist das so? Alles nur durch diese kleingeistige Selbstbeschränkung? Es ist wie eine Selbsthinrichtung.

Heute ist es so und morgen ganz anders. Bei diesem Partner ist es so, bei einem anderen ganz anders. Heute fühle ich so und morgen ganz anders. Heute bin ich schwach und morgen bin ich stark. Ein Abweichen von dieser befangenen Routine, nicht nur in Alltag und Job, auch in geistiger Beweglichkeit. Dabei fühlt sich heute ja einer geistig beweglicher als der andere und man bekommt schlaue Ratschläge und Maßregelungen, nur weil man sein Leben nicht genauso spießbürgerlich und vorhersehbar führt wie die breite Masse und sich wortwörtlich seine eigenständige und wahre Freiheit bewahrt hat.

Dann haben „die" immer alle noch Mitleid mit mir, diese kopfschüttelnden, unverständigen Blicke, die ich ernte, und diese hausgemachten Möchtegernanalysen, durch die ich als verwirrt, torschlusspanisch und orientierungslos abgestempelt werde. Ich habe mehr Orientierung als ihr Schlaumeier alle zusammen, denn ich bin frei. Ich kann mich heute für das Eine und morgen für das Andere entscheiden, ohne auf Familie und sämtliche Umstände Rücksicht nehmen zu müssen. Ich lebe nicht mit dem Schicksal abgefunden in meiner kleinen beengten, begrenzten Welt. Ich finde mich nicht ab, und das ist keine meiner Schwächen. Ich will mehr, will Steigerung, und wenn es dauert und ihr mich belächelt, weil ihr nicht an mich glaubt, dann ist es halt so. Aber ich glaub an mich und das ist das Wichtigste. Es kommt, wie ich es will und was ich will – und wenn es eine Zeit lang dauert, habe ich in der Zwischenzeit zu meiner Erfüllung eben noch ein paar Abenteuer nebenbei. Ich spiele aber nicht mehr die beleidigte Dauerwurst. Eigentlich seid ihr doch neidisch. Ihr habt Mitleid mit mir und ich eben mit euch. Da sind wir quitt. Ihr schränkt euch doch schon so lange ein, dass ihr gar nicht mehr wisst, wie es sich anfühlt, die freie Wahl zu haben.

Man muss seine alt eingebrannten Muster in neue positive Storys umbauen. Immer diese Angst vor Verletzungen, die den Fluss komplett behindert. Was kann einem schon passieren? Was lässt sich schon kontrollieren – gar nichts. Höchstens der Blutdruck. Anstrengende Kontrollführung, und der ist auch heute so und morgen ganz anders. Man kann sein Herz öffnen, Gefühle riskieren und eine Chance haben, oder man kann von vornherein verloren haben. Jeder Neustart sollte von Null ausgehen und nicht von schlechten Erfahrungen von vornherein behindert werden. Leicht gesagt, ich weiß.

Erstens kommt es anders und zweitens als man denkt.

Sage niemals nie, ohne Verschiedenes probiert zu haben. Klar kann man klein gestrickt vor sich hin vegetieren, man muss auch nicht allem eine Chance geben, aber Fakt ist, Erfahrung und ein dadurch reifer Geist erweitern den Horizont, man kann sich als offener Mensch gar nicht dagegen wehren. Warum auch, gibt doch Lebensqualität. Wer will diese nicht steigern?

„Die Zukunft quält uns, und die Vergangenheit hält uns fest, deshalb verpassen wir die Gegenwart.“ (Sergio Bambaren, *Die Rose von Jericho*)

Um Liebe zu kämpfen, ist wie ein Widerspruch in sich. Man kann viel geben, aber Kampf in Verbindung mit Liebe passt nicht. Liebe passiert von selbst, ohne weiteres zu tun und Überzeugungstechniken der eigenen Person.

Ich steh drüber.

Menschen einfach nur sympathisch oder erträglich, selbst gleichgültig zu finden, macht frei. Dieses Wohlwollen anderen gegenüber zieht wiederum Wohlwollen und positive Resonanz von anderen an. Ablehnung, egal gegen was, verhindert, dass positive Schwingungen entstehen. Man strahlt den eigenen Missmut geradezu aus. Immer dieses Sympathiegelaber ..., dachte ich mir. Gewisse Leute will ich bewusst nicht sympathisch finden. Man wehrt sich geradezu, den Versuch zu starten, an dem Pupskopf um die Ecke etwas Nettes zu finden und schon gar nicht erst, es zu suchen. Ich will mich lieber in meiner knapp bemessenen Zeit über sie ereifern und ihnen die Macht über meine Laune lassen, oder was? Mann, müssen die Pupsköpfe wichtig und mein Ego klein sein! Unreif solche Hassgedanken. Damit verschwende ich meine kostbare Zeit.

Zumindest sind sie mir nicht mehr wichtig, die netten Pupsköpfe, sie sind mir egal, ich wünsche ihnen nichts Böses mehr. Kaum ein Mensch hat mehr die Macht, Groll in mir zu erzeugen. Wenn jemand blöd zu mir ist, hat das nicht immer was mit meiner Person zu tun, sondern oft mit der Unzulänglichkeit des Pöblers. Macht doch nix, der Arme. Mir geht's gut, ich bin überlegen und verzeihe dir, du Pupskopf. So ist es heute. Und morgen? Vielleicht ist es morgen wieder ganz anders und ich vergehe wieder in Wut und Missmut? Nein, ich habe es erkannt und der Ansatz ist da, den will ich auch beibehalten und ich werde alles für diese Qualitätssteigerung tun und mich auch von einem Rückfall nicht entmutigen lassen. Gute Gedanken erschaffen gute Gewohnheiten.

Man fühlt sich so stark und frei, so rein, wenn man Menschen positiv und ohne Groll begegnet. Ich glaube, die Wenigsten kennen dieses fast vollkommene Gefühl, weil es kaum einer praktiziert und fühlt.

Ich selbst kam leider nur allzu selten in den Genuss, dieses positive Gefühl zu spüren, denn Menschen, wie ich einer bin, verfallen doch immer wieder in alte, unzulängliche, grollvolle Verhaltensweisen ... Lächelnd und gelassen durchs Leben gehen, das Jetzt ist das Einzige, das wir sicher haben. Zukunft ist ungewiss und Vergangenheit vorüber. Wiederholungen machen stark. Ich will meine Energie nicht mehr in negative Gedanken verschwenden, sie strahlen Mangel und Unausgeglichenheit aus und man zieht nur das Selbige an, ob es Situationen sind oder Menschen. Ich lasse mich von Dummschwätzern nicht mehr aus der Ruhe bringen. Es gibt Menschen, die müssen zu allem ihren Senf dazu geben, ob sie einen Plan haben oder nicht. Warum ist das so? Damit macht man sich doch lächerlich. Mut zur Lücke.

„Keinen Schulabschluss, aber der Chef vom Bahnhofsklo", sagt ein Freund von mir immer. Man kann eben nicht von allem Ahnung haben und sich an jedem Gespräch beteiligen. Aber wenn man zuhört und wahrnimmt, kann man vielleicht beim nächsten Mal mitreden. Manche Leute lassen sich schon von einer harmlosen Wespe aus der Ruhe bringen ... klar, dadurch, dass sie Allesfresser sind und nicht wie die Bienen vegetarisch leben, ist ihr Stich wegen einer eventuellen Bakterienübertragung gefährlicher. Natürlich, auf dem Essen hat man die gute Wespe auch nicht so gerne sitzen. Wespen können häufiger stechen, nicht nur einmal wie die Biene, die nach einem Stich stirbt, weil sie einen Widerhaken am Stachel hat und sich ihren Hinterleib mit einem Stich abreißt. Zumal senden beide beim Stechen einen Geruch als Warnsignal für ihre Artgenossen aus, die sich unter Umständen mit ihrem Kumpan solidarisieren und ebenfalls angreifen. Fakt ist aber, dass eigentlich all diese Tiere nur im Notfall stechen, nicht mal wenn man sie vorsätzlich auf die Hand nimmt. Ich stehe ihnen so positiv gegenüber, dass mich wohl zu meiner Lebzeit keine stechen wird. Das wunderte mich auch, als der gute aufgekratzte Australier, The Crokodile Hunter, von einem

Tier, seinem Element und Lebensinhalt, einem Rochen, ins Jenseits befördert wurde. Er liebte Tiere und opferte sich schon zu Lebzeiten für sie auf und nun lies er sogar sein Leben für diese Liebe. Sein Engagement war schier grenzenlos. Ich denke, er hat das Unglück herausgefordert und mit seiner Euphorie und Aufdringlichkeit oft die Tiere gereizt und sie vielleicht, trotz seiner Erfahrung und seines enormen Wissens, unterschätzt. Jemand anderes an seiner Stelle wäre wahrscheinlich schon fünfzigmal gestorben, ob an einem Skorpion, an Spinnen, Schlangen oder Krokodilen. Er hatte sie alle. Ich vermisse die guten langweiligen Sonntage, die er mit seinem Programm doch etwas sinnvoller erscheinen ließ.

Zurück zur guten Wespe. Was sollen die Panik und der Hass? Klar nerven Wespen beim Essen, aber das ist noch lange kein Grund, sie zu killen!

Beim Chinesen waren sämtliche meiner Bekannten froh, als der Übeltäter endlich in einer Flasche mit einem Colarest festsaß und panisch den Ausgang nicht mehr fand. Der Kellner war im Anmarsch und ich beeilte mich, das arme Ding zu befreien, bevor es ihr Ende ereilte und mit abgeräumt wurde. Ich saß wieder mal unter kopfschüttelnder Fassungslosigkeit meiner Tischgenossen da. Das kenne ich ja schon, ich meine die Kopfschüttelei. Wenn die Leute nicht mehr weiter wissen, schütteln sie mit dem Kopf. Na toll! Das bringt's. Aber irgendwie muss der Unmut ja zum Ausdruck kommen und nach außen getragen werden. Ich hab Verständnis dafür. „Warum holst du die Wespe jetzt da raus? Wir sind froh, dass sie da drin ist!"

„Tja, und sie ist froh, dass sie wieder draußen ist und noch ein bisschen leben darf. Wenn man dann geht, kann man die Nervensäge doch auch wieder in die Freiheit entlassen, bevor der Kellner sie mit abräumt, oder?"

Wer ist schon auf Dauer gerne mit einem Motzer und Jammerlappen zusammen? – niemand! Natürlich will man auch keinen gekünstelten, immer hektisch gut gelaunten Comedian um sich herumspringen haben, aber relativ gefestigte Gemüter mit einer authentischen, emotionalen Psyche, entscheidungsfreudig und großherzig, sind doch eine angenehme Gesellschaft, oder nicht?

Zur Ausstrahlung von Fülle oder Mangel kann ich nur sagen, dass es zwar eine komplexe Angelegenheit darstellt, aber Fakt ist, es funktioniert wirklich mit der Anziehungskraft.

Super, Museumsuferfest in Frankfurt. Ich hatte mich bereits das ganze Jahr darauf gefreut. Nun war der Tag endlich gekommen! Eine Stunde vorher sagte meine Freundin mir ab – ihr Opa war leider verstorben ... Eine andere flog an diesem Tag auf die Kanaren.

Na toll! Tot und Urlaub, ausgerechnet heute ...

Kein flexibler Ersatz war aufzutreiben. In Zeiten der progressiven Familiengründung ist im Freundeskreis Spontanität ein Fremdwort. Damit musste ich mich wohl so langsam abfinden ... wollte ich aber nicht. Ich war trotzdem nicht zu bremsen und machte ein Treffen mit einer ehemaligen Kollegin vor Ort fix. Besser als alleine, dachte ich mir egoistisch. An Ort und Stelle angekommen, schleppte meine Kollegin zwei Typen an, die so was von beschränkt waren, dass es mir unmöglich schien, gute Miene zum bösen Spiel zu machen und nachgiebig mit den blöden Bauern meinen Abend zu bestreiten. Da zog ich es doch lieber vor, sensibel ausgedrückt, „mal 'ne Runde alleine zu gehen", natürlich mit dem Hintergedanken, niemals wieder zurückzukehren. Meine Kollegin wollte sich nicht von den beiden Bauern trennen, von denen einer nun wohl ihr neuer Freund war. Gesagt, getan, mein Entschluss stand fest. Ich räumte dezent das Bauernfeld und schlich, geknickt über den Verlauf des Abends, über das tobende Fest. Ich war todtraurig und fühlte mich als einsamster Mensch dieser Erde. Um mich rum tobte das Leben und mir war so einsam und kalt zu Mute. Ich spürte den Neid in mir hochkriechen über diese übertriebene Glückseligkeit und verliebten Pärchen, wo man nur hinsah. Es war schlichtweg zum Erbrechen, so viel Freude ertragen zu müssen, die um mich herum kursierte ... von der ich so gern auch ein kleines Stückchen in mir gehabt hätte ...

Aber meine Entscheidung, das Bauernfeld geräumt zu haben, bereute ich nicht. Lieber alleine als mit diesen Vollpfosten, redete ich mir non stop ein. Ich wähle nicht das kleinere Übel. Ich stehe zu meinen Entscheidungen, oder? Sicher!

Zurückzukehren ins Bauernland war ausgeschlossen. Also holte ich mir ein Corona und lehnte mich an einen Pfosten der Tanzfläche eines House-Musik-Standes. War Super, wäre ich nicht so abgrundtief alleine gewesen … Ich weiß gar nicht, wie lange ich so dort stand. Mein für mich untypisch langsam geschlürftes Corona neigte sich nun doch abgestanden dem Ende zu und ich trat von einem Fuß auf den anderen, um mich etwas aus meiner angespannten Situation zu befreien. Ohne Erfolg. Außerdem taten mir die Füße in meinen lackroten Riemchenpumps dann doch so langsam weh …, aber der Anblick war es wert. Zumindest beim Anblick der lackroten Farbe meiner Schuhe kam etwas Freude in mir auf … leider Freude, die sich mit niemand teilen ließ … Die Leute sahen mich alle so mitleidsvoll an. Ach was, das bildete ich mir nur ein? So wichtig war ich auch nicht. Die dachten vielleicht, wenn überhaupt, drei Sekunden lang: „Ach, die Arme hat wohl keine Freunde", und kehrten dann gedanklich zu ihren Leuten und der Party zurück. Blicke sollte man nicht überbewerten. Ich stand immer noch steif an meinem Pfosten und versuchte verkrampft, locker die Musik und die gute Luft zu genießen.

Heimfahren war um diese Uhrzeit noch ausgeschlossen. Drei Stunden Spaß war das Minimum. Irgendwie wirkte die Situation in Sachen Spaß, für den Moment zumindest, weitgehend aussichtslos …, dachte ich. Da lächelte mich ein Mädchen mit den Worten „Schöne Schuhe" an. Dieses Kompliment entlockte mir das erste, halbherzige Lächeln des Abends. Jemand schätzte den Anblick meiner schönen Schuhe! Ein Mädchen mit Geschmack. Mein Hoch über das Schuhkompliment hielt leider nicht lange vor, meine Miene erstarrte erneut.

Plötzlich kam ein Typ auf mich zu, bot mir zumindest 'ne Kippe an. Ich dachte: „Tolle Masche!" Er stand kurz neben mir und rauchte. Ich musste mir gar nicht erst über Abwehrmechanismen

Gedanken und mich noch steifer und rarer machen, denn komischerweise folgte dem Zigarettenangebot gar nichts vermutet Aufdringliches. Er stand kurz da und war auch schon wieder verschwunden. Na toll! Ach egal, gut so, brauchte auch keinen Aufreißertyp mit Kippe, der mich zutextet. Zehn Minuten später erschien er erneut und fragte, ob ich 'ne Runde mit tanzen wolle, ich sehe so einsam aus. Ich lehnte dankend und milde lächelnd ab mit den Worten: „Danke, mir ist nicht so danach …" Blöd eigentlich, mir ist doch eigentlich immer danach!

„Warum? Bist du ganz alleine?"

„Sieht leider so aus …"

Er schnappte mich am Arm, was mir gar nicht so behagte, und schleifte mich, ehe ich mich versah, die Stufen hoch auf die Tanzfläche. Ich begab mich pikiert einen Schritt zurück auf Abstand. So viel handgreifliche Euphorie lag mir nicht. Zumal ich bei südländischen Landsmännern vorsichtig bin.

Er sagte: „Komm, ich stell dich meinen Freunden vor!" Ich hatte schon ein vorschnelles Bild von circa zehn übereifrigen Südländern mit Machosprüchen vor Augen. Na ja, man kann sie sich ja zumindest mal kurz ansehen. Irgendwie war ich in meiner Lage und in diesem Moment doch dankbar über jegliche Kommunikation. Er deutete überraschenderweise mitten in eine Runde mit drei Mädels und drei Kumpels gemischter Nationalitäten. Multikulti mit sehr interessanten Charakteren, wie sich herauskristallisierte.

Er rief sie heran, stellte uns alle namentlich vor, drückte mir ein Bierchen in die Hand, sagte: „Mach dich locker", und hüpfte motiviert und ausgeglichen zur Musik vor sich hin.

„Du sahst so traurig aus, wir haben dich länger beobachtet, aber erst nicht getraut, dich anzuquatschen."

„Danke, dass ihr euch doch getraut habt!" Und zum ersten Mal an diesem Abend fühlte ich echte Freude und eine gewisse Lockerung in mir aufsteigen. Diese Leute waren durchweg nett, ohne Hintergedanken, einfach nur lieb und in gehobener Feierlaune. Was soll ich sagen, sie haben mir den Abend und so was von mehr darüber hinaus gerettet, wie sie es sich gar nicht vorstellen können. Liebere und lustigere Leute hätte ich gar nicht treffen können. Wir tanzten bis zum Schluss. Anschließend hielten wir Afterhour in Offenbach ab. Ich bin natürlich nur mit den quasi Fremden mitgefahren, weil sich noch eines der Mädels anschloss. So viel unbeschwerten, spontanen Spaß hatte ich schon lange nicht mehr gehabt. So schnell ergeben sich neue Connections zum Ausgehen. Vielleicht finde ich mich jetzt doch mit den Familiengründungen meines Freundeskreises ab. Manchmal weiß man nicht wie, aber es öffnen sich immer wieder Türen. Meine Mutter hatte am selben Tag noch gesagt: „Du wirst auch wieder neue Leute kennenlernen. War doch immer so." Ich hatte mut- und hoffnungslos entgegnet: „Wie denn, wo denn? Niemals!"

Als ich mich mit meinem einsamen Schicksal am Pfosten abgefunden hatte, war die Rettung gekommen. Was soll ich sagen, es waren „echte Leute", wir haben uns angefreundet und ich habe neue Optionen für meine Freizeitgestaltung. Fühle mich geschätzt, diese Leute legen echten Wert auf meine Anwesenheit und zeigen Interesse für meine Person. Das fühlt sich gut an, mit dieser sicheren Ausstrahlung eine Ausweichmöglichkeit für laue Wochenenden und mehr gefunden zu haben. Strahle ich Fülle und Glückseligkeit aus, und baff, plötzlich wollen sämtliche Leute, auch frühere, lang verlaufene Kontakte, die aufleben, Unternehmungen mit mir starten.

Lebensumstände entwickeln sich, Ziele und Träume trennen Wege, Freundschaften, aber die wahren erlöschen nie. Manchmal traut man sich nur angetrunken seiner Melancholie freien Lauf zu lassen und kommt immer wieder auf dieselben Menschen zurück. Die Wertschätzung eines Kindergartenfreundes durfte ich erst vor kurzem spüren. Nach langen Jahren und Zickereien, verschiedenen Sinneswandeln, wie es schien, haben wir uns wiedergefunden. Immer noch ein und derselbe Level, eine Ebene, auf der wir uns verstehen, die andere jedoch nicht verstehen. Sie besteht immer noch. Der Unterschied zwischen uns liegt darin, dass er sich seinen Lebensumständen ergeben hat. Ich nicht – ich bin und bleibe ein Rebell.

So viel Zeit habe ich gar nicht, um diese Nachfrage abzudecken. Sicherheit ist ein tolles Gefühl, das gerne unsichere Wagnisse und Spannung ablösen darf.

So viel zu: „Die Reichen werden immer reicher und die Armen immer ärmer". Bedingt hat man es echt in der Hand. Man darf sich eben nicht verschließen. Nichts ist ausweglos. Das Gute kommt unweigerlich.

Wenn ich darüber nachdenke, sind mir in traurigen, scheinbar ausweglosen Situationen immer die richtigen Menschen über den Weg gelaufen. Solche Bereicherungen fürs Leben haben sich immer dann ergeben, wenn ich meinen inneren Kampf gelöst und angenommen hatte. Wie ein Wunder. Ich bin so dankbar dafür und das bedeutet, Fülle auszustrahlen und noch mehr dafür zu bekommen, als man ohnehin schon hat. Es ist alles für etwas gut. Ich danke meiner Kollegin. Hätte sie nicht die Bauern angeschleppt, hätte ich mit ihr den Abend verbracht, wäre alles anders gelaufen. Sie war ja von vornherein, zugegeben, nur eine Notlösung. Ich hätte sonst nie diese Leute kennengelernt, die mir jetzt schon viel näher sind, als sie es mir je war und sein wird. Trotzdem war es eine positive Fügung, obwohl ich die Lage am Anfang noch zum k… und voll daneben gefunden hatte. So kann's eben gehen. Erstens kommt es anders, zweitens als man denkt.

„Immer, wenn der Verstand entscheidet, entscheidet die Vergangenheit. Nur das kleine Stückchen Mut – innerhalb einer solchen Entscheidung eine Unwägbarkeit einzugehen – wird belohnt mit dem, was man ein neues Erlebnis nennt." (Ruediger Schache: *Das Geheimnis des Herzmagneten*)

Solange man übermäßig mit Nachdenken beschäftigt ist, ist man zu abgelenkt, um sämtliche Gefühlsbotschaften zu fühlen. Man ignoriert sie in seinem festgefahrenen Denken geradezu. Deshalb kommen viele „erleuchtende Erkenntnisse" erst dann zu Tage, wenn man losgelassen, aufgehört hat, sich in das Problem zu verbeißen.

„Der intuitive Geist ist ein heiliges Geschenk und der rationale Geist ein treuer Diener. Wir haben eine Gesellschaft erschaffen, die den Diener ehrt und das Geschenk vergessen hat." (Albert Einstein)

Warum vertrauen wir nicht einfach manchmal dem Gefühl, wenn wir eine Entscheidung treffen? Fühlt es sich gut oder schlecht an, abgesehen von allem Verstand dieser Welt?

Ich verschiebe immer alles Positive in die Zukunft, wenn dies und jenes, dann und dann erst mal eintritt, dann wird alles besser, dann wird alles gut. Handeln ist angesagt, entscheiden – nicht nur tatenlos planen. Wenn man eine neue Vision, aber für diesen Plan wochenlang nichts getan hat, verblasst er oft und gerät ins „Irgendwann mal".

Man muss zumindest ein-, zweimal in der Woche an diesem Plan arbeiten, und wenn es nur Recherchen im Internet oder dergleichen sind. Es hilft einfach bei der Umsetzung des Planes. Ansonsten verliert der Plan seine Kraft.

Leben ist jetzt. Flucht ist der falsche Weg. Gefühle wollen jetzt erlebt werden, sie sind wie Kinder. Vertröstet man sie zu oft, werden sie unzufrieden oder die Zeit dafür ist vergangen. Es ist einfach zu spät.

Natürlich kann man Pläne und Ziele haben, in Träumen schwelgen. Wenn man nur träumt, bleibt es dabei. Wenn man aber in der Freude der Erfüllung lebt, erfüllt sich alles. Ansonten geht es auf Kosten der Gegenwart.

Das „Jetzt" ist das Einzige, das wir sicher haben.

„Wir leben nicht, um Ergebnisse zu erzeugen, sondern um Erlebnisse zu spüren." (*Das Geheimnis des Herzmagneten*)

„Vergangene Liebe ist bloß Erinnerung. Zukünftige Liebe ist ein Traum und ein Wunsch. Nur im Hier und Heute können wir wirklich lieben." (Mahatma Gandhi)

Wir sollten das Leben weniger als Kampf, eher als Herausforderung, eine Wundertüte, ein heiß ersehntes Abenteuer sehen.

Aber, die Menschheit glaubt ja immer noch lieber, dass unsere komplexe Psyche von den Affenmenschen abstammt. Alles klar. Affen und Aliens, kein Thema, aber Gott? Nee, den gibt es nicht. Übrigens sind wir dem Schwein ähnlicher als jedem anderen Tier. Der Körperbau mag dem Affen eher entsprechen, aber organtechnisch kommen wir dem Schwein am nächsten. Organtransplantationen an Menschen, wenn dann vom Schwein. Insulin für Diabetiker. Auch vom Schwein. Aber das arme Vieh wird nur zum Dreckschwein und Wiener Schnitzel degradiert. Am besten noch vom Ferkelchen, Lamm oder Kalb. Na toll! Babytier-Schnitzel, noch besser ... früh gemästet, kurz und prickelnd gelebt ... erstrebenswert solch ein „Leben". Hmm lecker ... was ein Genuss.

Wir haben den Tieren so viel zu verdanken, ob als Lebensmittel, Kuscheltier für die Psyche, Nutz- oder Reittier, für die Medizin, what ever, und doch behandeln wir sie so würdelos. Dabei sind Tiere ja wohl wirklich die besseren Menschen. Sie haben nicht das Problem, sich über ihr Bewusstsein Gedanken zu machen und sind zudem von Grund auf lieb. Und wenn sie doch bösartig oder mit kranker Psyche bestückt sind, dann wurden sie von Menschenhand vermurkst oder mussten ihre Schutzinstinkte walten lassen, weil man sie verängstigt und in die Ecke gedrängt hat.

Wir benutzen unser Hirn ja nur einen Bruchteil unseres Vermögens, das ist auch gut so, denn wir könnten es psychisch gar nicht verkraften, sind gar nicht dafür ausgelegt, noch viel mehr an Reizen, Bildern, Details und Eindrücken zu verarbeiten. Wir würden vor Anstrengung durchdrehen, hängenbleiben wie auf LSD, oder wie mein reizüberfluteter Hund total durchknallen, wenn im Herbst die Blätter fallen, wenn es regnet, jeden Tropfen anbellen, oder im Winter nach jeder fallenden Schneeflocke schnappen, einen Drehwurm bekommen und komplett überdreht ausflippen. Das ist nicht lustig, wie viele finden, das Tier ist verzweifelt. Leider sind manche Rassen so veranlagt.

Es ist schon anstrengend, das Szenario nur zu beobachten, es ist kaum zu unterbrechen und das arme Hirn meines Hundes in diesem Moment total überfordert. Es kann diese Flut an Wahrnehmungen nicht aufnehmen und verarbeiten. Also hat diese geistige Begrenzung schon einen Sinn. Es gibt Menschen, die sagen, sie können ihren Geist mit Erkenntnissen über einen LSD-Trip so erweitern wie die tibetanischen Mönche in sieben Jahren. Die Gefahr sehen sie gar nicht. Ein Freund hat mir letztens tatsächlich erzählt, ein Bekannter von ihm habe auf einem LSD-Trip vor einiger Zeit seine Fähigkeiten, in diesem erweiternden Zustand mit Katzen kommunizieren zu können, leicht überschätzt. Er brach nachts in das Löwengehege eines Zoos ein … Dabei blieb es auch, er wurde zerfleischt, tödlich. Ein anderer konnte fliegen, von der Brücke versteht sich. Er dachte es zumindest … Die Realität bewies etwas anderes. In etwa das gleiche Schicksal wie das des vermeidlichen „Löwenbändigers".

Beneidenswert, solche Geisterweiterungen …

Mein Geist ist auch ohne psychogene Drogen schon dermaßen erweitert, dass ich kaum damit zurechtkomme – maße ich mir mal an zu sagen. Da kann ich solche Geistesblitze, oder wie immer man das nennen mag, nicht noch zusätzlich verkraften.

Es ist mir zu anstrengend, ich will nichts mehr tun, mich nicht mehr beweisen. Ich liebe gerne und stark und gebe viel, aber mühelos. Ich muss niemanden mehr von mir überzeugen.

„Willst du geliebt werden, so liebe." (Lucius Annaeus Seneca)

Mehr kann man nicht tun und beeinflussen.

Je mehr man sich selbst schätzt, desto mehr schätzen einen auch andere. Man strahlt Fülle aus und bekommt sie auch zurück.

In meinem Herzmagnetenbuch steht es auch: „Wer mich in seinem Leben hat, der hat es gut!" Das müssen wir jetzt nur noch glauben und verinnerlichen.

Aber warum nicht? Mit den eigenen Gedanken kann man sich Unmengen an Schmerz zufügen, aber sich im Wohle laben, das liegt uns nicht. Immer schön bescheiden und tief stapeln, an uns zweifeln. Nichts gegen gesunde Selbstkritik, aber Selbstzerfleischungsszenarien bringen's doch nicht wirklich.

Es machte Klick, ich lasse und akzeptiere jede Persönlichkeit in meinem nahen Umfeld. Wenn ich mit mir im Reinen bin, komme ich mit sämtlichen Leuten und Situationen zurecht, wie kurios sie auch sein mögen. Mich juckt ab heute kein Deppchen mehr. Mir pisst auch keiner mehr ans Bein. Wenn es so aussieht, ziehe ich es einfach weg, und wenn es kurzfristig so aussieht, als hätte ich das Wegziehen vergessen, gehe ich einfach duschen.

Mal ehrlich, wir wollen doch gar nicht ankommen. Was sollen wir denn auch am Ende des Weges? Die meisten Ziele sind angekommen halb so erfüllend wie gedacht und die nächste Route wird geplant. Der Weg ist entscheidend. Unheimlich, dieses Gefühl, dass alles und alle gut sind, wie sie sind, den Rest kann ich auch nicht ändern.

Ich wünsche mir nichts mehr, als dieses freie unbelastete Gefühl beizubehalten. Dieses Neuerworbene nicht als Mutantengefühle wieder zu verdrängen, sie lassen mich glücklich sein. Ich will mich nicht von alten, miesen Gefühlen einnehmen, einholen und erobern lassen. Ich verurteile nicht mehr. Mein Leben ist selbst spannend genug. Ich habe keine Zeit für solche Bosheiten. Wenn man kurz solche positiven Anwandlungen hat, bekommt man schon Angst, man windet sich und lässt lieber wieder das Gewohnte, Zermarternde in sich walten. Das wäre doch viel zu einfach, sich einfach neu zu programmieren. Altes löschen und unbehindert, unblockiert wie ein Kind, unerfahren neu durchzustarten. „Einfach" wollen es die meisten Menschen aber nicht, Gutes ist immer kompliziert und schwer. Sie sind Umwege gewohnt. „Man bekommt heute doch nichts geschenkt!" Warum eigentlich nicht?!

Wie K. Tepperwein in einem Seminar sagte: „Warum wollen Sie alle ihre böse Vergangenheit immer aufarbeiten??? Seien Sie doch froh, das sie vorbei ist!"

Ich, die Obermoralistin in Person, werde langsam tolerant … jetzt mehr als in meinen ganz, ganz jungen Jahren. Aber es ist ja bekanntlich nie zu spät für Veränderungen. Wollen wir mal hoffen, dass es anhält.

Auf zu neuen Ufern.

Stillstand gibt es nicht. Auch wenn es manchmal so scheint, bewegt man sich doch fortwährend. Das ist ein Teil des Weges.

Man muss sein Herz wieder öffnen. Angst vor Verletzungen, Enttäuschungen? Ok, dann mach ich lieber einen auf Ausschlussverfahren und verschließe mich, oder was? So ist die Chance wenigstens von vornherein gleich Null, aber das sagte ich ja schon.

Wir sollten mehr intuitive Gefühlsentscheidungen treffen und nicht immer unseren Verstand bevorzugen.

Den Mittelweg, jemanden an seiner Seite zu halten, ohne Druck und fordernde Einschränkungen, trotzdem zu sagen, was man will. Das ist natürlich eine Kunst für sich. Man kann dem anderen ja das Gefühl geben, er hätte die Zügel in der Hand, aber eigentlich … Nein, lassen wir das. Manipulationen sind nicht echt. Es soll ein Beweggrund des Herzens sein, wenn ein Partner dies oder jenes tut und nicht falsch ist oder mit Tricks manipuliert.

Es ist immer noch so befreiend, diese kurzen Momente in mir zu spüren, in denen ich alles loslassen kann. Leider gibt es diese viel zu selten. Ich habe Platz und Raum in mir, Vergangenes, Schmerzhaftes ist verdrängt, steht für einen wahrscheinlich zu kurzen Moment, wie ich fürchte, weit im Abseits. Es ist wie aufgelöst, tut mir nichts mehr an.

Der Einfluss auf die Zukunft und das Jetzt, die Angst davor, dass es wieder so kommt, hat ein Ende. Ich projiziere es nicht mehr auf neue unschuldige Menschen, denn es sind, wie gesagt, neue Menschen und neue Situationen. Jeder tut sein Bestes. Keiner will mir Schaden zufügen und keiner wird mir weh tun. Mich kann nichts mehr verletzen. Keiner ist vollkommen, aber da ich mich mit Menschen umgebe, die mich schätzen, kann mir langfristig nix passieren. Mir steht nur das Beste zu.

Ich bin nicht austauschbar. Es gibt Menschen, die machen auf den ersten Blick nichts her … aber ihr Wesen, ihre Art und Ausstrahlung schaffen es, sie unverwechselbar, kostbar, beliebt zu machen, lässt sie strahlen, einfach begehrenswert sein. Zum neidisch werden.

Ich will nichts mehr, als meine Leichtigkeit zu bewahren. Vergangenes, Prägendes eliminieren, unblockiert, wie neu geboren, nur reif und weise, trotz Erfahrung unverhärmt durchs Leben gehen.

In der zweiten Klasse wollte ich bereits abgehen. Damals war es Thema bei meiner älteren Schwester, ich wollte mich ihr solidarisch anschließen. Fühlte mich schlau genug. Was sollte denn da noch kommen? Ich konnte lesen, schreiben, rechnen – ging so, aber reichte. Ich wollte schon immer mit einem Minimum an Aufwand den höchstmöglichen Gewinn erzielen. Sogar bevor ich das Ökonomische Prinzip kannte.

Meine Nichte bekam neulich in der zweiten Klasse eröffnet, dass außer Plus und Minus in Mathe jetzt noch Mal und Geteilt hinzukommen, und sie fragte entrüstet: „Geht das jetzt immer so weiter?"

Wenn sie wüsste … wäre sie jetzt wohl auch lieber abgegangen …

Na ja, eigentlich war ja auch nicht alles schlecht … wenn ich mich so an die Adventszeit erinnere, in der wir in der Grundschule zu Weihnachten morgens immer ein Kerzchen auf unserem Tischchen anzünden durften und Plätzchen backten. Oder in der Neunten, als wir den Nussbaum vor unserem Klassenzimmer als Weihnachtsbaum statt mit Christbaumkugeln mit in Wasserfarben getunkte Tampons verzierten … Immerhin wurde dieser außergewöhnliche Baumschmuck in unserer freien Kunststunde gefertigt. Wir wollten ihn sogar patentieren lassen. Die Lehrer waren über unsere Kreativität nicht so maßlos begeistert wie wir.

Sehr dekorativ fand ich als Fünfjährige auch die Idee meiner großen Schwester, die Schmetterlinge auf den Slipeinlagen bunt anzumalen.

Tolle Idee! Was es damit auf sich hatte, dass sie das Teil bekritzelte und ihrer Brieffreundin schickte, interessierte mich nicht. Ich sah nur die ausgemalten Schmetterlinge und beschloss, meinen Kleiderschrank mit angemalten Schmetterlings-Slipeinlagen zu tapezieren.

Von meinen Eltern hatte ich Bewunderung erwartet. Ich wollte ihnen eines meiner Werke für ihren Kleiderschrank zum Freundschaftspreis von fünf Pfennig verkaufen. Warum auch immer die beiden grinsend ablehnten, meine neue Dekoidee wahrzunehmen, konnte ich lange Zeit nicht nachvollziehen.

Mein Leben ist und bleibt ein Überraschungsei, und das ist toll so! Manchmal ist durchgehende Spannung zwar anstrengend, aber Routine in allem ist wirklich nicht das, was ich will. Sicherheit – ja. Routine – nein!

Zurück zur Erkenntnis: Man muss nicht immer wissen, was man will, es ist schon sehr viel wert, wenn man weiß, was man nicht will. Das weiß ich ja nun.

Was soll ich sagen? That's Life! Eigentlich, natürlich und na toll!

Erstens kommt es anders, und zweitens als man denkt …

# Über den Künstler

Arvin A. Pestaño wurde am 08.04.1970 in Manila, Philippinen geboren, lebte von 3 bis 16 Jahren in Herborn, Deutschland und kehrte 1986 in sein Geburtsland zurück. 1990 bis 1994 studierte er an der Philippine School of Interior Design und der University of Santo Tomas Innenarchitektur mit Schwerpunkt Design.

Während seiner High-School-Zeit illustrierte er zahlreiche Cover für Comics und gewann 1989 einen Slogan Contest. Die Auszeichnung dafür wurde ihm von der damaligen Präsidentin des Landes, Corazon Aquino, übergeben.

Während seines Studiums machte er sich selbstständig und gründete mit einigen Studienkollegen eine Gruppe, die Designs Manila, die sich nicht nur mit Innenarchitektur befasste, sondern darüber hinaus mit Künstlern diverser Sparten (Designer, Bildhauer, Maler, Illustrator, Models, Schauspielern und Filmemachern) zusammenarbeitete. Pestaño gewann dadurch Zugang zur philippinischen Filmindustrie und Kunstszene und wurde 1995 vom Philippinischen Architekturverband als „Jüngster aufsteigender Designer des Jahres" ausgezeichnet.

1996 kehrte er nach Deutschland zurück und lebte bis 2005 in München. Dann verschlug ihn das Schicksal nach Los Angeles, Kalifornien, wo er für eine Produktionsfirma als Produktionsmanager arbeitete. In diesem Umfeld gestaltete und wirkte er u.a. in Filmsets und an Storyboards. Aufgrund der damals strengen Ausländergesetze kehrte er 2007 nach Deutschland zurück und wagte in Herborn einen Neuanfang.

Heute zeichnet er Storyboards für Independent Filmemacher und gestaltet Schaufenster, Urkunden, Logo Designs, Wandbilder und Airbrush Motive für Autos und Vereine.

# Hörempfehlungen

www.lil-knight.de

www.laydownrotten.com

www.mth-artists.de

www.flicker-rhythm.com

www.gennaro-djwear.com